AF187980

BOOKS on DEMAND

Für meine Tochter und für meinen Sohn,
für meinen Mann
und für jeden unbeschwerten Augenblick,
den wir genießen dürfen.
Sie sind unglaublich kostbar.

Klara Chilla

Schattensamt

Band 1

Bibliografische Information der Deutschen Nationalbibliothek:
Die Deutsche Nationalbibliothek verzeichnet diese Publikation in der Deut-
schen Nationalbibliografie; detaillierte bibliografische Daten sind im Internet
über http://dnb.dnb.de abrufbar.

Illustration Cover: **Duplass / Shutterstock.com**
Illustration Kapitelüberschrift: **sabbracadabra / Shutterstock.com**

Herstellung und Verlag: BoD – Books on Demand, Norderstedt

*ISBN: 978-3-**7460-3756-1**

Inhaltsverzeichnis

Prolog

A dam duckte sich unter einer plötzlichen Sturmbö. Unter der Kapuze seiner dichten Wachsjacke warf er einen skeptischen Blick auf das Wasser des Loch Linnhe. Die Wellen wurden immer rauer und hatten längst die Farbe von flüssigem Blei angenommen. Das Ufer der kleinen Insel von gegenüber verschwand nahezu vollständig hinter einem Vorhang aus schwerem Regen. Es wurde Zeit, dass er nach Hause kam.

Ein letztes Mal beugte er sich vor und nahm Ewe, seiner Setter Hündin, den Stock aus ihrem triefenden Maul. Begeistert kläffte das Tier, völlig unbeeindruckt von der Wetterlage und der Tatsache, dass ihr Fell bereits in dicken roten und weißen Strähnen am schlanken Körper klebte. Adam holte aus und schleuderte den Ast, soweit es bei dem Wind möglich war. In riesigen Sätzen sprang sie hinterher und stürzte sich in das Wasser, während Adam die Jacke fester um seinen Hals zog und sich auf den Weg zu seinem Auto machte. Ewe würde schon von alleine nachkommen. Doch als er gerade den Schlüssel in das Türschloss steckte, hielt er inne. Der Klang ihres Kläffens hatte sich verändert. Aus dem fordernden Bellen, das sie von sich gab, wenn sie spielen wollte, war ein aufgeregter Laut geworden. Besorgt sah er auf und kniff die Augen zusammen. Ewe stand mit den Pfoten im seichten Wasser des Uferbereichs, das aufgebracht gegen das Land stürmte, und bellte etwas an, das unmittelbar vor ihr lag. Seufzend steckte Adam den Schlüssel wieder in seine Jackentasche und ging neugierig zu dem Hund, der mit seinem völlig durchnässten Körper das Fundstück verdeckte.

»Na, meine Kleine, was …« Seine Stimme erstarb. Dann fluchte er laut und stürzte vor, als er sah, was Ewe aus dem Wasser gezogen hatte. Ein nacktes Baby lag wimmernd auf dem von harten Kieselsteinen bedeckten und Wasser umspülten Boden.

Adam riss sich die Jacke vom Körper und schlug das Baby in den dicken Stoff ein wie in eine Decke. Dann presste er es behutsam gegen seinen Oberkörper und rannte, so schnell er konnte zum Auto.

Kapitel 1

Mehr als gelangweilt starrte ich durch das Fenster an meiner Seite unseres Wagens und gab mich ganz der Musik hin, die in gerade noch erträglicher Lautstärke durch die Kopfhörer direkt in meinen Verstand hämmerte. Ich hatte so gar keine Lust auf diesen Urlaub. Wer war nur auf die Idee gekommen, die Ferien ausgerechnet in Schottland, irgendwo im nirgendwo, zu verbringen? Jede andere vernünftige Familie fuhr in den Süden nach Mallorca oder nach Griechenland. Aber nein, meine Eltern wollten es mal wieder anders machen. Wie das nervte.

Noch mehr nervte mich, dass ich selbst schuld war. Meine Eltern hatten mir angeboten, mit einer Freundin auf eine Jugendreise zu gehen. Meine beste Freundin Julia hatte Prospekte angeschleppt und Vorschläge gemacht. Ich hatte mich zwischen den ganzen Angeboten nicht entscheiden können. Mal wieder. Damit war dann das Vorhaben gescheitert, und ich ärgerte mich seitdem. Der Landschaft um mich herum gönnte ich bewusst keinen einzigen Blick, was nicht einfach war. Denn meine Mutter fiel bei jedem Berg, den sie sah, und das waren nicht wenige, beinahe in Ohnmacht vor Begeisterung, während mein Vater sich geduldig um jede Kurve der schmalen Landstraßen schlängelte und mein Bruder nebenan mit der Kotztüte spielte, die er für sogenannte Notfälle neben sich liegen hatte.

Ich verdrehte die Augen und begegnete den fragenden Blicken meiner Mutter, die sich auf ihrem Sitz herumgedreht hatte.

»Was?«, fragte ich und zog missmutig die Stöpsel aus meinen Ohren.

»Weißt du, du hast dir wirklich selbst zuzuschreiben, dass du jetzt mit uns hier bist. Also pack deine schlechte Laune irgendwo anders hin, Klara. Hast du mich verstanden?«

Na toll. Das fing ja wirklich gut an. Aber sie hatte Recht. Ich machte es nicht besser, wenn ich mir die nächsten Wochen einfach nur selbst leidtat. Also nickte ich lahm und wollte mich wieder in meine Musik zurückziehen. Doch meine Mutter war noch nicht fertig.

»Loretta sagt, wir sind gleich da. Sollen wir noch vorher im Supermarkt einkaufen oder möchtest du lieber direkt zum Ferienhaus?«

»Oh nein, nicht direkt einkaufen. Ich will jetzt endlich in mein Zimmer.«

»Ich will auch nicht erst einkaufen. Ich will erst das Haus sehen«, maulte mein Bruder und presste die Kotztüte zusammen.

»Na gut, dann machen Papa und ich das später.« Meine Mutter setzte sich wieder richtig hin, unerschütterlich in ihrer guten Ferienstimmung. Ich seufzte und wollte mich gerade wieder in meine Musik absetzen, als die roboterhafte Stimme unseres Navigationsgerätes erklang:

»Links abbiegen in die Schtewensohns Haus.«

Meine Eltern lachten über die Sprachschwierigkeiten des Navis, das wir vor einiger Zeit Loretta getauft hatten. Selbst ich konnte mir ein Schmunzeln nicht verkneifen, als ich hörte, was es aus dem Stevensons House machte. Neugierig geworden setzte ich mich auf und sah nach vorn. Wir fuhren einen schmalen Schotterweg zwischen einigen Bäumen hindurch. Dahinter lag auf einem sanften Hang ein weißes Farmgebäude, als hätte es jemand extra für eine kitschige Urlaubsidylle dort platziert. Unser Ferienhaus!

Nur wenig später fuhren wir auf den Hof. Langsam konnte auch ich mich der aufgeregten Stimmung im Auto nicht mehr entziehen. Kaum hatte mein Vater den Motor abgestellt, rissen mein Bruder und ich gleichzeitig die Türen auf, um als Erste auszusteigen. Augenblicklich sprangen uns zwei große Hunde entgegen, die uns freudig begrüßten.

»Herzlich willkommen auf unserer Farm«, sagte da ein Mann, der zusammen mit einer Frau aus dem Gebäude trat und meinem Vater die Hand entgegenhielt. »Ich bin Adam, und das ist meine Frau Mairee.«

»Guten Tag!«, entgegnete mein Vater und stellte uns der Reihe nach vor. Adam und Mairee schüttelten uns die Hände. Mir waren die beiden auf Anhieb sympathisch. Sie waren etwas älter als meine Eltern. Adam trug eine Mütze, die seine grauen Haare verdeckte, und um seine Augen hatte sich eine ganze Armee von Lachfältchen versammelt. Seine Frau wirkte ein wenig wie eine nette alte Oma, klein und rund mit freundlichen warmen Augen. Sie wandte sich zuerst an meinen Bruder und mich:

»Ich zeige euch zuerst den Garten, da könnt ihr spielen und seid ganz für euch«, zwinkerte sie uns zu. Nicht, dass ich noch spielen würde. Aber vielleicht fand sich ja eine gemütliche Ecke, in der ich mal ungestört meine mitgebrachten Bücher lesen konnte. Wahrscheinlich blieb mir in dieser langweiligen Gegend sowieso nichts anderes übrig als von morgens bis abends zu lesen. Also folgten Finn und ich ihr neugierig, während meine Eltern mit Adam in das Ferienhaus gingen.

Der Garten war riesig! Es war einfach unglaublich, was sich dort an Pflanzenvielfalt verbarg. Überall blühte es in den unterschiedlichsten Farben, und Schmetterlinge und Bienen umtanzten wie winzige Feen das Blütenmeer. Mein Bruder sauste davon und verschwand im Gehölz, während Mairee auf einen kleinen runden Pavillon zusteuerte, der sich unter der üppigen Last einer großen Kletterpflanze mit unzähligen langen blauen Blütendolden duckte.

»Hier kannst du es dir gemütlich machen und vielleicht lesen, wenn du magst«, wandte sich Mairee an mich und deutete auf eine breite Bank, die im Schatten darin stand und mit großen, roten Kissen ausgestattet war.

»Oh ja«, seufzte ich. »Es ist wunderschön hier.«

Mairee lächelte mich stolz an. »Den Pavillon hat Adam selbst gebaut.«

»Für meine Mutter zur Hochzeit.«

Erschrocken drehte ich mich um, und mein Herz setzte gleich noch einen weiteren Sprung aus. Vor mir stand ein Junge, einen guten Kopf größer als ich, und strahlte mich aus den schönsten Augen der Welt an.

»Fearghas, du sollst dich doch nicht immer so anschleichen!«, schalt ihn Mairee, die meine Reaktion glücklicherweise falsch verstand. »Es muss dir nicht peinlich sein, wenn er dich erschreckt hat. Das passiert mir auch immer wieder.« Beruhigend tätschelte sie meinen Arm und deutete dann auf den Störenfried, der mich grinsend musterte. »Das ist mein jüngster Sohn, Fearghas. Und das hier, mein Freundchen, ist Klara, unser neuer Feriengast. Also benimm dich. Wir können es uns nicht leisten, dass du uns die Feriengäste verschreckst.«

»Ja, natürlich, Mum!«, sagte Fearghas und fuhr sich mit der Hand durch die dichten und strubbeligen dunkelbraunen Haare. »Aber Dad hat gesagt, ich soll mich bei dir melden, weil ich etwas für dich erledigen soll.«

»Ja, ich möchte, dass du mir die alten Rosenbüsche ausgräbst, die hier neben dem Pavillon stehen. Sie sind völlig kaputt, und ich möchte neue Büsche einsetzen.«

»Gut, ich mache mich gleich nach dem Essen dran, und dir und deiner Familie wünsche ich einen angenehmen Aufenthalt«, wandte er sich an mich, zwinkerte seiner Mutter zu und ging über die große Wiese davon.

Ich hatte keine Gelegenheit mehr, ihm nachzusehen, weil mein Bruder unter lauten Geknacke aus dem Unterholz brach: »Mensch, Klara, da hinten ist ein total cooler Baum. Da hängt ein Seil zum Schwingen drin.«

»Bist du nicht ein bisschen zu alt für so was?«, fragte ich etwas ungnädig.

»Ah, du hast den ältesten Teil des Gartens entdeckt, Finn. Der Baum ist ungefähr eintausend Jahre alt.«

Mein Bruder schrie begeistert auf, während ich mir nicht sicher war, ob das Mairees Ernst war. Doch als sie mir kurz darauf stolz das knorrige alte Ding präsentierte, hatte ich keine Zweifel mehr. Ich hatte niemals zuvor so einen Baum gesehen. Es sah aus, als stände nur noch ein Gerüst, bestehend aus unzähligen ineinander verwachsenen Ästen. Fasziniert folgte ich mit den Augen den Windungen und hatte das Gefühl, dass von dem Baum etwas Mystisches ausging. Finn kletterte völlig unbeeindruckt durch die verzweigten Äste, ließ sich von oben herab auf das Seil zu rutschen und schaukelte wie ein Affe durch den gewaltigen Schatten, den der Baum warf. Nun gut, ich war eindeutig zu alt dafür und nicht unglücklich, als meine Eltern auftauchten und sich zu uns gesellten. Mairee zeigte meiner Mutter die einzelnen Pflanzen, während mein Vater den Baum bewunderte, in dem Finn immer noch umherschwang.

Zeit, mir das beste Zimmer auszusuchen, dachte ich und ging zu unserem Ferienhaus zurück, um die Gelegenheit beim Schopf zu packen.

*

Nachdem mein Bruder und ich uns doch noch über einen kleinen Streit endlich geeinigt hatten, wer welches Zimmer bekam und sämtliche Kisten und Koffer im Ferienhaus verstaut worden waren, fuhren meine Eltern mit Finn zum Einkaufen. Ich beschloss, die Zeit zu nutzen und mich zum Lesen in den Pavillon zu verziehen.

Also machte ich mich mit Buch, Keksen und einer Flasche Wasser bewaffnet auf, durchquerte den Garten und machte es mir zwischen den vielen weichen Kissen, die auf der Bank lagen, gemütlich. Zufrieden schloss ich für einen Moment die Augen und atmete tief ein. So hätte ich mir gut vorstellen können, in einem orientalischen Zelt zu liegen. Warm war es in Schottland seltsamerweise auch. Ganz anders, als ich es erwartet hatte, schien eine freundliche Sonne von einem wolkenfreien Himmel herunter. Es war beinahe so, als wollte das Land mich davon überzeugen, dass es keine schlechte Alternative zum sonnigen Süden war. Genüsslich kuschelte ich mich in die Kissen und griff schließlich nach dem Buch, für das ich mich entschieden hatte. Die Geschichte fesselte mich vom ersten Satz an. Sie handelte von einem Mädchen, das aufgrund einer Familientragödie gezwungen war, nach Schottland zu ziehen. Ich liebte Geschichten, die in dem Land spielten, in dem ich gerade in Urlaub war, und verschlang Zeile um Zeile in rasendem Tempo. Natürlich traf das Mädchen dort den geheimnisvollen Unbekannten, natürlich verliebten sie sich ineinander, und natürlich war er irgendein mystisches Wesen. Ziemlich unrealistisch! Trotzdem traumhaft schön!

Seufzend schlug ich eine Seite um und sah auf und mich wieder einem Paar verdammt schöner Augen gegenüber, die mich ein wenig skeptisch musterten. Erschrocken setzte sich mich gerade auf und klappte das Buch zu. Dabei stieß ich die offene Flasche Wasser um, deren Inhalt sich augenblicklich über mein Buch ergoss.

»Au, verdammt!«, schrie ich und sprang hektisch ganz auf. Mit der einen Hand griff ich nach der Flasche Wasser, um sie wieder aufzustellen, während ich mit der anderen das Buch hin und her schlenkerte, um das Wasser abtropfen zu lassen. »Was bist du nur für ein Stalker?«, schimpfte ich dabei wütend auf Fearghas ein, der mir lachend ein Handtuch reichte.

»Ich habe dich angesprochen. Ich kann nichts dafür, wenn du taub bist wie eine alte Frau.«

»Ich bin nicht taub!«

»Du hast mich aber nicht gehört«, stellte er ruhig fest.

»Ich habe vielleicht gelesen? Und dabei achte ich nun einmal nicht permanent darauf, ob sich irgendwelche Spanner in meiner Nähe befinden.«

»Es tut mir sehr leid, wenn ich dich da enttäuschen muss, aber ich wollte dich nicht heimlich beobachten. Ich bin hier, - falls du dich erinnerst - weil meine Mutter mich darum gebeten hat, die Rosenbüsche auszugraben. Aber vielleicht ist dein Gedächtnis ebenso schlecht wie dein Gehör.«

Sprachlos starrte ich ihn an, und er starrte nicht gerade freundlich zurück. Dennoch fielen mir seine ungewöhnlich großen, aber leicht mandelförmigen dunklen Augen auf. Dichte und viel zu lange Wimpern umrahmten diese unglaublichen Gebilde, um die ihn jedes weibliche Wesen beneiden musste.

Er hatte Recht, und ich war der Idiot! Peinlich!

»Ich war in mein Buch vertieft. Es tut mir leid«, murmelte ich und wich seinem Blick aus, indem ich prüfend über den Einband meines Buches strich. Es schien von der Katastrophe glücklicherweise nicht beschädigt worden zu sein. Dann tupfte ich mit dem Handtuch über die feucht gewordenen Kissen. Gut, dass ich nur Wasser dabei hatte. Das gab wenigstens keine Flecken.

Als ich wieder aufsah, hatte Fearghas sich bereits den Rosenbüschen zugewandt, die wirklich einen traurigen Anblick boten. Die wenigen Blätter an den Stielen waren mit kleinen Punkten übersät und gelblich. Nur zwei Blüten hielten in diesem Trauerspiel die Köpfe standhaft aufgerichtet. Irgendwie taten sie mir leid, als Fearghas den Spaten mit Schwung in den festen Boden rammte. Er arbeitete schnell und kraftvoll und beachtete mich nicht mehr. Naserümpfend dachte ich an eine beleidigte Mimose und musste mir eingestehen, dass ich viel zu lange dazu brauchte, das feuchte Handtuch über die gedrechselte Brüstung des Pavillons zum Trocknen auszubreiten. Dabei schielte ich auf seine Bewegungen und musste zugeben, dass ich diesmal der Stalker war.

Ich widerstand der Versuchung, ein Foto mit meinem Handy zu machen. Aber tatsächlich bot Fearghas einen Anblick, der mir ausgesprochen gut gefiel. Er trug eine Jeans, die locker um seine schmalen Hüften saß und darüber ein stinknormales grünes T-Shirt. Bei jedem Stoß mit dem Spaten zeigten sich wohlgeformte Muskeln. Unwillkürlich grinste ich und musste an meine Freundin Julia denken. »Der Typ ist heißßßß!«, würde sie sagen, ganz klar. Plötzlich wurde mir bewusst, dass ich jetzt genau das tat, was ich vorhin bei ihm so schändlich verdammt hatte. Meine Wangen erhitzten sich von ganz alleine, und ich zog mich schnell auf die Bank zurück. Ich schlug das Buch wieder auf, darum bemüht, mich auf den Inhalt zu konzentrieren. Doch bereits nach wenigen Zeilen hatte mich die Atmosphäre in der Geschichte bereits aus der Realität entführt.

*

Ich war so versunken, in mein Buch, dass ich gar nicht bemerkte, wie die Zeit verging. Erst das laute Rufen Finns riss mich zurück.

»Klara! Wir wollen runter ans Loch. Kommst du mit?«

Keuchend blieb er vor mir stehen und hatte dabei nicht wenig Ähnlichkeit mit einem Hund, der einem die Leine bringt, damit man mit ihm Gassi geht. Eigentlich verspürte ich wenig Lust, mich von meinem Buch zu trennen, aber andererseits wollte ich es auch nicht zu schnell durchlesen. Es war schon merklich dünner geworden, und das gefiel mir auch nicht. Ich warf einen Blick an Finn vorbei nach draußen. Immer noch strahlend blauer Himmel! Nicht gerade typisches Schottland-Wetter, aber bestimmt schön, um ans Wasser zu gehen. Also nickte ich, woraufhin Finn bereits wieder herumwirbelte und schreiend davonrannte, dass ich mitkommen würde.

Von Fearghas war weit und breit nichts mehr zu sehen. Ich hatte überhaupt nicht bemerkt, dass er die Büsche ausgegraben und das Beet anschließend säuberlich wieder hergerichtet hatte. Wenigstens hatte er mich in Ruhe gelassen. Nicht dass ich Interesse an der Bekanntschaft mit irgendeinem dahergelaufenen Schotten gehabt hätte.

Meine Eltern und Finn warteten bereits vor dem Haus. Gemeinsam liefen wir den Schotterweg herunter und erreichten innerhalb weniger Minuten das Loch, an dessen Ufer wir einer Straße bis zu einem kleinen Bootshafen folgten. Eine kleine Insel schirmte sie vom Rest des Lochs ab, in deren Bucht dadurch einige Segelboote in ruhigerem Wasser dümpelten. Im Hintergrund waren die Berghänge vom gegenüberliegenden Ufer zu sehen, die sich wie mächtige Wächter über die Szenerie erhoben. Es war wunderschön, und meine Mutter sparte wieder nicht mit begeisterten Ausrufen. Immer wieder blieb sie stehen und machte Fotos, während Finn bereits mit seinen Croqs direkt ins Wasser rannte.

»Das ist überhaupt nicht kalt. Ich will schwimmen gehen!«

»Jetzt warte doch erst einmal ab«, rief meine Mutter und watete ebenfalls mit ihren Trekkingsandalen hinein. »Ist das Wasser klar, schaut doch nur.« Sie winkte zu meinem Vater und mir herüber, dabei strahlten ihre blauen Augen. Meine Mutter liebte Wasser über alles. Für sie setzte in dem Augenblick die Erholung ein, wenn sie ein Stückchen Meer oder etwas Vergleichbares sah. Das Loch schien ganz klar ihren Ansprüchen gerecht zu werden.

Mit lautem Gebell sprang einer der Hunde, die uns vorhin auf der Farm begrüßt hatten, zu Finn ins Wasser und stellte sich abwartend vor ihn hin. Mein Bruder lachte laut, griff sich einen Stein und warf ihn in hohem Bogen ins Wasser. Der Hund sprang hinterher, kehrte dann zu ihm zurück und bellte erneut.

»Etive! Aus!«, schrie Adam, der plötzlich hinter mir aus einer kleinen Hütte auftauchte, den anderen Hund neben sich. Ich hätte schwören können, dass dieser Hund etwas abfällig auf seinen Kameraden herabsah.

»Hallo Adam«, sagte ich und lächelte.

»Hallo, Klara. Etive ist ein alter Hund, aber immer noch total verrückt wie ein Welpe. Ganz anders als unsere Dee.« Zärtlich tätschelte er der Hündin über den Kopf, die schwanzwedelnd davon rannte, als Fearghas auf dem Bootssteg auftauchte. Nahezu gleichzeitig trennte auch Etive sich von ihrem Spiel mit Finn und lief auf ihn zu. »Ja, da hält keiner von uns mit. Sobald Fearghas auftaucht, ist kein Tier hier mehr zu halten. Alle wollen sie von ihm gestreichelt werden.« Das Lächeln Adams wurde breiter und überstrahlte sein ganzes Gesicht. Es war sicherlich auch markant zu bezeichnen, da nicht zu übersehen war, dass er sich wohl die meiste Zeit an der frischen Luft aufhielt, hatte aber keinerlei Ähnlichkeit mit seinem Sohn. Auch die Statur war vollkommen unterschiedlich. Während Fearghas groß und schlank war, war sein Vater eher klein und drahtig.

Eine Frau kam den Weg entlang und beanspruchte Adams Aufmerksamkeit, sodass ich mich zu meiner Mutter und meinem Bruder gesellte. Das Wasser sah wirklich verlockend aus. Hätte ich doch nur das Badezeug mit runter genommen. Mein Bruder stand schon bis zu den Oberschenkeln im Wasser, während meine Mutter sich die Beine ihrer Jeanshose so weit wie möglich aufgekrempelt hatte. Mit einem vielsagenden Blick von Adam zu Fearghas sagte sie: »Den Postboten möchte ich gerne mal sehen«. Damit brachte sie meine Überlegungen auf den Punkt. Wir grinsten uns verschwörerisch an.

Hinter ihr ließ sich Finn mit einem gespielten Stolpern und einem theatralischen Aufschrei der Länge nach in das Wasser fallen.

»Gut, dass wir es nicht weit haben«, lachte sie. »Willst du nicht auch?«

»Au ja, Klara. Lass uns vom Steg ins Wasser springen!«

Lust hatte ich schon, aber das Wasser musste doch total kalt sein. Schließlich hatte das Loch eine direkte Verbindung zum Meer. Ein wenig misstrauisch schnürte ich meine Turnschuhe auf und streifte sie ab. Vorsichtig trat ich in das Wasser und war überrascht. Es war wirklich gar nicht so kalt.

Übermütig rannte Finn an mir vorbei und stand schon hüpfend und springend auf dem Steg. Seine dunklen Haare klebten in dicken Strähnen um sein rundes Gesicht.

»Komm schon, Klara! Lass uns springen!«

Fearghas, der sich gerade mit meinem Vater unterhielt, sah zu mir, und das gab mir damit den Rest. Eigentlich war seine Miene neutral, aber sicher erwartete er, dass ich kneifen würde. Jetzt erst recht. Schnell rannte ich zu meinem Bruder, der schon auf eine Stelle zwischen zwei Booten zeigte.

»Hier! Hier ist prima!«

»Wir springen bei drei!«, rief ich. Er nickte begeistert und stellte sich in Sprungposition.

»Eins!«

»Zwei!«

»Dr …«

»Warte!«, schrie ich, plötzlich doch unsicher und kicherte. Das Wasser war total klar, aber vielleicht doch zu kalt, wenn man dann so da reinsprang?

»Ach Mensch, Klara! Was ist denn?«

»Ist es auch tief genug?«

»Ja.«

»Okay, dann bei drei.«

»Eins! ... Zwei! ...«

»Halt, Moment noch! Bist du sicher?«

Finn verdrehte die Augen. »Also willst du jetzt springen, oder nicht? – Schau mal, da unten ist eine schöne Muschel.«

»Wo?« Neugierig lief ich näher und beugte mich vor, um besser sehen zu können. Da schimmerte mir wirklich eine große runde Muschel verlockend auf dem sandigen Boden des Lochs entgegen.

Plötzlich erhielt ich einen heftigen Stoß in den Rücken. Ich stürzte vor, schrie, als ich in das kalte Wasser eintauchte, und verstummte gerade noch rechtzeitig, bevor das salzige Nass über meinem Gesicht zusammenschlug.

»Finn«, brüllte ich halb wütend, halb lachend, als ich wieder auftauchte. Das Wasser war herrlich erfrischend, während ich mich auf der Stelle tretend nach meinem Bruder umsah. Doch auf dem Steg stand bloß Fearghas, der ein unschuldiges Lächeln aufgesetzt hatte. Neben mir strampelte Finn im Wasser und schlug mit der flachen Hand so gegen die Oberfläche, dass sich ein Schwall über den Steg ergoss. Leider ohne Fearghas zu erreichen.

»Komm auch rein, wenn du dich traust«, brüllte Finn und spritzte erneut.

»Nein, tut mir leid. Ich habe leider keine Zeit.« Entgegnete er mit einem Zwinkern und deutete auf ein näherkommendes Motorboot. »Ich bin verabredet.«

»Ja, klar. Du bist ein Weichei«, murmelte ich leise und lief rot an, als er mir direkt in die Augen sah, als ob er meine Worte verstanden hatte.

Doch er schwieg und hob lediglich kurz eine Hand und schlenderte dann über den Steg davon auf das Boot zu, das am anderen Ende hielt. Mehrere Jugendliche saßen darin und begrüßten Fearghas johlend. Kurz darauf brausten sie mit ihm davon.

*

Nach dem Abendessen saß ich noch lange auf der Terrasse des Ferienhäuschens und las in meinem Buch. Meine Eltern spielten mit Finn Uno, doch ich hatte keine Lust darauf. Es lief bei diesem Spiel immer auf dasselbe heraus. Mein Bruder zockte uns alle ab, und mein Vater raufte sich seine spärlichen Haare. Da saß ich doch lieber hier und genoss die Ruhe. Als sich knirschende Schritte auf dem Schotterweg näherten, sah ich auf und bemerkte erst jetzt, dass der Abendhimmel sich inzwischen mit dunklen Gewitterwolken zugezogen hatte. Wind war aufgekommen, den ich gar nicht bemerkt hatte, weil ich völlig windgeschützt zwischen den Häusern saß. Er zerzauste Fearghas das Haar und zerrte an seinem Hemd, das klatschnass an seinem Oberkörper klebte, als er durch das Tor schritt. Sein Gesicht wirkte seltsam angespannt und ja, eigentlich sogar zornerfüllt.

»Hallo«, sagte ich, unsicher, ob ich mich überhaupt bemerkbar machen sollte.

Fearghas stockte und starrte mich an. Seine Augen funkelten so voller Wut, dass ich mich für einen kurzen Augenblick versteifte. Dann fuhr er sich mit der flachen Hand über das Gesicht und seufzte leise. »Hallo«

»Entschuldige, ich gehe wohl besser rein«, sagte ich und wollte aufstehen, dabei fiel mir auf, dass auch seine Jeans völlig durchnässt war.

»Nein, nein!«, stieß er eilig hervor und hob beschwichtigend die Hand. »Nein, ist schon in Ordnung. Das ist eure Terrasse. Du kannst dort sitzen, wann du willst. Und ich hatte sowieso vor, ins Haus zu gehen.«

»Ist alles in Ordnung?«, fragte ich und biss mir auf die Lippen. Es ging mich nichts an. Ich kannte ihn noch nicht mal. Aber dennoch, Fearghas wirkte so aufgebracht, dass ich einfach fragen musste.

Er betrachtete mich kurz, dann zuckte er mit den Schultern. Sein Blick wurde etwas milder, aber immer noch war die Wut darin deutlich zu sehen. Ich sah aber auch, dass sie sich nicht gegen mich richtete. Wahrscheinlich hatte er einen Streit mit seinen johlenden Freunden vom Boot gehabt. Allerdings frage ich mich schon, warum er so nass dabei geworden war. Ob sie ihn wohl ins Wasser geworfen hatten?

»Ich habe mich nur über die Idioten geärgert, mit denen ich unterwegs war. Das ist alles«, entgegnete er langsam und bestätigte damit meine Vermutung. Doch ich hörte auch deutlich heraus, dass das eigentlich nicht alles war. Aber ich schwieg und nickte bloß.

Ein Blitz zuckte über den Himmel und beleuchtete Fearghas auf unheimliche Weise. Seine Augen wirkten dadurch überdimensional groß für sein Gesicht. Donner folgte nahezu zeitgleich, und ich zuckte zusammen. Dieses Bild hätte jedem Gruselfilm alle Ehre gemacht.

»Du solltest doch besser hineingehen«, sagte er, und auf einmal klang es doch ein wenig wie eine Drohung. Ich nickte eilig, nahm mein Buch und war froh, als ich die Tür hinter mir ins Schloss zog und mich zu meiner Familie gesellen konnte. Plötzlich fand ich es gar nicht mehr so dramatisch, dass Finn mir ständig die gemeinen Karten aufdrückte und ich mehr und mehr Karten in der Hand hielt.

Zufrieden strich mein Vater nach einer Weile über seinen Schnauzbart, der inzwischen mit vielen Silberfäden durchzogen war, als er schließlich die letzte Karte ablegte und seine leeren Hände präsentierte: »Gewonnen!«, verkündete er freudestrahlend wie ein Kind. »Der alte Uno-Meister ist abgesetzt! Es lebe der Uno-Meister!«

»Ich will Revanche!«, forderte mein Bruder und schob meinem Vater den Stapel Karten zu, damit dieser sie neu mischen konnte.

Ich lehnte mich zurück und genoss das Geplänkel und die Sicherheit, die in dieser Runde herrschten, während draußen ein Sturm über das Land zog, der einen Lärm veranstaltete, als wollte er alles zerschlagen. Die Begegnung mit Fearghas hatte ich vollständig vergessen, als ich Stunden später schlafen ging.

Kapitel 2

Als ich am nächsten Morgen aufwachte, war von dem Gewitter, nichts mehr zu sehen. Die Sonne schien bereits wieder klar vom wolkenlosen Himmel und leerte die Pfützen, die hier und da entstanden waren.

Meine Familie und ich fuhren nach Oban, einer hübschen Stadt, die direkt an der Küste lag, und mit vielen Geschäften und Cafés lockte. Meine Mutter stürmte die Touristeninformation und stopfte jeden Flyer, für den sie nichts zu bezahlen brauchte, in ihren übergroßen Rucksack.

»Oh, sieh mal, Markus«, rief sie nach meinem Vater und deutete auf ein Plakat an der Wand, auf der ein Seehundbaby abgebildet war. »Hier bekommen wir die Karten für den kleinen Zoo zehn Pfund billiger. Lass uns gleich welche mitnehmen. Wir wollten doch sowieso die Tage da hin.«

Mein Vater nickte und ging zum Schalter, während meine Mutter weiterhin Flyer einpackte, als könnte sie uns damit die nächsten vierzehn Tage verpflegen. Hochrot im Gesicht schleppte sie den schweren Rucksack dann später durch die vielen Gassen. Aber sie verlor darüber kein Wort. Ich wusste bereits jetzt, dass sie den Nachmittag damit verbringen würde, die Flyer zu studieren und anschließend zu einem wandelnden Reiseführer mutierte, der die Gegend in- und auswendig kannte.

Als wir zurück zu unserem Ferienhaus gelangten, parkte ein Polizeiauto im Hof der Farm. Ein Polizist stand mit Fearghas und Adam vor der Haustür. Alle drei sahen flüchtig auf und unterhielten sich dann weiter. Während meine Familie ins Haus ging, blieb ich vor dem Gartenzaun stehen. Nur beiläufig streichelte ich Dee und Etive, die wieder zur Begrüßung heranstürmten und ihre Nasen fordernd in meine Handflächen vergruben. Viel mehr interessierte mich, worüber sich die Männer unterhielten. Adam sagte etwas zu seinem Sohn, der daraufhin wütend den Kopf schüttelte: »Wie ich bereits mehrfach sagte, ich bin einfach nur nach Hause geschwommen.«

»Aber es war spät am Abend, ein Gewitter zog herauf und die Insel, auf der die Jungs festsaßen, ist verdammt weit draußen für einen Schwimmer.« Der Polizist notierte sich etwas in ein Notizbüchlein, während er sprach. Dann stemmte er die Arme in die Seiten. »Hör zu, Junge. Das wäre schon bei ruhigem Wasser eine lange Strecke. Mit dem Boot ist es eine gute halbe Stunde.«

»Das Wasser war eigentlich ruhig. Nur die Idioten waren einfach zu blöd und mussten ja unbedingt die Seehunde jagen. Ich jedenfalls hatte keine Lust auf der Insel mit ihnen zusammen festzuhängen, nachdem das Boot umgekippt ist, und bin in unsere Bucht geschwommen. Was anderes habe ich nicht zu sagen. Und ich habe auch nicht das Boot umgeworfen, falls Sie auf diese Idee kommen sollten.«

»Nein!«, der Polizist hob abwehrend die Hände und lachte. »Das halte ich dann doch eher für unmöglich. Dann könnte ich genauso gut behaupten, ein Selkie hat den Sturm über die Jungs gerufen, weil sie die Seehunde bedroht haben.« Er steckte das Notizbuch in seine Brusttasche und hielt Fearghas und Adam die Hand hin, um sich zu verabschieden. »Nun gut, Fearghas, da sich die anderen Jungs Sorgen um deinen Verbleib gemacht haben, musste ich für meinen Bericht wissen, wie du hierhergekommen bist. Aber wenn du bei deiner Geschichte bleibst ...«, er zuckte mit den Schultern, » ... dann werde ich es so in meinen Bericht schreiben. Einen schönen Tag noch.« Damit tippte er grüßend gegen den Schirm seiner Dienstmütze, stieg in sein Auto und fuhr davon. Fearghas und Adam sahen ihm nach, dann gingen sie in ihr Haus, ohne mich zu beachten.

War er wirklich am Abend eine Strecke geschwommen, für die man mit dem Boot bereits dreißig Minuten brauchte? Das würde zumindest erklären, warum er gestern vollkommen durchnässt war und vielleicht auch seine Wut. Nachdenklich ging ich ins Haus.

*

Den Rest des Tages bekam ich Fearghas nicht mehr zu Gesicht. Auch als wir später am Abend wieder zum Anleger gingen, weil mein Vater und mein Bruder dort noch angeln wollten, war er weit und breit nicht zu sehen. Also setzte ich mich dort auf eine Bank, die im Schatten eines großen Baumes stand, und holte mein Buch heraus. Inzwischen hatte sich herausgestellt, dass der Held des Buches eine Art Wassermann war, der natürlich schwimmen konnte wie ein Fisch. Nachdenklich sah ich auf das Wasser und versuchte mir Fearghas als Meermann mit Fischschwanz vorzustellen, mit dem er locker die größten Wellen durchpflügte.

»Na, von wem träumst du denn?«

Die Stimme meiner Mutter holte mich aus meinem Tagtraum zurück. Ich kicherte verlegen und schüttelte den Kopf. Doch meine Mutter warf einen Blick auf das Buch in meiner Hand. Sie hatte es vor mir gelesen und nickte lächelnd.

»Hier könnte man sich wirklich einen Wassermann vorstellen. Wenn nicht hier, wo dann?« Dann holte sie ein Blatt Papier hervor, auf dem ein kleiner Teil des Lochs aufgezeichnet war, genauer gesagt, die nähere Umgebung des Hafens.

»Adam hat uns diese Karte gezeichnet, damit wir morgen eine Bootstour machen können.« Sie fuhr mit der Fingerspitze einmal über die Karte und tippte auf ein paar kleinere Inseln. »Dort gibt es ganz viele Seehunde, und hier ist wohl das Boot von Fearghas und seinen Freunden umgekippt.« Jetzt fuhr sie den ganzen Weg auf der Karte wieder zurück bis zu unserer Bucht. »Er ist also einen erstaunlich langen Weg zurückgeschwommen. Da kann man schon mal an Wassermänner glauben, nicht wahr?« Ihre blauen Augen blitzten begeistert. Meine Mutter liebte solche Ideen und hatte mir erzählt, dass sie sogar fest an die Existenz von Nessie glaubte.

Skeptisch sah ich in die Richtung, in der die Inseln liegen mussten, die aber von hier nicht zu sehen waren, zum Teil, weil sie von der gegenüberliegenden Insel verdeckt wurden. Ich konnte mir schon kaum vorstellen bis zum anderen Ende der Insel zu schwimmen, geschweige denn weiter.

»Vielleicht ist er aber auch nur von hier«, ich deutete auf die Inseln der Seehunde, »bis zu der Insel dort geschwommen. Dann ist er über die Insel gelaufen und nur wieder den Rest zu unserem Anleger herüber?«

»Wäre trotzdem noch weit, findest du nicht?«

»Es gibt keine Wassermänner, weißt du?«, sagte ich und sah sie zweifelnd von der Seite an. Ich war mir nicht sicher, wie ernst es ihr war. »Vielleicht ist er einfach nur ein guter Schwimmer. Hast du mal seinen Oberkörper gesehen? Er sieht aus wie einer dieser Olympiaschwimmer.«

»Ja, habe ich. Ich bin zwar viel älter als du, aber blind bin ich deswegen noch nicht.« Sie zwinkerte mir vergnügt zu und scheuchte mit ihrem Buch eine lästige Mücke davon. Ich warf einen erstaunten Blick auf den Titel. »Mein Herz für den Hochländer?«, fragte ich. Sie las zwar auch gerne Geschichten, die im Urlaubsland spielten, aber Kitschromane gehörten normalerweise nicht dazu.

»Es ist furchtbar«, gestand sie grimmig. »Aber jetzt lese ich es auch zu Ende.« Damit schlug sie es auf und begann zu lesen. Ich beobachtete sie dabei, wie ihre Augen über die Zeilen huschten und sie dabei immer wieder den Kopf schüttelte und die Augen verdrehte. Dennoch las sie Zeile um Zeile tapfer weiter und vergaß mich und die leidigen Wassermänner.

*

Lustlos trabte ich meiner Familie am Morgen unseres dritten Tages hinterher. Adam hatte meinen Eltern eine Bootstour empfohlen, die an den Seehundinseln vorbeiführte. Mit etwas Glück sollten wir auch Schweinswale sehen können, die mit der Flut den Makrelenschwärmen ins Loch hinein folgen sollten. Da ich nicht wusste, was ich sonst hätte tun sollen und mich die Aussicht auf ein paar niedliche Seehunde schon lockte, hatte ich mich nach einigem Hin und Her doch noch dazu durchgerungen, mitzufahren.

Als wir bei den Inseln ankamen, lagen dort unzählige Seehunde mit ihren Jungtieren, die sich augenblicklich ins Wasser stürzten, wenn wir zu nahe kamen. Verzweifelt versuchte ich, brauchbare Fotos mit meinem Handy zu schießen, was bei diesem Wellengang, wenn auch kaum einer da war, so gut wie unmöglich schien. Meine Mutter tippte mich an und zeigte auf die Insel, die in meinem Rücken lag. Während mein Vater und Finn sich gemeinsam aufstellten und unter leisem Gelächter aus dem Boot pinkelten, flüsterte sie:

»Hier ist das Boot gekentert. Kannst du dir vorstellen, das Fearghas dort rüber geschwommen ist? – Also, wenn ihn kein Boot mitgenommen hat, halte ich es doch bei stürmischem Wetter eher für unwahrscheinlich.«

Ich folgte dem Blick meiner Mutter. Sie hatte Recht. Die hauptsächlich aus grauen Felsen bestehende Insel war schon für einen Schwimmer ganz schön weit. Und Fearghas beharrte darauf, dass er sogar noch weiter geschwommen war. Ich verstand die Zweifel meiner Mutter und die der Polizei. Dennoch sagte ich:

»Er ist halt ein durchtrainierter Schwimmer und kennt die Gewässer.«

Meine Mutter winkte wortlos ab. Das Thema schien damit, vorerst für sie beendet zu sein. Finn und mein Vater hatten sich zwischenzeitlich wieder gesetzt und die Angeln ausgeworfen, die wir im Schlepp hinter uns herzogen. Die beiden hatten die Hoffnung, so unser Abendessen fangen zu können, doch leider vergeblich!

»Da!«, schrie meine Mutter plötzlich hysterisch und zeigte fuchtelnd hinter unser Boot. »Schweinswale!«

Einige Meter entfernt tauchten immer wieder die kurzen runden Rücken der doch recht kleinen Tiere auf und bescherten uns eine mittlere Panik. Wir konnten unser Glück kaum fassen, tatsächlich auch noch Schweinswale zu sehen. Als sie so schnell wieder verschwunden waren, wie sie aufgetaucht waren, tuckerten wir rundum zufrieden wieder nach Hause; wenn auch leider ohne Abendessen.

Schon von weitem konnte ich Adam erkennen, der auf dem Steg stand und wie verabredet auf uns wartete.

»Wart ihr erfolgreich?«, fragte er und nahm das Tau entgegen, das meine Mutter ihm reichte. Mit geübten Bewegungen befestigte er unser Boot und half uns beim Ausladen.

»Oh, wir haben Seehunde und Schweinswale gesehen!«, rief Finn und sprang mit einem riesigen Satz auf den Steg.

»Aber leider keine einzige Makrele gefangen.« Meine Mutter folgte erheblich vorsichtiger. Kritisch betrachtete sie den Steg, bevor sie ihn betrat, als könnte er sich plötzlich abrupt zur Seite neigen und sie ins Wasser schubsen.

»Vielleicht beim nächsten Mal«, sagte Adam zuversichtlich und nahm uns das Angelzeug ab. Ich nahm die Schwimmwesten und lief zum Bootshaus, um sie dort zu verstauen. Als ich heraustrat, prallte ich gegen einen Mann, der unversehens vor mir auftauchte.

»Oh, Verzeihung«, murmelte er und räusperte sich. »Gehören Sie zum Bootsverleih?«

»Nein. Tut mir leid. Ich bin nur Feriengast«, antwortete ich und schob mich an ihm vorbei. Der Mann wandte sich langsam um und sah kurz zu Adam hinüber, der mit meinen Eltern auf dem Steg stand und sich unterhielt. Er war groß mit einer sportlich schlanken Statur und trug über einer schwarzen Jeans einen modischen Blazer.

»Vielleicht können Sie trotzdem helfen und eine Frage beantworten?«

Er lächelte mich an. Er war sicherlich als gutaussehend zu bezeichnen. Für sein Alter jedenfalls. Er mochte um die dreißig Jahre alt sein. Ein Grübchen wanderte in seine Wange und ließ sein männlich geschnittenes Gesicht verschmitzt aussehen. Doch mir entging nicht, dass das Lächeln nicht seine dunklen Augen erreichte und einfach nur eingeübt geschäftsmäßig wirkte. Er musterte mich und schien beschlossen zu haben, dass ich nicht gesiezt werden musste. »Weißt du«, fuhr er fort, »ob das Boot, das draußen gekentert sein soll, von hier stammte?«

Ich wusste nicht wieso, aber irgendetwas ließ mich plötzlich vorsichtig werden. Die Art, wie er immer wieder zu Adam hinübersah. Es wirkte auf mich, als wusste dieser Mann ganz genau, dass er nur ihn zu fragen brauchte, es aber aus irgendeinem Grund nicht tat.

Ich machte einen Schritt zurück und schüttelte den Kopf:

»Nein, das Boot kam nicht von hier!« Und das war ja auch im Grunde genommen keine Lüge. Fearghas war hier lediglich von seinen Freunden abgeholt worden. »Wieso möchten Sie das denn wissen?«

»Oh, ich habe mich noch gar nicht vorgestellt. Verzeihung!« Der Mann lächelte erneut. Wieder tauchte das Grübchen auf. Seine dunklen Augen waren von langen gebogenen Wimpern umrahmt und erinnerten mich wage an Fearghas. Wieder eine Verschwendung an einen Mann, die eher einer Frau zugestanden haben sollte. »Mein Name ist Sean McDougal. Ich arbeite für die hiesige Zeitung und wollte den Jungen interviewen, der durch das Loch geschwommen sein soll, um Hilfe für seine Freunde zu holen.«

»Hier gibt es keinen Jungen«, log ich diesmal unverfroren. »Die Söhne von Adam sind schon erwachsen und nicht mehr hier.«

»Oh, wie schade.« Der Reporter sagte es so, als wollte er sagen: »Ich glaube dir kein Wort, du kleine Lügnerin«, aber das war vielleicht auch nur meinem schlechten Gewissen zuzuschreiben, dass gerade vorwurfsvoll mit dem Finger auf mich zeigte. »Dann werde ich mich wohl woanders umhören müssen.«

»Ja, sieht so aus«, sagte ich und biss mir auf die Lippen. Adam kam jetzt mit meinen Eltern den Steg herunter. Hoffentlich entlarvte mich gleich niemand von ihnen als Lügner.

Doch diese Sorge war unbegründet. Auch dem Reporter war nicht entgangen, dass Adam auf das Bootshaus zukam. Mit einem knappen Nicken verabschiedete er sich und schlenderte betont lässig davon.

Ich sah ihm hinterher, bis er verschwunden war. Eine kleine Stimme in meinem Inneren flüsterte mir mit leichter Paranoia zu, dass dieser Mann dort niemals ein Reporter gewesen sein konnte. Doch bevor ich mich näher mit diesem Gedanken befassen konnte, riss Finn mich von diesen fort. Wie ein Sack ließ er sich rücksichtslos neben mich auf die Bank plumpsen, auf die ich mich inzwischen gesetzt hatte.

»Wir gehen jetzt ins Haus. Ich bin total kaputt«, seufzte er mit einem glücklichen Ausdruck im Gesicht.

»Ach, ich bleibe noch eine Weile hier und werde lesen. Es ist zu schön hier.«

»Bleib nicht zu lange«, sagte mein Vater, der dazu trat. »Komm nach Hause, bevor es dunkel wird.«

»Ja, ist gut.«

Auch ihnen sah ich eine Weile hinterher. Meine Eltern liefen Hand in Hand mit Finn den Weg zurück. Ich konnte ihnen förmlich ansehen, dass sie sich hier wohl fühlten. Eine zufriedene Ausstrahlung ging von ihnen aus, die ich in jeder Geste sehen konnte. Und auch ich musste zugeben, dass Schottland anscheinend gar nicht so schlecht war. Meine Abneigung hatte schon unter dem herzlichen Empfang von Adam und Mairee zu bröckeln begonnen. Ganz zu schweigen von der wirklich schönen Gegend. Auch ich konnte mich nicht der Faszination entziehen, die das Loch mit seinen grünen Inseln und den gewaltigen Berghängen vom gegenüberliegenden Ufer auf mich ausübte.

Ich nahm mein Buch und ging bis zum Ende des Steges. Dort zog ich meine Schuhe aus und setzte mich. Langsam ließ ich meine Füße mit angehaltenem Atem in das kalte Wasser gleiten. An dieser Stelle war das Wasser völlig dunkel. Bereits am Steg fiel der Grund des Lochs auf zehn Meter Tiefe ab. Ich sah über die glatte Fläche. Wie tief mochte es weiter draußen wohl sein, und was trieb sich in der Dunkelheit alles herum? Ein unbehagliches Gefühl beschlich mich, aber ich ließ meine Füße, die ich gerne an mich gezogen hätte, wo sie waren. Ich wollte mich nicht von meiner Fantasie beeindrucken lassen.

Für eine Weile saß ich nur da und genoss die Einsamkeit und die Stille. Lediglich das leise Gluckern des Wassers, das leicht gegen das Metall des Steges schlug, war zu hören. Neugierig betrachtete ich die zwei Segelboote, die etwas weiter draußen lagen. Die kleine Bucht bot wirklich einen gut geschützten Ankerplatz. Ob jemand auf den Booten schlief? Für den Moment schien ich jedenfalls völlig alleine zu sein. Zufrieden nahm ich mein Buch und begann zu lesen. Gerade geriet der Held in Gefahr. Die Spannung überlief mich mit einem Schauer, als sich plötzlich etwas um meinen rechten Knöchel legte und mich, wie mit einem Schraubstock festhielt. Mein Herz setzte aus. Ich schrie!

Der Griff löste sich augenblicklich, und vor mir tauchte das verlegene Gesicht von Fearghas auf.

»Bist du eigentlich vollkommen verblödet?«, schrie ich ihn wutentbrannt an. Am liebsten hätte ich auf das Wasser geschlagen, so viel Zorn rannte durch mich hindurch. Zitternd vor Schreck umklammerte ich meine Knie und legte den Kopf darauf, um mich wieder zu beruhigen.

»Entschuldigung. Ich konnte doch nicht ahnen, dass du so schreckhaft bist.« Er lächelte ein wenig verzweifelt und zog sich mit einer beeindruckend spielerischen Bewegung auf den Steg. »Tut mir wirklich leid, aber es war so verlockend, als ich deine Füße gesehen habe.«

Er wirkte so beschämt, dass ich mir plötzlich albern vorkam. Beinahe hätte ich geseufzt, stattdessen entrang ich mir ein abfälliges Schnauben. Zu leicht wollte ich es ihm auch nicht machen.

»Schon gut. Ich war gerade in einem sehr spannenden Teil in meinem Buch vertieft. Du hast das Talent mir immer im unpassendsten Augenblick zu begegnen«, sagte ich und ließ meine Füße zurück ins Wasser gleiten.

»Ah, und wie reagierst du auf mich in den passenden Augenblicken?«, schmunzelte er.

Oh, mein Gott! Ein tiefes Grübchen rutschte neben sein Lächeln, während ich gegen die Hitze in meinen Wangen kämpfte.

»So, wie man eben reagiert, wenn man irgendjemanden begegnet, den man schon mal gesehen hat. Ich sag Hallo«, entgegnete ich leicht schnippisch und trat nun spielerisch mit dem Fuß ins Wasser. »Ich habe dich übrigens vor einem Reporter verleugnet, der nach dir gefragt hat. Ich habe behauptet, dass Adam nur erwachsene Söhne hat.«

»Du hast ihn angelogen?« Er musterte mich interessiert und kein bisschen böse, was ich zunächst befürchtet hatte. Dabei bogen sich seine Augenbrauen wie geschwungene Brücken über die dunklen Seen seiner Augen. »Wieso?«

»Ich fand ihn komisch«, antwortete ich lahm, weil ich selber merkte, wie dumm sich das anhörte.

»Du bist schon ein wenig seltsam, Klara. Das weißt du schon, oder?«

»Sagte der Junge, der behauptet eine Strecke geschwommen zu sein, die ihm niemand recht glauben kann«, konterte ich.

»Okay, komm mit.« Fearghas stand auf und streckte mir seine Hand entgegen, um mir aufzuhelfen. Ich ließ mich hochziehen und versuchte dabei nicht auf seinen mehr als durchtrainieren Oberkörper zu starren. Bei jeder Bewegung quollen an irgendeiner Stelle Muskeln vor.

»Was willst du mir zeigen?«, fragte ich und konzentrierte mich auf sein Gesicht, was nicht weniger beunruhigend auf mich wirkte.

»Steig ins Boot. Kommst du mit der Steuerung klar?«

»Ja, natürlich.«

»Ich möchte dir beweisen, dass ich die Strecke locker schaffe.«

»Du spinnst!«, sagte ich und blieb stehen. »Du musst mir wohl nichts beweisen. Das Ganze geht mich noch nicht einmal etwas an.«

»Und dennoch hast du dich doch bereits eingemischt, oder nicht? Du lügst irgendwelche Fremden an, weil du denkst, dass ich etwas zu verbergen habe.«

Mir wurde plötzlich unangenehm bewusst, dass er immer noch meine Hand hielt. Mein Magen zog sich ein wenig zusammen, und das war ganz bestimmt kein unangenehmes Gefühl. Ich stand hier in dieser doch inzwischen ganz traumhaften Kulisse mit diesem … Schotten und hatte keinerlei Ahnung, wo ich jetzt noch hinschauen sollte, ohne mein Gesicht in ein purpurnes Bonbon zu verwandeln. Fearghas schien meine Verlegenheit nicht zu bemerken und zog mich sanft weiter. »Bitte!«, sagte er und schenkte mir einen bettelnden Blick. Ich seufzte und atmete tief ein.

»Na gut, aber ich muss vor Dunkelheit zu Hause sein.«

»Das ist kein Problem.« Er warf einen Blick zur Sonne, die sich langsam zu neigen begann. »Wir müssen nur mit dem Boot aus der Bucht heraus.«

Also stiegen wir in das Boot und fuhren kurz darauf auf das Loch hinaus. Das Wasser war immer noch so ruhig, wie vorhin, als ich mit meinen Eltern draußen gewesen war. Leichte Wellen schlugen gegen das Boot, die die gleiche graue Farbe hatten wie der ausnahmsweise wirklich schottisch wirkende wolkenverdeckte Himmel. Langsam tuckerte Fearghas dahin und sah auf einem imaginären Punkt. Dabei wirkte er, als ob er mich inzwischen vollkommen vergessen hatte. Wieso wollte er ausgerechnet mir beweisen, wie gut er als Schwimmer war? Ich wurde immer neugieriger und hielt es nicht länger aus, nachdem wir die Bucht hinter uns gelassen hatten: »Was ist denn überhaupt passiert? Bei diesem Unglück, meine ich.«

Fearghas richtete seine großen Augen auf mich und stellte den Motor ab. Eine Gänsehaut raste über meine Arme und meinen Rücken. War ich eigentlich noch bei Trost? Niemand wusste, wo ich war. Wenn er wollte, konnte er mich hier einfach ins Wasser werfen. Ich sah zum Ufer hinüber, das mir plötzlich viel zu klein und viel zu weit entfernt vorkam. Ich würde diese Strecke definitiv nicht mal eben so schaffen.

»Meine Freunde und ich sind zu einer Bucht gefahren und waren dort schwimmen«, begann Fearghas da langsam und sah mich dabei unverwandt an. »Wir haben gegrillt und getrunken. Einige von uns vielleicht zu viel. Auf dem Rückweg kamen wir bei den Seehunden vorbei. Mein Freund Liam hatte Wurfsterne dabei. Das ist so ein dummes Hobby von ihm. Und damit hat er dann nach den Seehunden geworfen. Die anderen fanden das ungemein lustig und machten mit. Als sie sich nicht aufhalten ließen, wurde ich so wütend, dass ich aufgesprungen bin und das Boot mit Absicht zum Kentern gebracht habe. Es war nicht weiter schwer. Wir hatten bereits heftigen Wellengang.« Er schwieg, sah mich aber weiterhin an. Dabei entging ihm auch nicht, wie meine Hände ängstlich nach sicherem Halt suchten. Ich warf einen prüfenden Blick auf die Wellen und versuchte abzuschätzen, wie leicht es ihm wohl an einem Tag wie heute fallen würde, das Boot umzuwerfen.

»Ich habe mich vergewissert, dass sich alle auf die Inseln retten konnten, und bin dann nach Hause geschwommen. Von dort hat mein Vater die Rettung angerufen. Das ist alles.« Damit stand er auf.

Erschrocken klammerte ich mich an beiden Seiten des Bootes fest. Ich hasste es zutiefst, wenn jemand in einem Boot aufstand und es dann, wie wild zu schaukeln begann. Doch nichts geschah. Das Boot schaukelte nicht mehr als zuvor.

»Ich weiß nicht, warum ich ausgerechnet dir das gleich zeige, aber ich muss es dringend loswerden.«

Noch ehe ich fragen konnte, setzte er mit einem eleganten Kopfsprung über die Bordwand, und wieder schien das Boot dies kaum zu bemerken. Fearghas tauchte sofort wieder auf und sah mich merkwürdig an. Er war doch nicht verrückt, oder?

»Ich schwimme täglich durch die Bucht«, erklärte er und tauchte ab. Verdammt, wohin? Suchend sah ich über die Wasseroberfläche, als er bereits wieder auf der anderen Seite auftauchte und sich leicht an der Bordwand festhielt. Das Boot kippte unmerklich und brachte mein Herz zum Jagen.

»Das erklärt schon, warum du so eine weite Strecke schwimmen kannst«, plapperte ich halbherzig. Ich hatte mal gehört, dass man Verrückten gut zureden sollte. Ich hob meine Hand und verbiss mir einen Fluch. Beinahe hätte ich tatsächlich seine Hand getätschelt. Er musste es bemerkt haben, denn er grinste, was mich nun auch nicht gerade beruhigte.

»Und wenn das Loch zufriert?«, fragte ich, nur um etwas zu sagen.

»Dann schlage ich ein Loch in das Eis«, antwortete er, und jetzt wurde sein Grinsen richtig wild. Doch er bemerkte, dass er mich verängstigte. Seine Miene wurde schlagartig ernst. »Tatsächlich schwimme ich jeden Tag, Klara. Aber im Winter bin ich immer nach Oban ins Schwimmbad gefahren. – Ich war immer ein guter und schneller Schwimmer, aber vorgestern ist etwas geschehen, das alles verändert hat.« Er stieß sich leicht von der Bordwand ab und schwamm einige Züge zurück. »Als wir ins Wasser stürzten, spürte ich keine Kälte – auch jetzt tue ich das nicht. Und ich war so schnell wie nie zuvor. Sieh selbst.« Fearghas drehte sich im Wasser und – konnte ich es wirklich noch schwimmen nennen? – schoss davon. Mit fließenden Bewegungen glitt er in erstaunlicher Geschwindigkeit durch das Wasser, dass ich es kaum glauben konnte. Ich starrte ihm nach, aber mein Verstand konnte nicht ernsthaft aufnehmen, was er da sah. Mit offenem Mund verfolgte ich, wie er zu den Seehundinseln und wieder zu mir zurückschwamm. Immer noch sprachlos starrte ich ihn an, als er sich neben dem Boot ausstreckte und einfach treiben ließ. Nicht der geringste Hinweis auf körperliche Anstrengung war zu erkennen.

Okay, dachte ich und versuchte mein Gehirn wieder zu starten. Er hatte ja wirklich den Oberkörper eines Profi-Schwimmers, aber das, was ich gerade gesehen hatte, war schlicht absurd und mit bloßem Training nicht zu erklären. Also, wie konnte das sein? Ein geheimes Militärexperiment, vielleicht? Vielleicht doch so ein Wassermann wie in meinem Buch? Lächerlich! Ich schnaubte, und Fearghas sah auf und warf wieder einen Blick auf die Sonne, die sich bald hinter den Bergen verstecken würde. »Es wird bald dunkel. Wir müssen zurück.« Wieder zog er sich mit dieser erschreckenden Leichtigkeit ins Boot und sah mich an, während er den Motor startete. »Und? Glaubst du mir jetzt?«

Ich nickte nur. Was hätte ich auch sagen sollen? Normal war anders.

Auf dem Rückweg sprachen wir nicht miteinander. Zu sehr beschäftigte mich das, was ich gerade gesehen hatte. Ich saß bloß da und versuchte ihn möglichst unauffällig zu beobachten. Erst als wir bereits den Weg zum Haus hinauf gingen, hielt er mich kurz auf.

»Klara?«, sagte er leise.

Überrascht begegnete ich seinem scheuen Blick.

»Bitte erzähl niemandem davon.«

»Wovon?«, sagte ich und lächelte schwach. Seine Hand brannte sich dabei in meine Haut. Er nahm sie fort, Erleichterung in der Stimme:

»Danke!«

Ich nickte und öffnete unser Törchen, um zur Tür zu gehen.

»Hättest du vielleicht Lust, morgen Nachmittag eine Radtour mit mir zu machen?«

Eine Radtour in Schottland? Automatisch schob sich das Bild vor meine Augen, in dem ich völlig verschwitzt und atemlos das Rad irgendwelche Bens hochschob. Kein verlockender Gedanke, mich derartig zu blamieren. Der Kampf zwischen Blamage und dem Wunsch, ein wenig Zeit mit Fearghas zu verbringen, schien mir deutlich ins Gesicht geschrieben zu sein.

»Kaum Berge und am Ende wartet eine einsame Bucht zum Schwimmen.«

Verlegen wischte ich mir ein paar Haarsträhnen aus den Augen: »Gut«, sagte ich. »Aber vormittags sind wir noch in diesem kleinen Zoo. Wir können erst danach los.«

»Ich hole dich ab.« Leise schloss er das Tor und blieb dort stehen, bis ich im Haus verschwunden war.

Kapitel 3

Am Abend luden uns Adam und Mairee in ihren Teil des Gartens zum Grillen ein. Ihre beiden anderen Söhne, die bereits achtundzwanzig und dreißig Jahre alt waren, saßen ebenfalls mit uns am Tisch. Während ich die Makrele extrem vorsichtig von Gräten befreite, versuchte ich unauffällig alle drei mit ihren Eltern zu vergleichen.

Alexander und Oliver waren Adam wie aus dem Gesicht geschnitten, wobei Alexander auch die kleine und drahtige Figur von seinem Vater besaß.

Oliver hatte nicht so viel Glück gehabt und Mairees eher untersetzte Gestalt geerbt. Beide hatten dunkelbraune Haare wie auch Fearghas. Das war auch das Einzige, was sie tatsächlich miteinander verband. Er war einfach größer und ... ja, sah auch besser aus und jetzt, Mist, er hatte mich wohl beobachtet, denn er grinste mich offensiv an.

»Du suchst vergeblich«, sagte Fearghas in aller Seelenruhe und schob sich ein riesiges Stück Fleisch in den Mund. Das war bereits sein drittes Steak. Kein Wunder, dass er so riesig war. Allerdings hätte er auch fett sein müssen, dachte ich mit einem skeptischen Blick auf den See aus Saucen, der auf seinem überfüllten Teller schwamm.

Cathy, die Freundin von Oliver, stieß mich an und lachte: »Das habe ich auch bei unserer ersten gemeinsamen Begegnung gemacht. Wir waren Essen in einem Restaurant, und ich habe die drei Jungs miteinander und mit ihren Eltern verglichen. Fearghas hat schon damals jeden Rahmen gesprengt, und das ist drei Jahre her.«

Oh gut, jeder hatte offensichtlich gemerkt, dass ich während des Essens die anderen angestarrt hatte. Super! Ich wäre rot geworden, wenn Fearghas nicht in diesem Augenblick seinen Brocken Fleisch heruntergeschlungen und mich angestrahlt hätte:

»Ich bin adoptiert«, sagte er, als wäre es nichts Aufregendes. »Adam und Mairee sind nicht meine leiblichen Eltern.«

Oliver schlug seinem Bruder, der neben ihm wie ein Gigant wirkte, auf die Schultern. »Niemand wollte dieses hässliche Baby damals haben. Meine Eltern hatten einfach ein zu weiches Herz und jetzt sieh, was dabei herausgekommen ist: Ein fleischverschlingender Riese, der wie Dünger für die grauen Haare auf unseren Köpfen ist.«

»Er isst doch nur so viel, um sein Sixpack zu erhalten, damit er jedem Mädchen im Umkreis von zehn Meilen den Kopf verdrehen kann.«

Alexander grinste mich dabei frech an, während Finn sein T-Shirt ein Stück hochhob. »Ich will auch bald ein Sixpack.«

»Das kriegt man aber nicht vom Pizzaessen, Blödmann«, sagte ich und klatschte mit der flachen Hand auf den leicht wabbeligen Bauch.

Alle lachten herzlich, und es herrschte eine Atmosphäre am Tisch, bei der man sich einfach nur wohlfühlen konnte. Auch Fearghas saß entspannt da, während Oliver auf ihn einredete.

Adoptiert also. Wieso er wohl keine Familie mehr besaß? Ob er es wusste? Er wirkte jedenfalls mehr als zufrieden, als er sich unter den gutmütigen Schlägen seines Bruders duckte.

Nach dem Essen verabschiedeten sich Oliver und Cathy. Alexander schloss sich ihnen an, und am Tisch wurde es merklich ruhiger.

»Wollen wir Verstecken spielen?«, fragte Finn nach einer Weile.

»Es ist dunkel, Idiot«, sagte ich und verdrehte die Augen.

»Der Mond scheint.« Fearghas grinste und schenkte mir einen tiefen Blick. »Ich denke, das könnte interessant werden.«

»Ich suche zuerst!« Meine Mutter stand bereits begeistert auf, angetrieben von ihrer kindischen Natur, die sie einfach nicht unterdrücken konnte. Allerdings war mein Vater bereits noch vor ihr verschwunden. Da konnte man wirklich nur den Kopf schütteln.

»Eins!«

Ich rannte los, ohne auch nur die geringste Ahnung zu haben, wohin ich mich wenden sollte. Mein Vater stand wieder einmal still und starr an einem Baum gelehnt da. Es war so offensichtlich, dass meine Mutter ihn in ihrem Eifer wahrscheinlich tatsächlich übersehen würde. Sie fiel meistens darauf herein. Im Vorbeihetzen sah ich, wie Fearghas meinem Bruder gerade auf einem Baum herauf half, dann folgte er ihm.

Mist! Wohin?

Hektisch sah ich mich um und stürzte dann kurzerhand zwischen die Stämme der uralten Eiche. Ich hatte mich kaum geduckt, als ich auch schon meine Mutter triumphierend rufen hörte: »Hab dich! - Ich habe euren Vater!«

Beinahe zielstrebig stapfte sie als nächstes zu mir, knipste die Taschenlampe an ihrem Handy an und strahlte mir damit gnadenlos mitten in die Augen. »Klara! Ha!«

Maulend richtete ich mich auf und folgte ihr zurück auf die große Wiese. Dort irrte sie noch eine Weile auf der Suche nach dem Rest herum. Aber auf die Idee in die Bäume nach oben zu leuchten, da kam sie natürlich nicht.

»Ich gebe auf!«, rief sie schließlich und zuckte zusammen, als genau hinter ihr die beiden aus der Tanne herabfielen wie überreifes Obst.

»Ich suche jetzt«, verkündete mein Vater fröhlich, als ich gerade gehofft hatte, dass die Spielerei vorbei sein könnte. Allerdings wollte ich diesmal auch nicht so schnell erwischt werden. Ich drehte mich um und rannte direkt auf einen Busch zu, der neben dem Pavillon stand und sich an seine Wand schmiegte. Mir war beim Beobachten von Fearghas aufgefallen, dass er ein wenig hohl von innen war. Ich warf mich davor auf den Boden und kroch unter die tiefhängenden Zweige. Da der Mond nicht bis hier herunter schien, tastete ich mich mit klopfenden Herzen voran. Plötzlich berührten meine Hände etwas Weiches, und ich hätte beinahe aufgeschrien.

»Pst, sei leise«, zischte mir da Fearghas entgegen, griff nach mir und zog mich mit einem Ruck ganz unter den Busch.

»In was habe ich da gerade gefasst?«, fragte ich mit einem Anflug von Hysterie in der Stimme. Ich hasste es, wenn ich nicht sehen konnte, was ich berührte.

»Meine Hand, Klara«, wisperte er. »Es war bloß meine Hand.«

»Wir passen unmöglich beide unter den Strauch«, flüsterte ich und wollte mich rückwärts hinausschieben, aber Fearghas hielt mich fest und zog mich stattdessen noch näher an sich heran.

»Du musst nur ganz dicht bei mir liegen.«

Ich konnte das Grinsen in seinem Gesicht förmlich vor mir sehen, trotz der Dunkelheit. Mir wurde ziemlich warm und das, obwohl ich nur ein Top mit Spaghettiträgern anhatte. Ich hatte nicht gewusst, dass die Sommer in Schottland so heiß sein konnten. Und der Oberkörper, den ich in meinem Rücken spürte, war eindeutig nicht dazu beschaffen, mich abzukühlen.

»Behalte ja deine Finger bei dir«, sagte ich möglichst scharf, was nicht so einfach war, wenn man dabei nur flüstern konnte. Innerlich tippte ich mir dabei gegen die Stirn. Ich war eindeutig ein wenig merkwürdig. Da lag ich mit dem heißesten Schotten überhaupt unter einem Busch und hatte nichts Besseres zu tun, als mich wie eine alte Jungfer aufzuführen. Leider konnte ich an dem Zucken, das seinen Oberkörper durchlief, bemerken, dass Fearghas darüber lachte. Gut gemacht, Klara, dachte ich grimmig. Du machst das schon.

Plötzlich wurden die Zweige auseinandergerissen, und das fahle Licht des Mondes fiel auf mein Gesicht und das von Fearghas, nehme ich jedenfalls an.

»Ich hab sie!«, schrie da mein Bruder. »Bah! Ihr habt doch wohl nicht etwa geknutscht?« Der Ekel tropfte aus seinem Mund, wie sonst das Fett, wenn er seine Pizza aß.

»Spinnst du? Idiot!«, brüllte ich zurück und kroch wütend und immer noch erhitzter, als es mir guttat, aus dem Gebüsch.

»Leider nicht«, hörte ich Fearghas hinter mir leise lachen. Dieser schlichte Satz war die Zündschnur für die Rakete, die in meinem Gesicht explodierte und es mit Rot überschüttete. Glücklicherweise war das Mondlicht nicht so hell, dass es die anderen bemerken konnten. Als Dankeschön versetzte ich meinem Bruder einen Schlag auf den Hinterkopf und marschierte davon. Ich jedenfalls hatte genug von diesen kindischen Spielereien.

*

Nur allzu gerne hätte ich mir am nächsten Tag den Besuch in dem Zoo gespart, aber ein wenig neugierig war ich schon auf die kleinen Seehundbabys, die es dort geben sollte. So marschierten wir also frühzeitig durch den Eingang. Viel zu früh, wie ich fand. Denn meine Mutter hatte mich mitten aus dem Tiefschlaf gerissen, nur damit wir mal wieder unter den ersten Besuchern waren. Meine Eltern waren unsagbar stolz darauf, dass wir meist schon mit den Attraktionen durch waren, bevor die breite Masse kam. Ihr Motto lautete da ganz klar, immer zu Einlassbeginn bei jedem Park oder Ähnlichem aufzuschlagen. Das hatte auf jeden Fall den Vorteil, dass außer uns noch kaum jemand hier zu sein schien. Hinter dem Eingang befand sich ein Wald mit hohen Fichten und Tannen. Aus Baumstämmen geschnittene urige Bänke standen am Rand. In die geschwungenen Seiten hatten jemand kunstvoll verschiedene Tiere geschnitzt. Ein Schild in einem Baum wies uns auch darauf hin, dass wir uns in einem Wald mit vielen Eichhörnchen befanden. Doch wir hielten vergeblich Ausschau nach den putzigen Tierchen. Keiner von uns konnte auch nur eine Schwanzspitze entdecken. Nachdem wir das kleine Waldstück hinter uns gelassen hatten, standen wir vor einer Reihe niedriger Gebäude. Eine Hinweistafel zeigte uns den Weg zu den verschiedenen Tieren. Auch ohne diese Tafel hätten wir kaum die falsche Richtung einschlagen können. Wenn ich mich nicht täuschte, war das ganze Gelände nicht sonderlich weitläufig und das Ende schon jetzt zu erkennen. Wir folgten einem Rundweg, der uns an verschiedenen Gehegen mit heimischen Tierarten und Aquarien vorbeiführte, bis wir schließlich zu einem Außenbecken geleitet wurden. Drei dunkel glänzende Seehunde schwammen ein wenig träge durch das Wasser.

»In etwa zehn Minuten gibt es eine Fütterung der Seehundbabys. Sollen wir die uns ansehen?«, fragte mein Vater und deutete auf eine Tafel an der Wand. Direkt neben der Uhr mit den verschiedenen Fütterungszeiten hing dort das Bild von einem kuhäugigen Mensch-Fischwesen, das mich anglotzte, als wollte es mich hypnotisieren.

»Was soll'n das sein?« Finn kratzte sich gelangweilt an der Nase und trat näher an die Tafel heran.

»Mensch oder Monster?«, las mein Vater mit theatralischer Stimme vor. »Selkies - Legende oder Wahrheit? Entscheiden Sie selbst.«

»Was ist ein Selkie?«, fragte mein Bruder und puhlte sich mit dem Zeigefinger in den unerfindlichen Gefilden zwischen seinen Zähnen herum.

»Ein Selkie ist ein mystisches Wesen, das als Seehund in den schottischen Gewässern lebt und bei Bedarf auch als Mensch herumlaufen kann.« Meine Mutter schob sich zwischen uns. War ja klar, dass sie solche Gestalten wieder kannte.

»Sind sie gut oder böse?«

»Oh, ich denke, es gibt wohl Geschichten zu beidem. Es gibt Geschichten, dass Selkie-Männer menschliche Frauen in ihr Zuhause entführen und dort festhalten.«

»Dann ertrinken sie doch.«

»Hm, dann haben sie wohl einen ziemlich hohen Verschleiß«, grinste mein Vater und warf einen Blick auf seine Armbanduhr. »Wenn wir die Fütterung der Seehundbabys mitmachen wollen, müssen wir jetzt aber dorthin.«

Das wollten wir uns natürlich nicht entgehen lassen. Ich hätte zwar noch gerne mehr über diese Selkies gelesen, aber die Babys waren doch wesentlich interessanter. Fasziniert drängten wir uns kurz darauf mit anderen Besuchern vor einer dicken Glasscheibe und sahen einer Pflegerin dabei zu, wie sie das Futter einem Seehundbaby in das niedliche Maul schob. Es war dabei in ein Tuch gewickelt wie ein Baby und erinnerte mich ein bisschen an ET.

»Besonders spannend ist das ja nicht gerade«, nörgelte Finn. »Bekomm ich eine Pommes?«

»War ja klar, dass du wieder nur ans Essen denkst.«

»Mir ist langweilig. Hier gibt es gar nichts zu sehen.«

Leider musste ich ihm da zustimmen. Wir hatten schon alles gesehen, was der kleine Park zu bieten hatte.

»Immerhin unterstützen wir mit dem Eintrittsgeld eine gute Sache. Das kostet bestimmt eine Menge Geld, um den Zoo zu unterhalten. Und außerdem kümmern sie sich hier um verletzte und verwaiste Tiere«, meinte mein Vater.

»Das heißt, wir unterstützen noch viel mehr, wenn wir hier auch etwas essen.«

Meine Eltern verdrehten genervt die Augen, und ich tätschelte anzüglich den Bauch meines Bruders.

Schließlich machten wir uns mit gemischten Gefühlen kurz darauf auf den Heimweg. Was ich eigentlich nicht so schlecht fand, denn das bedeutete immerhin, dass ich gleich auf meine Radtour mit Fearghas gehen konnte.

Kaum fuhren wir auf den Hof, sprang ich hinauf in mein Zimmer. Ich riss den Schrank auf und zog eilig mein Badezeug heraus und stockte. Bikini oder Badeanzug? Den Bikini hatte ich mir von Julia aufschwatzen lassen, weil ich mich im Laden mal wieder für nichts hatte entscheiden können. Argwöhnisch betrachtete ich den Stoff der beiden Teile, die mit Schleifen zusammengehalten wurden. Das wäre sicher ganz nett gewesen, wenn wir Urlaub im Süden gemacht hätten, aber hier? In Schottland stellte ich mir da etwas Praktischeres vor. Oder nicht? Unentschlossen starrte ich von dem Bikini auf den Badeanzug und griff auf einen Abzählreim zurück, der mir die Entscheidung abnehmen sollte. Als dann doch der Bikini gewann, fluchte ich leise und entschied mich endlich für den Badeanzug. Fearghas war einfach sportlich und konnte einen Bikini vielleicht falsch interpretieren. Ich schlüpfte hinein und zog anschließend ein Trägershirt mit einer Bluse drüber an. Die Jeans behielt ich. Es war meine Lieblingshose, die würde ich auf keinen Fall wechseln. Eine kurze Überprüfung ergab auch keine Flecken, was eigentlich ein Wunder war, wenn man neben Finn saß, gleich wo. Nach einem Blick auf die Uhr griff ich noch eines der Badetücher und rannte wieder auf den Hof, wo ich mich suchend nach Fearghas umsah. Mairee, die gerade über den Hof kam, winkte mir zu:

»Fearghas wartet unten an unserem Schuppen auf dich. Er wollte die Räder schon einmal fertigmachen, damit ihr gleich los könnt.«

»Danke, Mairee«, sagte ich, rief meiner Familie einen kurzen Abschiedsgruß zu und rannte den Weg wieder zurück.

Als ich mich dem Ufer des Lochs näherte, erkannte ich gleich den Mann, der bei Fearghas stand und auf ihn einredete. Verdammt, offensichtlich hatte mir dieser komische Reporter nicht geglaubt. Ich beschleunigte meine Schritte. Mein Gefühl sagte mir, dass mit diesem Kerl etwas nicht stimmte. Auch Fearghas stand ihm in abweisender Haltung, die Arme demonstrativ vor seiner breiten Brust verschränkt gegenüber. Der Reporter zeigte sich jedoch unbeeindruckt und griff sogar nach Fearghas Arm, der sich mit einem Schritt nach hinten der Hand des Mannes wieder entwand.

»Was tun Sie da?«, rief ich und stellte mich neben Fearghas, während ich versuchte, das Keuchen zu unterdrücken, das meine Lungen füllte.

»Du? Wieso hast du mich angelogen? Das ist doch der Junge, nachdem ich gesucht habe«, zornig funkelte er mich an. Unbehaglich wurde mir bewusst, dass wir mit diesem Mann hier ganz alleine waren. Die Segelboote schienen unbemannt, und Adam hatte etwas in der Stadt zu erledigen. Sicher, Fearghas war groß und sicherlich kein Schwächling, aber der Mann hatte noch breitere Schultern als Fearghas, die er unter dem perfekt geschnittenen Jackett kaum verbergen konnte.

»Weil ich über diese Geschichte kein Wort mehr verlieren möchte«, fuhr Fearghas dazwischen und schob mich unauffällig hinter sich. Das beruhigte mich nicht wirklich, denn das bedeutete, dass er die Bedrohung durch den Mann genauso wahrnahm wie ich. »Und jetzt verlassen Sie bitte das Gelände. Dies hier ist Privatbesitz.«

»Ich möchte mich doch nur kurz mit dir unterhalten. Begleite mich für ein Interview in mein Büro, und es wird dein Schaden nicht sein. Ich denke, zweihundert Pfund als Belohnung sind doch in deinem Alter nicht schlecht, oder?«, versuchte er es jetzt und lächelte wieder falsch.

»Danke, aber ich habe leider kein Interesse. Bitte gehen Sie - sofort!«

Es sah aus, als wollte der Mann noch etwas sagen, doch dann ertönte das leise Brummen eines Autos, das näher kam. Adam hoffte ich und sah auf den Weg.

»Gut, dann also nicht«, zischte der Reporter und warf ebenfalls einen schnellen Blick auf den Weg, auf dem jetzt tatsächlich Adams Wagen zu erkennen war. Erleichtert winkte ich ihm zu und registrierte aus den Augenwinkeln, wie sich der Reporter in seinen schwarzen Wagen setzte und davon fuhr.

»Bist du diesem Kerl schon einmal begegnet?«, fragte ich Fearghas, der sich langsam entspannte.

»Nein!«

»Er sieht dir ähnlich, weißt du?«, sagte ich vorsichtig. Doch noch, ehe Fearghas antworten konnte, hielt Adam und stieg aus.

»Na, ihr Zwei! Was war denn das für ein Kerl? Habe ich den nicht schon letztens hier gesehen?«

»Irgendein Reporter von einer Zeitung aus Oban.« Fearghas zuckte mit den Schultern. »Er wollte unbedingt wissen, was an dem Abend des Gewitters geschehen ist. Aber wir beide müssen jetzt los, Dad. Sonst wird es zu spät, um noch in der Bucht schwimmen zu gehen.«

»Du hast Recht. Viel Spaß«, damit zwinkerte er mir zu und ging zu seiner Hütte.

Fearghas führte mich zu einem kleinen Schuppen, an dem bereits drei Räder lehnten. Ich atmete auf, das eine war ein E-Bike. Das konnte ich hier sicher gut gebrauchen. Doch als ich danach greifen wollte, schob Fearghas mir ein Mountainbike zu und musterte mich auffällig anzüglich.

»E-Bikes sind doch nur etwas für alte Leute, Klara. Du bist doch nicht schon gebrechlich, oder?«

Ich wurde rot und schüttelte den Kopf. Nun gut, wenn man meine dünnen Beinchen betrachtete und die muskulösen Beine von Fearghas war ich im Gegensatz zu ihm sicherlich als gebrechlich zu bezeichnen. Aber ich schluckte jeden Kommentar herunter und nahm das Rad, das er mir zuschob.

»Der Weg führt uns an der Küste entlang. Dort gibt es kaum Steigungen.«

»Wenn nicht, werden wir wohl niemals die schöne Bucht erreichen, weil ich bereits vorher an akuter Überbelastung in irgendeinen Graben fallen werde.«

Fearghas lachte und fuhr los. Meine anfänglichen Bedenken zerschlugen sich schnell. Er hatte wirklich einen Weg gewählt, der nahe am Wasser entlangführte und nur leichte Steigungen enthielt. So fuhren wir in einem guten Tempo, ohne dass ich das Gefühl hatte, nicht mit ihm mithalten zu können. Nach einer Weile kreuzten wir eine breitere Straße, die jedoch auch nur eine Single-Track-Road war.

»Wir müssen jetzt ein Stück hier entlang. Bleib dicht hinter mir.«

»Wenn du mir nicht davon rast.«

»Wieso sollte ich? Vielleicht warte ich ja nur auf eine Gelegenheit, da weiterzumachen, wo wir gestern Abend aufgehört haben?«

Bumm! Meine Wangen explodierten. Fearghas tat, als hätte er nichts gemerkt und fuhr weiter. Ich holte tief Luft und trat wieder in die Pedale, um ihn einzuholen. Wo genau, wollte er denn bitte weitermachen? Wir hatten doch lediglich … gemeinsam unter einem Busch gelegen. Oh, nein!

Ein entgegenkommendes Auto lenkte mich ab. Ich würde mich nie an diesen komischen Linksverkehr gewöhnen. Ständig hatte ich das Gefühl, dass ich jeden Augenblick überfahren werden würde. Fearghas bemerkte, dass ich etwas zurückgeblieben war und wartete auf mich. Als wir weiterfuhren überholte uns recht eng ein schwarzer Wagen, und ich hätte schwören können, dass dieser komische Reporter drin saß. Verfolgte er uns? Das unbehagliche Gefühl schlüpfte in meinen Magen und warf die Horde Schmetterlinge einfach heraus, die sich dort häuslich niedergelassen hatten. Wofür ich beinahe dankbar war. Ich war schließlich nur für die Ferien hier. Es brachte mir nichts, wenn ich mich auf Fearghas einließ, auch wenn er noch so toll war. Ich seufzte und seufzte noch lauter, als ich das Schild las, das auf einen kleinen Seitenpfad deutete, in den Fearghas jetzt abbog. The Kissing Gate stand in leicht schnörkeliger Schrift darauf. Diesmal lachte Fearghas schamlos, wie ich fand, als er meinem vorwurfsvollen Blick begegnete.

»Du brauchst mich nicht zu verdächtigen, Klara. Kissing Gate heißen bei uns die Tore, durch die Fußgänger auf große Weiden gehen können. Sie sind extra so gebaut, dass nur ein Mensch durchkommt, aber kein Rind.«

Langsam fragte ich mich, ob ich nicht besser mein Gesicht grundsätzlich mit einem roten Make-up versehen sollte. Dann wären solche Momente nicht ganz so schrecklich peinlich. Zu meiner Blödheit kam also die offene Scham in meinem Gesicht, die bei jedem seiner Worte nur intensiver wurde. Wie ich das verabscheute. Aber wie kam man bloß auf die völlig abwegige Idee, ein Weidegatter als Kuss-Tor zu bezeichnen? Fearghas tat als hätte er meine dumme Frage schon wieder vergessen. Aber ich konnte deutlich den amüsierten Zug in seinen Mundwinkeln sehen. Ungerührt öffnete er das Tor, das dicht hinter der Straße unter einer großen Trauerweide lag. Ich schob mein Rad hindurch, saß auf und fuhr kommentarlos davon, während ich hörte, wie er hinter mir das Gatter wieder schloss und mir hinterher radelte. Der Weg war schmal und von einer Seite von dichten mit Moosen bewachsenen Büschen und Bäume begrenzt. Auf der anderen Seite war nackter Fels. Ein Weg wie aus einem Bilderbuch. Jeden Augenblick konnten Trolle oder Elfen auf den Weg schlüpfen, da war ich mir sicher. Es war einfach traumhaft und genau das, was ich so sehr mochte. Mit einem Mal kam es mir gar nicht mehr so schlimm vor, dass ich nicht wie alle anderen auf einem überfüllten Strand auf Mallorca lag und mich langweilte. Ich warf einen Seitenblick auf Fearghas, der jetzt neben mir fuhr. Nein, das hier war besser. Viel besser!

»Wir sind gleich da!«, sagte er und warf mir einen Blick zu, der dafür sorgte, dass ich beinahe gegen den Fels fuhr. Gerade noch rechtzeitig konnte ich den Lenker nach links reißen und fuhr stattdessen in Fearghas Vorderrad, der daraufhin zur Seite kippte, aber einen Sturz mit einem schnellen Sprung aus dem Sattel verhinderte, geistesgegenwärtig nach meinem Rad griff und damit auch noch meinen Sturz verhinderte.

»Oh, 'tschuldigung«, murmelte ich verlegen und wusste nicht so recht, wo ich hinsehen sollte. Langsam war es wirklich genug an Peinlichkeiten.

»Nichts passiert«, entgegnete er sanft. Für einen schrecklichen Moment dachte ich, er würde meine Hand greifen oder etwas anderes Schreckliches, und mein Herz stand solange still. Doch Fearghas schob lediglich mein Rad wieder in eine ordentliche Position. Praktisch veranlagt, dachte ich und sagte möglichst beiläufig: »Wollen wir dann weiter?«

Nur wenige Minuten später erreichten wir endlich die Bucht, die wie aus dem Nichts vor uns auftauchte, als wir durch einen kleinen Felsenbogen fuhren. Ergriffen blieb ich stehen und blinzelte überrascht. Die Bucht war wie versprochen mit einem herrlichen und nahezu weißen Sandstrand ausgestattet, aber einsam? Hier schien eher irgendwo ein Bus mit Badetouristen angekommen zu sein. Mehrere Strandlaken waren ausgebreitet und Pärchen oder Familien lagen am Strand, spielten Ball oder planschten im Wasser.

Fearghas starrte entgeistert auf die Szenerie, die sich uns bot.

»Das habe ich hier noch nie erlebt. Tut mir leid. Ich habe keine Ahnung, wo diese Leute alle herkommen.«

»Das macht nichts. Es ist trotzdem sehr schön hier.«

Langsam schoben wir unsere Räder bis zu einem buckligen Felsen und lehnten sie daran. Hier hatten wir Schatten und waren ein wenig von den anderen Menschen abgeschirmt. Aber so richtig Lust auf Schwimmen hatte ich jetzt nicht mehr. Alleine wäre irgendwie netter gewesen.

Während Fearghas unsere Sachen ausbreitete, ging ich neugierig zum Wasser. Kleinere und größere Felsen säumten hier den Übergang zwischen Strand und Wasser. Ich kletterte auf einen Felsen hinauf und setzte mich, dabei fiel mein Blick auf etwas silbrig Glänzendes. Neugierig sprang ich in den Sand und hob es auf. Es war unglaublich weich und glatt und wirkte, wie ein seidiges Stück Fell aus dem Jemand ein kleines Armband gefertigt hatte. Was das wohl für ein Tier gewesen war, dachte ich. Fasziniert strich ich mit den Fingerspitzen über die kurzen Haare, die sich an meine Haut schmiegten. Ich lehnte mich an den erstaunlich warmen Felsen und betrachtete das Armband genauer. Ich war noch nie besonders gut darin gewesen, Tiere nur anhand ihres Felles zu bestimmen. Tatsächlich war ich mir noch nicht einmal sicher, ob dies nicht eher ein Kunstfell war, so schön, wie es sich anfühlte.

Wem mochte es gehören? Ich sah auf und entdeckte eine junge Frau mit einem kleinen Mädchen an der Hand, die suchend über den Strand schritten und dabei jeden Zentimeter des Bodens zu betrachten schienen. Sicher hatte die Kleine das Armband verloren. Ich stieß mich von dem Felsen ab und ging auf die beiden zu. Als die ältere mich bemerkte, warf sie einen ängstlichen Blick über die Schulter zu den anderen. Dann sah sie wieder zu mir. Doch die Angst in ihrem Blick war nicht verschwunden. Was mich aber wirklich erschreckte, war die Tatsache, dass sie haargenau die gleichen Gesichtszüge wie Fearghas besaß. Ja, selbst ihre langen und glatten Haare, die ihr bis weit auf den Rücken fielen, hatten den gleichen dunkelbraunen Ton mit vereinzelten kupfernen Strähnen dazwischen.

»Sucht ihr vielleicht das?«, fragte ich und hielt ihnen das Armband entgegen.

Das hübsche Gesicht des Mädchens erbleichte und die Kleine klammerte sich an ihr Bein.

»Ja, bitte, gib es mir. Bitte!«, sagte sie flehend, was mir wegen eines kleinen Kinderarmbandes ein wenig übertrieben erschien.

»Natürlich. Ich habe es zwischen den Felsen gefunden.« Ich reichte es der Kleinen, die es dankbar entgegennahm, aber ihre sichere Position am Bein der Älteren nicht verließ.

»Danke«, wisperte die Kleine und verbarg ihr Gesicht.

»Schon gut«, sagte ich und wollte mich abwenden.

»Geht nicht ins Wasser. Verlasst den Strand«, flüsterte die Ältere und nahm das kleine Mädchen auf den Arm und drehte sich weg. »Es ist besser, wenn ihr wieder geht!«

Ich starrte sie an, wollte sie aufhalten und tat es doch nicht. Sie ging mit gesenktem Kopf und schnellen Schritten davon, um sich auf ein Laken zu setzen. Erst jetzt wurde mir bewusst, dass all diese Menschen irgendwie gestellt erschienen. Aus dem unbehaglichen Gefühl wurde Angst, die sich fest in meinen Nacken kauerte und kräftig an mir zog. Ich wirbelte herum und lief zu Fearghas, der bereits sein T-Shirt ausgezogen hatte und sich erstaunt aufrichtete, als er mich sah.

»Ich möchte hier weg«, sagte ich und spürte die Panik in mir heraufkriechen, ohne genau zu wissen, wieso.

»Warum? Wir sind gerade erst angekommen?«

»Ich …«, stammelte ich und suchte fieberhaft nach einer Erklärung. »Ich wollte lieber mit dir alleine sein.« Ich konnte nicht glauben, dass ich das gerade gesagt hatte. Sich jemanden an den Hals zu werfen, war so gar nicht mein Ding. Aber wenn ich ihm jetzt sagte, dass ich Angst vor den Menschen hier hatte, würde er mich wahrscheinlich endgültig für eine Verrückte halten.

Erfreut stand Fearghas auf. Offensichtlich hatte ich genau den richtigen Punkt getroffen.

»Wenn du meinst«, sagte er und zog sein Shirt wieder über den Kopf. »Aber wenn es hier schon so voll ist, dann wird es an den anderen Stränden nicht viel besser sein.«

»Egal, lass uns einfach gehen. Es muss ja kein Strand sein«, sagte ich und ergriff ihn an der Hand, um ihn mit mir zu ziehen. Die anderen Strandbesucher hatten mit ihren Spielereien und Planschereien aufgehört und beobachteten uns. Drei Männer kamen langsam auf uns zu. Nur das Mädchen mit der Kleinen drehte uns auf ihrem Strandlaken den Rücken zu und tat, als ginge sie das alles nichts an. Jetzt bekam ich richtig Angst. Was war hier los?

Fearghas sah an mir vorbei und bemerkte jetzt auch, was sich abspielte.

»Was soll das?«, fragte er und spannte sich an.

»Das Mädchen mit der Kleinen, dort, sie hat mich gewarnt, wir sollten sofort verschwinden.«

»Warum? Haben wir irgendein geheimes Treffen gestört?«

»Bitte, Fearghas. Ich habe jetzt wirklich Angst. Das ist schon unheimlich, findest du nicht?«

»Okay«, sagte er ruhig und nickte, »nimm dein Rad und fahr zurück.« Dabei drückte er mir mein Rad in die Hand und schob mich auf den Weg. »Fahr schon mal vor.«

Mit klopfenden Herzen stieg ich in die Pedale und versuchte dabei nicht auf die näherkommenden Männer zu achten. Eigentlich wirkten sie wie ein paar Familienväter, die einen Ausflug an den Strand machten. Sie trugen kurze Badeshorts und lässige T-Shirts. Aber so still, wie sie sich näherten, so bedrohlich wirkten sie auf mich. Panik kroch in mir hoch, als ich merkte, dass Fearghas tatsächlich noch unsere Sachen zusammenpackte. Der hatte wirklich Nerven!

»Fearghas!«, rief ich und kam mir angesichts seiner Ruhe irgendwie lächerlich vor.

»Stad!«, rief plötzlich eine volle Stimme. Sie war nicht laut, hatte aber genügend Kraft, um scheinbar jeden am Strand zu erreichen. Ein Mann stand unvermittelt zwischen den Felsen, den ich vorher überhaupt nicht bemerkt hatte. Im Gegensatz zu den anderen trug er eine dunkle Hose und ein helles Hemd, als käme er direkt von einem Geschäftstermin. Seine dunklen Haare hatte er zu einem Zopf im Nacken zusammengebunden, was ihn aalglatt wirken ließ. Doch sein Ruf sorgte unmittelbar dafür, dass die Männer stockten und sich verteilten, als ob sie uns vergessen hatten. Plötzlich drang Lachen von einem Felsen herab, an dessen Fuß der mysteriöse Mann stand, und ein Paar mit drei Kindern tauchte dort oben auf.

»Oh, da haben wir uns völlig vertan«, sagte der Mann lachend und winkte uns. »Wie kommen wir denn da runter?«

Fearghas warf mir einen kurzen Blick zu. Einerseits waren sie wahrscheinlich unsere Rettung, andererseits brachten wir sie womöglich in Gefahr, wenn wir sie zu uns herunter holten. Auch wenn ich mir nicht sicher war, worin die Gefahr genau bestand.

»Bleiben Sie einfach dort. Ich komme Sie holen«, rief Fearghas und deutete mir endlich loszufahren.

Ich warf keinen Blick mehr zurück, sondern trat wie eine Wahnsinnige in die Pedale. Fearghas folgte mir diesmal, und wir radelten so schnell den schmalen Weg zurück, wie ich es schaffte. Er blieb immer dicht hinter mir, überholte mich erst kurz vor dem Tor, blieb schlitternd davor stehen und riss es auf, damit ich hindurchfahren konnte.

»Sie scheinen uns nicht zu folgen«, rief er, als ich an ihm vorbei fuhr.

»Ich möchte es nicht austesten.«

»Fahr an der Straße links, Klara. Wir werden uns eine Weile im Souvenir-Laden verstecken.«

»Wo?«

Doch er gab mir keine Antwort. Es war auch nicht nötig, denn der kleine Laden tauchte direkt nach der ersten Kurve auf der linken Seite auf. Er wäre im Auto sicher leicht zu übersehen gewesen. Ein Fenster war überladen mit dem üblichen Krempel, den es in jedem Souvenirladen zu geben schien. Ich stieg vom Rad und lehnte es an die Hauswand, doch Fearghas schüttelte den Kopf:

»Nimm es mit hinein, Klara.«

»Oh? Das wird dem Besitzer nicht gefallen.«

»Und dir könnte es nicht gefallen, wenn wir diesen merkwürdigen Leuten zeigen, wo genau wir uns versteckt halten, oder?«

Das war ein Punkt. Fearghas nahm mein Rad, öffnete die Tür, deren Glocke laut bimmelte, und schob es hinein. »Kathy, wir müssen hier gerade mit unseren Rädern rein«, rief er in den Laden.

Als ich mich hineinschob und das Rad abnahm, eilte mir eine kleine Frau mit schlohweißen Kringellöckchen auf dem Kopf entgegen.

»Fearghas?«

»Ja, Kathy. Bitte hilf Klara, ihr Rad zu verstecken.«

Die alte Dame musterte mich schnell, dann lächelte sie und zeigte in eine Ecke des engen Ladens. »Hier entlang, Mädchen.«

Ich schob das Rad so vorsichtig wie möglich hinter ihr her, bis wir an eine Tür gelangten und sie diese öffnete. »Hier rein. Das ist der Lagerraum.«

Kaum hatte ich mein Rad dort irgendwie verstaut, kam Fearghas mit seinem Rad dazu. Den Raum als Lagerraum zu bezeichnen war gewiss eine Übertreibung. Ich stand bereits so eng wie möglich an dem Regal in meinem Rücken und wagte kaum zu atmen, damit er auch noch hineinpasste.

»Wenn jemand nach uns fragt, hast du uns nicht gesehen, Kathy«, sagte Fearghas.

»Aber sicher, Junge. Und jetzt zieh den Bauch ein«, kam die Antwort, Fearghas drängte sich an mich heran und die Tür wurde zugedrückt.

Dunkelheit!

Mein Herz klopfte vor Aufregung, und mein Kopf konnte nicht nachvollziehen, was hier gerade geschehen war. War es übertrieben, sich vor ein paar Badegästen in einer Abstellkammer – Verzeihung – Lagerraum zu verstecken? Immerhin hatten wir nicht den geringsten Hinweis darauf, dass sie uns tatsächlich verfolgten. Aber die ganze Situation hatte in mir eine Panik ausgelöst, und auch Fearghas schien das bemerkt zu haben. Oder warum sonst war er so schnell mit mir davon geradelt? Jetzt stand er so dicht vor mir, dass ich seinen Oberkörper spürte, was mich nun doch von meiner Angst ablenkte. Wäre es nicht dunkel gewesen, hätte ich die Augen geschlossen und ganz tief seinen Duft nach ..., ja nach was eigentlich? - eingeatmet. Unauffällig schnupperte ich und versuchte zu ergründen, wonach er tatsächlich roch. Nein, er duftete! Das war kein Parfüm oder ein Duschgel oder so etwas. Fearghas roch wie eine frische Brise, die über das Loch strich, fand ich. Und ich schwor mir, niemals jemanden davon etwas zu sagen, und zwar noch nicht einmal meiner besten Freundin. Jeder, sie eingeschlossen, würde mich für bekloppt halten. Die Türglocke ging und ich zuckte zusammen. Dabei stieß ich leicht gegen eins der Räder. Ein leises Klappern ertönte, und ich erschrak völlig.

»Psst. Wir sind hier sicher«, flüsterte Fearghas, legte seinen Arm um mich und zog mich noch dichter an sich heran. Tatsächlich hatte diese schlichte Geste etwas Beruhigendes, auch wenn mein Herz jetzt klopfte, weil er so nah war. Nur mühsam widerstand ich dem Impuls, meinen Kopf an seine Brust zu legen. Das wäre mir jetzt doch zu kitschig vorgekommen. Aber in diesem einen Augenblick fühlte ich mich, als könnte uns nichts auf der Welt etwas anhaben.

Die Türglocke ging erneut. Ich sah zu ihm auf, auch wenn ich nicht das Geringste sehen konnte, und spürte seinen Atem so dicht, dass er warm über meine Wangen strich. Er musste sein Gesicht mir zugewandt haben. Alles in mir drängte zu ihm, ich hob mein Gesicht noch mehr, stellte mich auf die Zehenspitzen, um ihm noch näher zu kommen, als ich ihn auch bereits unmittelbar vor mir spürte.

»Ich nutze so eine Situation nicht aus«, flüsterte er sanft und öffnete die Tür in seinem Rücken, um hinauszugehen.

Ich stand da, froh um die frische Luft, die meine heißen Wangen kühlte. Hatte ich mich gerade zum Affen gemacht? Oder wollte er wirklich die beengende Situation in einer Kammer nicht ausnutzen? Oh man, Klara, eine Abstellkammer? Darin waren schon Promis in die Schlagzeilen geraten.

Als ich hinter ihm aus der Kammer stolperte, prallte ich gegen seinen breiten Rücken. Er schob einen Arm vor mich und hielt mich damit hinter sich. Alarmiert linste ich an ihm vorbei und erstarrte erneut. Das Mädchen vom Strand stand Fearghas gegenüber und sah ihn genauso entgeistert an, wie er es auch tat, wie ich nach einem kurzen Blick in sein Gesicht feststellte. Jetzt, wo sich die beiden gegenüberstanden, war die Ähnlichkeit mehr als verblüffend und konnte einfach kein Zufall sein. Die gleichen Haare, die gleichen großen und dunklen Augen, die leicht mandelförmig waren und damit ihren Gesichtern mit den hohen Wangenknochen etwas Exotisches verliehen.

»Wenn du nichts kaufen willst, Mädchen, verlass doch bitte meinen Laden. Ich wollte jetzt schließen«, drängte sich Kathys Stimme resolut in die bedrückende Stille. Das Mädchen blinzelte mit ihren unglaublich schönen Augen, als erwachte sie aus einem Traum, dann nickte sie langsam.

»Triff mich morgen Nachmittag am Craig Tower in Oban«, sagte sie und wandte sich zum Gehen. An der Tür blieb sie kurz stehen, die Kathy ihr bereits auffordernd aufhielt, und sah noch einmal zu uns. »Bitte! Es ist wichtig. Wir müssen reden.«

»Ich werde da sein«, entgegnete Fearghas knapp.

Als das Mädchen draußen war, schloss Kathy hinter ihr ab, drehte sich zu uns um und stemmte die Fäuste in die kräftigen Hüften. »Was ist mit euch beiden? Ich frag besser gar nicht, was hier los ist, aber soll ich euch mit meinem Truck nach Hause fahren?«

Als wir wenig später auf den Innenhof der Farm fuhren, stand Adam gerade da und belud sein Auto mit einigen Kisten. Belustigt lächelte er, als er sah, wie Fearghas unsere Räder von der Ladefläche holte.

»Das nächste Mal bekommt Klara besser Mums E-Bike«, sagte Fearghas und grinste mich frech an. »Radfahren ist nicht so ihr Ding.«

Mein Mund blieb glatt offen stehen bei dieser frechen Lüge. Ich war ja wohl ordentlich gestrampelt. Doch ehe ich etwas erwidern konnte, zwinkerte Adam mir zu: »Wusstest du, das Fearghas ein ziemlich dickes Baby und Kind war und völlig unsportlich?«

Ich lachte laut, als ich in Fearghas Gesicht sah. Als er mit den Rädern im Schuppen verschwinden wollte, hielt ich ihn kurz auf. »Ich komme morgen mit«, sagte ich knapp und versuchte meiner Stimme einen Klang zu geben, der keinen Widerspruch duldete.

»Nein, tust du nicht«, erwiderte er unbeeindruckt und zeigte mir damit, dass das mit dem Klang irgendwie bei mir nicht funktionierte.

»Einer muss auf dich aufpassen.«

»Ich passe selber auf mich auf. Wenn du mitkommst, muss ich auch noch auf dich aufpassen. Das ist mir zu riskant.«

»Ich kann mich im Hintergrund halten, Fearghas. Aber ich will mit. Falls dort etwas passiert, könnte ich vielleicht über Handy noch Hilfe rufen. Bitte!«

Er hängte wortlos sein Rad an einen Haken an der Wand und drehte sich dann um, um mein Rad daneben zu hängen.

Also gut, er hatte offensichtlich nicht vor, mir eine Antwort zu geben. Sturkopf!

»Hast du dieses Mädchen schon einmal gesehen?«, fragte ich stattdessen.

»Nein, noch nie«, antwortete er und runzelte die Stirn, als müsste er noch einmal in seiner Erinnerung nach ihr suchen.

»Weißt du eigentlich irgendetwas von deiner richtigen Familie?«

»Worauf willst du hinaus?«

»Ich weiß, dass du auch gesehen hast, wie ähnlich ihr euch seid. Wenn du mich fragst, könntet ihr Zwillinge sein. Aber sie war darüber mindestens genauso überrascht wie du. – Also weißt du nun etwas über deine richtige Familie?«

»Adam und Mairee sind meine richtige Familie.«

»Bitte, Fearghas. Du weißt genau, was ich meine.«

»Nein«, seufzte er leise und verließ den Schuppen. Etive und Dee kamen angerannt und drängten sich um Streicheleinheiten bettelnd an seine Beine. »Ich habe mich nie dafür interessiert.«

Kapitel 4

Eigentlich wollte er mich auf gar keinen Fall bei dem Treffen dabei haben. Aber da Fearghas mich erst ein paar Tage kannte, hatte er noch gar keine Ahnung, wie stur ich sein konnte, wenn ich mir etwas in den Kopf gesetzt hatte. Und jetzt hatte ich mir in den Kopf gesetzt, ihn unter keinen Umständen alleine zum Craig Tower gehen zu lassen. Das war dann auch gar nicht weiter schwer. Meine Eltern mussten sowieso zum Einkaufen nach Oban fahren. Ihnen vorzugaukeln, dass man doch die Gelegenheit nutzen konnte, um sich dieses komische Kolosseum anzugucken, das hier irgendwie ziemlich fehl am Platz wirkte, war eine absolute Leichtigkeit und machte mich so richtig zufrieden mit mir selbst.

Ehe sich Fearghas versah, saß er neben meinem Vater auf dem Beifahrersitz und fuhr mit meiner ganzen Familie im Schlepptau nach Oban.

Mein Vater fand direkt am Tower einen Parkplatz. Während ich da stand und darüber nachgrübelte, warum das hier wohl ausgerechnet Tower hieß, wo doch weit und breit kein Turm zu sehen war, verschwand Fearghas mit einem freundlichen, aber nichtssagenden Lächeln in dem Gebäude.

»Vielen Dank und bis gleich.«

Ich wollte direkt hinterher, aber meine Mutter griff mich am Arm und hielt mich auf. »Du wirst ihm doch wohl nicht hinterher rennen wollen, oder? Mal im Ernst, Klara, denk mal darüber nach, wie das aussieht. Schließlich will er sich doch hier mit jemanden treffen, hast du gesagt.«

Mist! Daran hatte ich wirklich nicht gedacht. Ich hatte meiner Mutter zu viel erzählt. Mühsam beherrscht nickte ich und folgte dann meinen Eltern und Finn in den Tower hinein, der nur aus einem Ring von bogenartigen Fenstern bestand und innen mit Pflanzen überwuchert war.

»Coverfoto!«, rief meine Mutter da fröhlich und deutete auf die Mauer. Mein Bruder kletterte bereits umständlich auf einen der grauen Bögen und setzte sich betont locker in eines der Fenster, während mein Vater sich so positionierte, als würde er nicht weit von sich etwas Interessantes entdecken. Ungeduldig wedelte meine Mutter mir zu. »Komm schon, Klara. Lass uns ein Coverfoto machen.«

Das war so eine familiäre Eigenart von uns. Seit ich denken konnte, machten wir diese Coverfotos. Meine Eltern hatten irgendwann einmal in ihrer Jugend mit dieser Tradition angefangen. Immer wenn die Umgebung stimmte, stellte sich jeder irgendwie in die Landschaft und versuchte eben covermäßig auszusehen. Was bei jedem von uns eindeutig etwas anderes bedeutete. Mein Bruder war da eher immer die Troll-Version.

»Klara!«

Ich lief los und lehnte mich neben meinem Bruder an die Mauerbögen und schaute zur Seite. Meine Mutter fummelte noch einmal an der Position des Fotoapparates herum, dann spurtete sie los, während der Apparat zu blinken begann. Völlig außer Atem ließ sie sich neben mich an die Mauer plumpsen, zog ein Bein an und stützte lässig ihren Arm darauf ab.

Blitz!

Die Anspannung löste sich in Neugier auf, wie das Bild wohl geworden war. Während wir auf den Apparat zugingen, fiel mein Blick auf Fearghas, der nicht weit von uns bei einigen Büschen stand und einem Mädchen entgegensah.

Da war sie!

Und wieder verschlug mir ihre Ähnlichkeit zu Fearghas die Sprache, was aber niemand bemerkte, da sie viel zu sehr damit beschäftigt waren, unser Coverfoto zu kritisieren.

»Ich denke, das ist ganz gut geworden«, meinte mein Vater schließlich und sah sich um. »Lasst uns jetzt mal die Aussicht bewundern. »

Meine Mutter hakte ihn ein und gemeinsam liefen sie die Mauer entlang. Finn sprang dabei wie ein Hund vor ihnen her. Man hätte genauso gut ein Stöckchen werfen können. Ich war mir sicher, dass er es zurückbringen würde.

Wenn ich ehrlich war, hielt ich die Aussicht nicht für so ganz spannend. Ich wollte eigentlich mehr wissen, was bei Fearghas vor sich ging. Das Mädchen war vor ihm stehen geblieben. Beide standen sich ein wenig steif gegenüber, unterhielten sich aber dennoch angeregt.

»Klara?«

Genervt verdrehte ich die Augen. Meine Mutter hatte sich von meinem Vater gelöst und sah mich streng an. Ja, sie hatte ja Recht. Aber sie hatte auch nicht die geringste Ahnung.

Dennoch folgte ich ihrer Aufforderung und trat durch eine Maueröffnung auf eine Aussichtsplattform, von der man auf ganz Oban hinuntersehen konnte. Für einen Augenblick war ich wirklich völlig hingerissen. Man konnte von hier über die Küste blicken und auf die gegenüberliegenden Inseln. Direkt unter uns lag die Promenade, und ich konnte sogar die Hafenbude sehen, in der man frischen Hummer bekam. Meine Eltern machten unzählige Fotos, und ich machte mit meinem Handy ein Bild, um endlich meiner Freundin Julia eine Nachricht zu senden. Sie musste inzwischen total beleidigt sein, weil ich mich die ganze Zeit nicht mehr gemeldet hatte, seitdem ich ihr kurz von der ersten Begegnung mit Fearghas berichtet hatte. Seitdem forderte sie, ich sollte ein Foto von ihm machen, aber das hatte ich mich bisher nicht getraut. Da war das hier doch viel besser, wenn auch sicherlich nicht so spannend.

»Können wir jetzt verstecken spielen?«, fragte Finn und schob sich so zwischen meine Gedanken.

»Schon wieder?«, maulte ich und wurde rot, weil ich unwillkürlich an mein letztes Versteck denken musste.

»Das können wir nachher bei uns im Garten machen. Jetzt fahren wir erst einmal einkaufen und holen anschließend Fearghas hier wieder ab«, sagte meine Mutter und lächelte mich wissend an. »Schließlich war es so vereinbart, und der Junge kann sich noch in Ruhe mit seiner Verabredung unterhalten.«

Ich seufzte und nickte. Das ließ sich jetzt wohl nicht mehr ändern. Also marschierten wir zum Auto zurück, wobei ich unauffällig versuchte, nach Fearghas Ausschau zu halten. Doch weder er, noch das Mädchen waren zu sehen. Mein Plan hatte dann wohl doch nicht ganz so funktioniert, wie ich mir das gedacht hatte. Jetzt musste ich ihn doch alleine lassen. Aber so hatte er es ja auch gewollt. Und wenn ich ehrlich war, sah das Mädchen wirklich nicht sonderlich gefährlich aus. Und vielleicht, wenn ich nur endlich mal so etwas wie Geduld zeigen konnte, erzählte er mir von ihrer Unterredung.

Während des Einkaufens konnte ich mich nur schwer auf die Sachen konzentrieren, die ich im Auftrag meiner Eltern suchen sollte. Immer wieder stand ich mit dem Gefühl eines luftleeren Gehirns in den Gängen und hatte vollkommen vergessen, wonach ich suchen sollte. Als ich das vierte Mal zu meiner Mutter rannte und sie fragte: »Was sollte ich noch mal holen?«, schnaufte sie bloß und schüttelte den Kopf.

Nach unendlichen Stunden, die sich genau genommen als eine Dreiviertelstunde herausstellten, waren wir bereits wieder am Craig Tower. Nervös starrte ich zwischen den Vordersitzen nach vorne und versuchte mir meine Erleichterung nicht anmerken zu lassen, als ich Fearghas auf dem Parkplatz entdeckte.

Ihm war nicht das Geringste anzumerken, als er einstieg und mit uns nach Hause fuhr. Als hätte er sich wirklich nur mit einer belanglosen

Freundin getroffen, hielt er mit meinem Vater einen unbekümmerten Smalltalk über Oban und seine touristischen Sehenswürdigkeiten. Meine Nerven waren zum Zerreißen angespannt, aber ich konnte ihn ja auch schlecht anschreien, dass er endlich alles erzählen sollte. Also stopfte ich mir meine Kopfhörer in die Ohren und hörte den Rest der Fahrt Musik. Erst als wir zum Bootsverleih einbogen, klinkte ich mich wieder in die normale Welt ein.

»Vielen Dank für's Mitnehmen«, sagte Fearghas gerade und warf mir einen Blick über die Schulter zu, der mich bis ins Mark traf. Seine Augen wirkten wie zwei dunkle Schlunde, in denen etwas saß, das ich nicht benennen konnte. »Willst du noch mitkommen, Klara?«

»Warum nicht«, versuchte ich, lässig zu antworten.

Was für eine Frage, natürlich wollte ich. Ich hatte mich bereits losgeschnallt und fiel beinahe aus dem Auto. Was die lässige Antwort auf ziemlich plumpe Art entlarvte. Aber niemand sagte etwas darauf. Meine Eltern fuhren mit einem kurzen Gruß und der Mahnung nicht zu spät nach Hause zu kommen mit meinem Bruder wieder davon.

Fearghas ging zielstrebig auf den metallenen Steg und blieb erst an dessen Ende dort stehen. Ich folgte ihm, schweigend, auch wenn es mir wirklich schwerfiel. Aber ich hatte Angst, etwas Falsches zu sagen und offensichtlich wollte er mir ja berichten. So standen wir eine Weile einfach nur still nebeneinander. Die Boote dümpelten wie immer auf der nahezu spiegelglatten Oberfläche und schienen genauso angespannt auf ein Wort zu warten, wie ich. Ein friedliches Bild, das doch so viel verborgen hielt.

Nach einer Weile riskierte ich dann doch endlich einen vorsichtigen Seitenblick, völlig unbegründet, wie sich herausstellte. Fearghas hätte mich auch nicht bemerkt, wenn ich ihn ganz offen angestarrt hätte, denn er selbst starrte vollkommen selbstvergessen auf das Wasser hinaus. Seine ganze Haltung war angespannt bis in die letzte Haarspitze. Die Muskeln an seinem Kiefer traten deutlich hervor, als kaute er auf etwas Schwerem herum. So wie er da stand, mit dem Hemd, das halb offen lässig über der Jeans hing und sich zusammen mit seinen widerspenstigen Haaren ganz leicht im Abendhauch bewegte, hätte er auch genauso gut der Held aus irgendeinem dieser historischen Schottlandabenteuer sein können, die meine Mutter so bevorzugte. Er sah unbeschreiblich schön aus. Irgendwie fehlte jetzt nur noch das Schwert oder etwas Anderes, das er kampfbereit in den Himmel reckte. Unwillkürlich hielt ich den Atem an und tastete unauffällig nach meinem Handy. Wenn ich Julia ein solches Foto von ihm schickte, würde sie zu Hause halb wahnsinnig werden. Doch in dem Augenblick, in dem ich das Handy in Position brachte, bewegte er sich leicht. Seine Schultern sackten herab, und er machte einen tiefen und gequälten Atemzug.

»Das hier entwickelt sich wahrscheinlich alles gerade ganz nach deinem Geschmack«, sagte er leise und versuchte ein Grinsen, was ihm ziemlich misslang und schief zur Seite rutschte, ihn aber nicht minder gut aussehen ließ.

»Nach meinem Geschmack?«

»Du wirst mir jetzt wahrscheinlich nicht glauben …« Er biss die Lippen aufeinander, dann seufzte er. »Ich selber glaube es kaum.«

»Was? Bist du doch ein Wassermann?«, versuchte ich einen Scherz. Doch als ich in sein Gesicht sah, verging mir jede Lust dazu. »Was ist denn?«, fragte ich merklich leiser.

»Kein Wassermann, nein.« Er schluckte und suchte sichtbar nach Worten. »Das Mädchen … Sie behauptet, sie sei meine Schwester.«

»Hab ich's nicht gesagt?«, rief ich triumphierend und verstummte erneut, als er mich ansah. Blanke Verzweiflung lag in seinem Gesicht.

»Sie behauptet, dass ich seit Jahren verschollen gewesen bin.«

Wieder schwieg er. Ganz offensichtlich wusste er nicht, wie er das Folgende in Worte fassen sollte.

Mir erging es ähnlich. Hilflos suchte ich nach Worten. Wie mochte man sich fühlen, wenn man so völlig unerwartet jemanden aus seiner Familie gegenüberstand, von der man nicht das Geringste wusste? Ich hätte ihn gerne berührt, aber wagte es nicht, die Hand nach ihm auszustrecken.

»Vielleicht erzählst du einfach, was sie dir gesagt hat?«, empfahl ich leise.

Fearghas nickte, dann straffte er wieder seine Schultern und begann zu sprechen:

»Ihr Name ist Leven. Sie ist meine Zwillingsschwester. Wir wurden als Babys voneinander getrennt, als meine Mutter mich vor meinem Onkel in Sicherheit bringen wollte. Dafür setzte sie mich am Ufer des Loch Linnhe aus. Damals hat sie absichtlich meine Spur verloren, weil sie nicht wollte, dass irgendjemand mich finden kann.« Fearghas stockte kurz. Er wirkte trotz seiner Körpergröße so seltsam verloren, dass ich nicht anders konnte und meine Hand ausstreckte, um seine zu ergreifen. Auch wenn ich nicht verstand, warum man sein Baby an irgendeinem Ufer aussetzte, anstatt die Polizei gegen einen wütenden Onkel zu rufen, fühlte ich doch die tiefe Verwirrtheit, die ihn ergriffen hatte.

»Sie sagt, dass ich der Sohn eines Clanführers bin, der von seinem Bruder getötet wurde, weil er auf diese Weise den Clan übernehmen wollte. Er hätte mich damals auch getötet, hätte er mich in die Finger bekommen. Doch so stand ich ihm nicht mehr im Weg. Alles beruhigte sich und man gab mich verloren. – Meinem Onkel gelang es dennoch nicht, die Macht zu übernehmen. Viele aus dem Ältestenrat, die gegen ihn gestimmt hatten, wurden ermordet aufgefunden. Daraufhin haben sich auch die Ältesten gegen ihn entschieden, die eigentlich auf seiner Seite gestanden haben und meiner Mutter die Führung zugesprochen bis meine Schwester alt genug ist, um diese zu übernehmen.«

»Ich wusste nicht, dass es in den Clans hier noch Streitigkeiten um die Führungsposition gibt.«

»Es ist kein Clan, wie du ihn kennst«, sagte er, und ein harter Zug trat um seinen Mund. »Es handelt sich um einen Selkie-Clan.«

Selkie-Was??? Mein Mund klappte herunter. Daher also die Anspielung darauf, dass es nach meinem Geschmack wäre. Kein Wunder. Aber Selkie? Im Ernst?

»Du willst also behaupten, dass du ein Selkie bist? Du kannst dich also in einen Seehund verwandeln?« Ich gab mir nicht die geringste Mühe meine Zweifel zu verbergen.

Fearghas seufzte erneut, noch tiefer als zuvor und nickte, wenn auch deutlich widerstrebend. »Ja, das will ich. - Anscheinend bin ich ein Selkie, auch wenn ich im Moment keine Ahnung habe, wie ich mich in einen Seehund verwandeln sollte.«

»Du glaubst ihr? Ich würde sagen, dass sie dich ganz schön verarscht hat. Tschuldigung.«

»Nein, hat sie nicht.« Fearghas sah mich direkt an. »Sie hat es mir gezeigt und sich vor meinen Augen in einen Selkie und wieder in das Mädchen zurück verwandelt. Es ist wahr. – Auch wenn ich lieber von ihr ´verarscht` worden wäre.«

»Oh!« Mehr fiel mir tatsächlich nicht ein. Oder nahm er mich jetzt auf den Arm? Wieder spähte ich ihn vorsichtig an, aber es gab nicht die geringste Andeutung, dass er mich belog. Er schien das ernsthaft zu glauben. Immerhin war ich nicht die einzige Durchgedrehte hier. Allerdings waren meine peinlichen Aktionen doch sehr viel weniger verrückt wie das hier. Obwohl sich dadurch natürlich auch wieder die Sache mit dem Superschwimmer erklärte.

»Und jetzt?«, fragte ich nach einer Weile, in der wir wieder schweigend dagestanden hatten.

»Ich habe nicht die leiseste Ahnung«, gestand er. »Leven hat mich gedrängt, die Gegend zu verlassen. Wenn ich noch einmal ins Wasser gehen würde, würde ich gefangengenommen oder getötet werden.«

»Aber wohin sollst du gehen?«

»Ich gehe nicht fort. Auf keinen Fall. Hier ist mein zu Hause.«

»Wie haben sie dich überhaupt gefunden? - Hatte die seltsame Aktion am Strand etwas damit zu tun?«

»Letztes Jahr habe ich einen kleinen Jungen aus dem Loch gerettet, nachdem er über Bord eines Ausflugsbootes gefallen war. Ich weiß nicht wie, aber meine Schwester hat mich wohl dabei zufällig beobachtet und seitdem versucht, mich nicht mehr aus den Augen zu verlieren. Und mein Onkel soll mich aufgrund des Vorfalls mit meinen Freunden gefunden haben. Leven hat behauptet, dass ich mit meiner Wut den Sturm herbeigerufen hätte, und das wiederum blieb bei meinem Onkel nicht unbemerkt. Das war wohl auch der Grund für die Sache am Strand. Sie haben sich zufällig dort befunden, als wir dazu kamen, aber mich augenblicklich als einen der ihren erkannt. Da Gerüchte über den verschwundenen Sohn des Clanführers kursieren, wollten die Männer bei der Gelegenheit sehen, ob ich tatsächlich der vermisste Sohn bin.«

»Ich verstehe das alles nicht. Irgendwie ist das doch seltsam, oder? Und dein Onkel? Will er dich also jetzt immer noch töten? Warum? Wenn ich das jetzt richtig verstanden habe, hat er doch sowieso keine Chance mehr der Clanchief zu werden, oder?« Irgendwie ergab das für mich nicht so richtig Sinn. Da war ein Haken, aber ich konnte nicht genau sagen, wo und warum. Es war einfach nur ein Gefühl, dass an der Geschichte etwas nicht rund war. Soweit sie überhaupt der Wahrheit entsprach mit dem Selkie-Gerede. Aber vielleicht war das Ganze ja auch nur die gut durchdachte Nummer einer schottischen Fernsehshow. Wahrscheinlich würden sich die Leute bis hoch zu den Orkney-Inseln über meine Gutgläubigkeit kaputtlachen. Argwöhnisch sah ich mich um.

Unweit des Steges tauchte ein Seehundkopf auf. Ich machte unwillkürlich einen Schritt zurück. Plötzlich hatten die großen Kulleraugen und das niedliche Gesicht sämtliche Faszination auf mich verloren. Fearghas hatte ihn auch bemerkt, und der Griff seiner Hand verstärkte sich.

Nicht weit neben dem Kopf tauchte ein weiterer auf, und nach und nach erschienen auf der Länge des gesamten Steges die Seehundköpfe im Wasser. Eine dicke Faust grub sich in meinem Magen und drückte alles zusammen, einschließlich meiner Blase, wie mir unangenehm bewusst wurde.

»Wir gehen«, sagte Fearghas knapp und dirigierte mich mit ruhigen Schritten in Richtung Land.

»Sie sind überall«, flüsterte ich entsetzt und trippelte hinter ihm her, immer wieder ängstlich auf die Seehunde schielend.

»Ich fürchte, du hast Recht«, antwortete Fearghas und blieb so unvermittelt stehen, dass ich gegen ihn prallte und leise aufschrie.

Vor uns stand der Reporter und versperrte uns demonstrativ den Weg an Land.

Die Faust in meinem Magen löste sich in eine schlichte, aber schwere Panik auf. Nur mühsam konnte ich bei Fearghas stehen bleiben. Ich wollte nur weg von hier!

»Hallo Junge!«, sagte der Mann und warf mir einen Blick zu, als würde ich bei lebendigem Leibe verrotten. »Ich würde mich sehr gerne mit dir einmal in Ruhe unterhalten - ohne die kleine Touristin.«

»Ich wüsste nicht worüber«, entgegnete Fearghas vollkommen ruhig, während meine Hände einen glitschigen Schweißfilm entwickelten und ich immer stärker bemerkte, dass ich dringend eine Toilette brauchte. »Ich habe Ihnen schon beim letzten Mal gesagt, dass ich kein Interesse an einem Interview habe.«

70

»Lass uns keine Spielchen mehr spielen, Fearghas. Wir wissen doch beide, dass es nicht um ein Interview geht, nicht wahr? Schließlich bist du deiner Schwester begegnet, und ich bin sicher, dass sie dir etwas über deine Herkunft berichtet hat. Ich bezweifle nur, dass es auch die richtige Geschichte war. - Komm mit mir, mein Junge«, sagte der Mann oder Selkie oder wie auch immer und streckte Fearghas seine Hand entgegen. Er wirkte nicht unfreundlich, dennoch strahlte er unterschwellig eine Bedrohung aus, die bei mir einen Schauer nach dem nächsten auslöste. Es lag an der Art, wie er dort vor uns stand, locker, aber doch irgendwie angriffsbereit. »Es wird Zeit, dass du deinen Platz in deiner Familie einnimmst. Du gehörst zu uns. Und ich bin nicht hier, um dich zu töten. Leven ist von dem wahnsinnigen Geschwafel deiner Mutter Deirdre angesteckt worden. Du darfst nicht alles glauben, was dir deine Schwester offensichtlich aufgetischt hat.« Es gelang ihm, einen verständnisvollen Ausdruck auf sein Gesicht zu zaubern, der mich beinahe überzeugte, dass er es ernst meinte. »Es tut mir leid. Das alles hier muss ein Schock für dich sein. Plötzlich hast du eine neue Familie, von der du wilde Geschichten hörst, und ein Reich, das auf dich wartet. Aber bitte gib mir die Gelegenheit, dir zu erzählen, was wirklich geschehen ist.«

»Ich habe eine Familie, die mir völlig ausreicht.« Fearghas Stimme klirrte vor Kälte. »Mich interessieren eure Streitigkeiten nicht. Und auch dieses merkwürdige Reich ist mir völlig gleichgültig.« Er umschloss meine Hand wie mit einem Schraubstock und zog mich weiter hinter sich her. Offensichtlich hatte er nicht vor, sich von diesem Mann, der wohl sein leiblicher Onkel sein mochte, einschüchtern zu lassen. »Ich will in MEIN Zuhause zu MEINER Familie, nicht mehr.«

Tatsächlich gab sein Onkel den Weg frei und glitt elegant zur Seite, als wir ihn erreichten. Mein Herz trommelte wie verrückt, und meine Blase schien inzwischen bis zu meinem Hals angeschwollen sein. Wieso ging in den Filmen und Büchern eigentlich niemals jemand aufs Clo? Und warum musste ich ausgerechnet jetzt so dringend? Verdammt! Ich biss die Zähne zusammen und musste mich mühselig auf jeden Schritt konzentrieren. Reiß dich bloß zusammen, dachte ich, als ich an ihm vorbeiging und dabei sorgfältig jeden Blick auf ihn vermied. Er machte mir Angst. Und ich konnte kaum glauben, dass er uns so einfach gehen ließ.

»Du hast drei Tage, Neffe! Dann komme ich wieder«, sagte er plötzlich, als ich gerade aufatmen wollte, und diesmal jagte die Kälte in seiner Stimme einen Eissturm über das Ufer des Lochs und ließ mich erzittern. »Du bist nicht wie sie.« Und damit deutete er auf mich, »Das Wasser ist dein Element. Du brauchst es, um zu überleben. Noch spürst du es nicht, weil du jung bist. Aber schon in wenigen Jahren wird das Land dich vereinnahmen und dich schwach machen, Fearghas. Bitte, du hast nicht die geringste Ahnung, was dein wahres Ich dir alles schenken kann. Einen kleinen Geschmack hast du davon bekommen, als du den Sturm über diese dummen Kinder gebracht hast. – Nutze die Zeit und überdenke, dass du niemals deine andere Haut zurückerhalten wirst, wenn du nicht mit mir kommst. Du wirst als Felloser sterben und nicht sehr alt werden.«

»Und dafür sorgen dann Sie?«, fragte ich. Die Frage fiel einfach so aus meinem Mund. Ich konnte nichts dagegen machen und bereute es gleich, als seine dunklen Augen sich wieder auf mich richteten. Auch darin lag mehr Eis, als im Winter in ganz Schottland zu finden sein dürfte. Ich presste die Lippen aufeinander und schwieg.

»Drei Tage!«, wiederholte er, drehte sich um und schritt langsam und gemächlich ins Wasser, als hätte er nicht gerade ein paar Drohungen unters Volk wie Bonbons vom Karnevalswagen geworfen. Neugier ergriff mich. Ich wollte jetzt nun doch zu gern sehen, wie er sich in einen Seehund verwandeln würde, auch wenn ich inzwischen mit überkreuzten Beinen wie in frühesten Kindertagen dastand. Doch den Gefallen tat er mir nicht. Er ging ins Wasser, fing dann an zu schwimmen und tauchte ab.

Nachdem die Ringe auf dem Wasser fort waren, gab es nicht mehr den geringsten Hinweis auf diese Begegnung. Keine Kleidung, die auf der Wasseroberfläche herumtrieb, - nichts. Auch die anderen Seehunde waren verschwunden.

»Ich muss gerade ganz dringend mal wohin«, nuschelte ich dann hektisch und lief, so schnell es ging ins Toilettenhäuschen. Als ich endlich erleichtert zu Fearghas zurückkehrte, sah er mir mit ernstem Gesichtsausdruck entgegen.

»Was wirst du tun?«

»Was könnte ich tun?« Fearghas zuckte mit den Schultern. »Ich werde nicht mit ihm gehen. Das werde ich ihm schon klar machen.«

»Er wirkte auf mich nicht wie ein Mann, der so etwas akzeptieren würde«, warf ich unsicher ein. »Eher wie jemand, der gewöhnt ist, dass er seinen Willen durchsetzt.«

»Dann wird er die Erfahrung machen, dass dies nicht immer gelingen kann.«

»Aber bist du denn gar nicht neugierig? Vielleicht hat Leven dich ja belogen oder liegt einfach mit ihrer Meinung falsch?«

»Es mag ja sein, Klara. Aber mich interessiert das alles nicht. Ich will damit nichts zu tun haben. – Lass uns jetzt nach Hause gehen.«

»Wie du meinst. Aber ich glaube, du kannst nicht mehr verhindern, dass du etwas damit zu tun hast. Dafür scheint es mir einfach zu spät. Du solltest vielleicht mit deinen Eltern über die Sache reden.«

Er warf mir einen Blick zu, der dem vernichtenden Blick seines Onkels nicht viel nachstand. Die Familienähnlichkeit konnte er wirklich nicht bestreiten. »Und ich denke, das Ganze geht dich ab sofort nichts an. Du bist in ein paar Tagen wieder fort von hier. Also halte dich ab jetzt einfach raus.«

Das saß! Er hatte natürlich Recht!

Betroffen nickte ich und ging dann schweigend mit ihm nach Hause. Dort verabschiedeten wir uns eisig voneinander. Für meinen Geschmack hatte ich heute genug Kälte gehabt. Meine Mutter war bereits auf der Panoramabank eingeschlafen und lag mit offenem Mund schnarchend da. Mein Vater und Finn sahen sich noch eine DVD an und sahen müde auf, als ich eintrat und umständlich damit begann, mir in der Kochecke eine Wärmflasche zu befüllen.

»Gute Nacht«, murmelte ich und hastete die Treppe hinauf in mein Zimmer. Dort vergrub ich mich tief in einem Berg aus Kissen und Decken, die ich bis an die Nasenspitze hochzog, und schloss die Augen. Die Wärmflasche vertrieb schnell die Kälte aus meinem Inneren, doch sie konnte nicht die vielen dunklen Augen aus meinen Gedanken verbannen. Dunkle Seehundaugen, dunkle Augen von dem Reporter, dunkle Augen von Leven und schließlich die Augen, die mir beinahe am dunkelsten vorkamen und von denen es mir einfach nicht gelingen wollte, mich zu lösen …

Fearghas!

Kapitel 5

Nach einer mehr als unruhigen Nacht, in der ich immer wieder schweißgebadet aufwachte, lag ich völlig übermüdet in meinem Bett. Meine Gedanken rankten sich träge wie Seealgen um die Geschehnisse von gestern und versuchten, einen Haken zu finden. Warum tauchte plötzlich zuerst Leven auf und dann dieser Onkel? Und warum wollte er Fearghas erst überreden, ihn zu begleiten, wenn er ihn doch einfach nur umbringen wollte. Jedenfalls, wenn man Leven glauben wollte? Aber wollte ich das? Ich fand sie irgendwie unsympathisch, obwohl ich ihr nur kurz begegnet war. Und warum überhaupt brachte der Onkel sie eigentlich nicht um? Warum sollte er ausgerechnet auf Fearghas scharf sein, der doch eigentlich nur bei seiner Familie bleiben wollte? Riesige Fragezeichen türmten sich über mir auf, zu denen ich keine Antworten fand. Und warum sollte ich auch überhaupt noch darüber nachdenken? Fearghas hatte mir mehr als deutlich zu Verstehen gegeben, dass es mich nichts mehr anging. Schließlich hatte er Recht. Ich war nur Tourist. Ein neugieriger Tourist, aber immerhin. Und ich würde in ein paar Tagen bereits wieder fort sein. Mein Herz schlug einen Purzelbaum. Daran mochte ich noch gar nicht denken. Wir hatten schließlich noch eine ganze Woche.

Heute wollten wir wieder eine Bootstour machen, die Adam meinen Eltern empfohlen hatte. Das Wetter war zwar leicht bewölkt, aber warm. Der ideale Tag um ein Picknick in einer hübschen unbekannten Bucht zu machen, in der wir außerdem noch eine Burgruine ganz für uns alleine haben sollten. Ich war gespannt. Und das nicht nur, weil ich mich darauf freute, sondern hauptsächlich, weil wir wieder an den Seehundinseln vorbeikommen würden.

Nach einer Weile, in der die Wolkendecke für meinen Geschmack viel zu sehr zunahm, entdeckten wir endlich auf einer Insel eine seltsame Felsformation mit moosüberwucherten Spitzen, die in den grauen Himmel ragten. Mit viel Fantasie konnte das vielleicht diese Burgruine sein. Umso näher wir kamen, umso mehr zeichnete sich tatsächlich eine Burgruine unter einem Geflecht von Grün ab. Das Gemäuer wirkte wie aus einer anderen Zeit und schien uns aus leeren Fensterhöhlen zu betrachten.

Allerdings war von der versprochenen Bucht nicht das Geringste zu sehen.

»Ach was«, meinte mein Vater, den nichts aus der Ruhe bringen konnte. »Adam hat gesagt, da ist eine Bucht. Also fahren wir einfach mal darauf zu.«

Stoisch lenkte er unser Boot, das tapfer über die Wellen hüpfte, auf das Ufer zu. Tatsächlich stand die Ruine auf einer kleinen Landzunge, die man erst entdeckte, wenn man nahezu davor war. Dahinter öffnete sich eine schmale Bucht, die uns ein wenig vor dem aufkommenden Wind schützte. Ich schickte einen besorgten Blick zum Himmel hinauf. Die Wolken jagten über uns hinweg, ließen aber immer noch wieder zwischendurch Platz für Felder mit einem frischen und strahlenden Blau. Mein Vater verlangsamte das Tempo und tuckerte vorsichtig in das immer flacher werdende Wasser.

»Nehmt jetzt die Ruder«, befahl er und stellte den Motor ab.

Meine Mutter und ich übernahmen die Ruder und steuerten uns so dicht wie möglich ans Ufer heran. Das Wasser war glasklar. Ich konnte jeden einzelnen Stein und jede Pflanze erkennen, die unter dem Wellengang hin und her wogten. Mein Vater zog seine Schuhe aus, stieg aus dem Boot und zog uns noch ein Stück weiter, bis das Wasser nur noch bis an seine Knie reichte.

»Den Anker!«

Finn drückte ihm den Anker in die Hand, den mein Vater wieder ein Stück zurück in der Bucht versenkte. Dann nahm er das zweite Seil und befestigte es zwischen den dicken Steinen, die überall am Ufer herumlagen. Jeder von uns nahm einen Teil unseres Proviants heraus, und gemeinsam stapften wir an Land. Einige Meter weiter begann eine Wiese, die ohne Zweifel Schafen als Weide dienen musste. Überall lagen Tretmienen herum, zwischen denen meine Mutter und ich einen einigermaßen freien Platz suchten, um dort unsere Picknickdecke auszubreiten.

Finn hatte bereits seine Schwimmweste ausgezogen, warf sie achtlos ins Gras und rannte zur Ruine hinauf, die ein Stück oberhalb unseres Platzes thronte. Mein Vater folgte ihm etwas langsamer, aber nicht viel weniger neugierig.

»Wartet auf mich!«, schrie ich und sah meine Mutter an.

»Hau schon ab. Ich komme hier doch alleine zurecht.«

Ich drückte ihr einen Kuss auf die Wange und rannte den Hang hinauf, überholte meinen Vater, der auf mich gewartet hatte, und versuchte vergeblich Finn einzuholen. Aber er war wie ein Eichhörnchen bereits von Ecke zu Ecke gesprungen und winkte mir noch kurz triumphierend zu, bevor er zwischen einer gewaltigen Lücke in der Mauer verschwand.

Einige Minuten später blieb ich keuchend an genau derselben Stelle stehen. Mein Vater ging leichtfüßig an mir vorbei. Natürlich war ihm nicht die geringste Anstrengung anzusehen. Ich sollte vielleicht auch mal wieder mehr Sport treiben. Selbst der alte Mann war schneller als ich. Naja, ich musste zugeben, dass mein Vater sehr sportlich war. Er hatte immer noch eine schlanke und durchtrainierte Figur. Zufrieden warf ich einen Blick zurück. Meine Mutter stand vor der Picknickdecke und sah zu mir hoch. Wenigstens sie ersparte mir die Schmach, schneller hier hoch zu laufen, als ich. Aber meine Mutter klinkte sich eigentlich bei jeder Kletterpartie aus. Sie jedenfalls war nicht sonderlich sportlich. Das heißt, sie war eigentlich schuld an meiner Sportabneigung. Das musste ich wohl von ihr geerbt haben.

»Klara!«, rief mein Bruder und kam zwischen den Ruinen hervorgeschossen. Langsam ging bei ihm wohl gar nicht. »Das musst du sehen.« Und schon hatte er sich wieder umgedreht und war verschwunden.

»Warte doch mal!«, schrie ich jetzt, ein wenig wütend, dass ich alles nur als letzte erkunden sollte. Doch erstaunt blieb ich stehen. Direkt hinter der Lücke in der Mauer stand ich in den traurigen Resten dieser kleinen Festung. Wie viele Jahrhunderte hatte sie wohl hier überdauert? Wind und Wetter hatten eifrig an ihren Gebeinen genagt, aber sie stemmte sich trotzig gegen den Verfall und schien mit ihren Resten auf die Ewigkeit zu warten. Im Grunde standen nur noch Teile der Außenmauer. Das Fenster, das uns vorhin im Boot angeglotzt hatte, wirkte von hier wie ein Tor in eine andere Welt. Finn presste sich an den gemauerten Rahmen und spähte nach draußen.

»Das musst du dir ansehen. Hier geht es einfach nur in die Tiefe«, rief er begeistert und winkte mich hektisch zu sich.

Mein Vater steckte seinen Kopf hindurch. Mir wurde direkt schwindelig bei dem Gedanken, dass er vielleicht das Gleichgewicht verlieren konnte und abstürzte. »Gute dreißig Meter ab ins Loch«, sagte er und grinste mich verwegen an.

»Pass bloß auf«, murmelte ich, stellte mich neben Finn und stützte mich zur Sicherheit an ihm ab, als ich ebenfalls einen Blick riskierte. Unter mir lag nichts als Fels und das inzwischen dunkelgraue Wasser des Lochs. Täuschte ich mich oder starrte mich von unten ein Seehund an? Oder war es ein Selkie? Vielleicht verfolgten sie uns? Der fast schwarze Kopf tauchte ab und war nicht mehr zu sehen. Ich litt ganz klar schon an Verfolgungswahn.

»Ich geh zu eurer Mutter«, sagte mein Vater und verschwand gemächlich.

Finn tobte bereits wild fuchtelnd durch die Ruine und machte dabei seine üblichen Kampf- und Schmatzgeräusche, die mich immer schier in den Wahnsinn trieben. Aber im Kampf gegen Orks sei das unvermeidbar, erklärte er dann immer todernst. Hallo? Der Junge war zwölf!

Egal, ich war froh, als ihn seine imaginären Gegner aus der Ruine heraus trieben und ich ihn kurz darauf über die Wiese dahinter jagen und springen sah. Jetzt hatte ich die Burg ganz für mich alleine. Neugierig blieb ich vor einer Tafel stehen, die man in die Mauer gesetzt hatte. Das Castle war im 13. Jahrhundert von Wikingern erbaut worden. Ehrfürchtig sah ich mich mit ganz anderen Augen um. Diese Burg war achthundert Jahre alt? Achthundert Jahre, in der Drachenboote an eben der Stelle angelegt hatten, an der jetzt unser kleines Motorboot friedlich lag und nichts von den großen Schatten ahnte, die die Vergangenheit auf es warf. Achthundert Jahre, in der die Bewohner lebten und starben und offensichtlich auch liebten. Eine Verstorbene schien jahrelang durch die Burg gespukt zu haben, weil sie den Tod ihres Liebsten nicht verwinden konnte. Wie romantisch?

Zufrieden setzte ich mich in die Mitte. Ob dies wohl die große Halle gewesen war? Aus viel mehr hatte die Burg wohl auch nicht bestanden. Meine Fantasie schweifte ab, malte sich Feste aus, in denen hölzerne Tische und Bänke die Halle ausfüllten und alles durcheinanderredete und schrie, um den Barden zu übertönen, der lauthals eine Ballade zum Besten gab. Plötzlich schreckte mich ein Schatten aus meinen Tagträumen auf. Eine Frau kletterte mit einem Fotoapparat bewaffnet gerade durch die Mauerlücke, warf mir einen kurzen Blick zu und lief dann an mir vorbei zu dem Fenster. Sie schoss tausende von Fotos, stellte die Kamera dann umständlich in eine Mauernische und machte alberne Selbstauslöser Bilder, für die sie immer wieder übertrieben fröhlich posierte. Und offensichtlich bewies sie einige Ausdauer darin. Seufzend raffte ich mich auf und machte mich auf den Weg zu meiner Mutter, die mit meinem Vater auf der Picknickdecke lag und in den Himmel hinauf sah. Ein schönes Bild. Das musste ich unbedingt festhalten. Ich griff nach meinem Handy und fasste in eine leere Hosentasche. Verdammt!

Es musste mir aus der Hosentasche gefallen sein, als ich aufgestanden war. Ich ging zurück, und glücklicherweise lag es noch dort im Gras, wo ich gesessen hatte. Verwundert stand ich da. Wo war die Frau hin? Ich sah mich um, aber konnte sie nirgendwo entdecken. Seltsam!

Sie konnte doch unmöglich an mir vorbeigelaufen sein, ohne dass ich sie bemerkt hatte? Doch sie war aus der Ruine verschwunden. Ich warf noch einen vorsichtigen Blick durch das Fenster. Doch auch dort war nichts. Und wenn sie hier durchgeklettert wäre, wäre sie anschließend in die Tiefe gestürzt. Den Schrei hätte ich ja wohl kaum überhören können.

Nachdenklich schlenderte ich zu meinen Eltern zurück. Mein Vater hatte gerade den Gaskocher angeworfen, und meine Mutter schüttete eine Dose gebackener Bohnen in einen Topf. Unsere heutige Mahlzeit. Mir lief das Wasser im Mund zusammen. Zur Ablenkung stürzte ich mich auf die Packung Kekse, die auf der Picknickdecke lag und nach mir rief, und verschlang sie innerhalb kürzester Zeit.

»Wenn du so weitermachst, bist du bald so kugelrund wie der Seehund da.« Finn war aufgetaucht und stellte sich breitbeinig vor mich, um einen beeindruckenden Schatten auf mich zu werfen.

»Du bist ein Idiot. Kein Seehund ist kugelrund.«

»Doch, der da schon.«

Neugierig setzte ich mich auf. Finn war zur Seite getreten und zeigte in Richtung unseres Bootes, das schon viel zu sehr im Flachwasser lag. Doch was mein Bruder mir zeigen wollte, war der fette Seehund, der davor lag und uns anglotzte.

»Verdammt!«, rief mein Vater und sprang auf. »Das Boot liegt auf Grund!«

Während wir alle gemeinsam wie auf ein Kommando losrannten, drehte sich der Seehund panikartig um und begann mit hektischen Bewegungen, die durch seine Leibesfülle sehr ungelenk aussahen, vor uns in das Wasser zu flüchten. Finn hatte ihn bereits überholt. Dicht gefolgt von meinem Vater, der nur Augen für das Boot hatte. Als ich das Boot erreichte, war auch der Seehund inzwischen bis in tieferes Wasser gelangt und tauchte augenblicklich ab.

»Los, wir müssen alle gleichzeitig ziehen, sonst kriegen wir das Boot nicht frei. – Auf drei!«, sagte mein Vater und stellte sich an den Bug, während meine Mutter, Finn und ich auf der anderen Seite standen und ziehen sollten.

»Eins, - zwei, - drei!«

Mit einem Ruck zogen und schoben wir, doch das Boot bewegte sich nur wenige Zentimeter.

»Ich will nicht zurücklaufen«, jammerte Finn, während mein Vater bereits wieder zählte.

»DREI!«

Wieder ein Ruck und wieder einige Zentimeter. Das Ganze wiederholten wir noch dreimal, dann endlich schwamm das Boot wieder frei im Wasser. Ich atmete auf. Wenn ich ehrlich war, hatte ich auch nicht die geringste Lust gehabt, über die ganze Insel bis zur Fähre zu laufen und dann zu Adam zu gehen und ihm zu erklären, dass wir das Boot erst bei der nächsten Flut wieder holen konnten. Aber diese Schmach blieb uns ja jetzt erspart.

Mein Vater zog das Boot noch ein Stück weiter heraus, damit wir noch in Ruhe essen konnten. Mehr als erleichtert kehrten wir zu unserer Decke zurück, und meine Mutter machte die Bohnen warm. Gierig schlang ich meine Schüssel in mich hinein. Ich hatte gar nicht bemerkt, wie groß mein Hunger zwischenzeitlich geworden war. Ich sah wieder zur Ruine hinauf. Zwischen den Mauerstücken bewegte sich etwas. Langsam ließ ich meinen Löffel sinken. Ob die Frau doch noch dort oben war? Irgendwie ließ mir dieser Gedanke keine Ruhe. Ich stellte meine Schüssel ab und stand auf.

»Ich glaube, ich habe mein Handy in der Burg liegen lassen.«

Mein Vater sah kurz zum Boot und dann wieder zu mir. »Bleib nicht zu lange. Wir sollten bald aufbrechen, damit wir rechtzeitig wieder zurück sind.«

»Ich komme mit und helfe dir suchen«, sagte Finn und wollte aufstehen.

»Kommt nicht in Frage. Du isst erst auf«, hielt ihn meine Mutter zu meinem Glück fest.

Erleichtert lief ich den Hang hinauf. Dass Finn mitkam, hätte mir noch gefehlt. Ich musste mich jetzt beeilen, denn sonst würde er doch noch nachkommen, sobald er fertig gegessen hatte. Wie ich ihn kannte, schaufelte er die Bohnen jetzt mit einer abartigen Geschwindigkeit in sich hinein. Also blieb mir nicht viel Zeit. Als ich kurz darauf zwischen die Mauerteile trat, blieb ich wie angewurzelt stehen. Von der Frau mit der Kamera war zwar immer noch nichts zu sehen, dafür stand eine andere Frau neben dem Fenster und sah mir lächelnd entgegen. Sie hatte lange blonde Haare, die an beiden Seiten zu Zöpfen geflochten über ihre Schultern hingen und bis an ihre schmalen Hüften reichten. Sie trug ein Kleid, wie auf einem dieser Mittelaltermärkte, einfache und schlichte blaue Baumwolle, um die Taille mit einem dünnen Strick zusammengeknotet.

»Hallo, Klara«, begrüßte sie mich leichthin, als wären wir alte Bekannte.

»Kennen wir uns?«, stammelte ich und starrte auf ihre nackten Füße.

»Nein«, entgegnete sie schlicht und warf einen Blick durch das Fenster, als könnte sie jemand von dort beobachten. »Du musst Fearghas davon überzeugen, mit seinem Onkel zu gehen.«

Verblüfft kniff ich die Augen zusammen. »Wer sind Sie?«, fragte ich und versuchte dabei, nicht zu offensichtlich auszusehen, als ob ich gleich die Flucht ergreifen wollte.

»Niemand, der für dich eine Gefahr darstellt.« Ihr Lächeln verschwand und hatte auf mich die Wirkung, als wäre die Sonne untergegangen. Tatsächlich schien sie nicht sehr gefährlich zu sein. Sie war ausgesprochen zierlich. Lieblich war tatsächlich die Bezeichnung, die mir in den Kopf schoss und mich selbst verblüffte. Aber das genau traf es auf den Punkt. Sie besaß feine Gesichtszüge, deren Blässe durch die vereinzelten Sommersprossen unterstrichen wurde und ihr etwas Freches verliehen. »Sein Onkel will nichts Böses. Du darfst nicht immer nur nach dem äußeren Schein gehen, Liebes. Wenn dies hier gut ausgehen soll, musst du die Dinge vielleicht auch einmal von der anderen Seite betrachten.«

»Wie meinen Sie das? Ich habe doch eigentlich nichts mit der ganzen Geschichte zu tun und ich bin in einer Woche auch bereits wieder weg.«

»Du bist so sehr darin verstrickt, wie ich an diesen Ort gebunden bin, ohne dass ich jemals hierher wollte.«

»Und das bedeutet was genau?«

»Hilf Fearghas. – Lass ihn nicht im Stich.«

»Haha, das ist wohl leichter gesagt, als getan. Wie bitte soll ich denn das machen? Ich weiß ja noch nicht einmal, worum es hier eigentlich geht.«

»Es werden sich Wege auftun, deren Richtung du folgen solltest, bis die Zeit kommt, an der es geraten ist, die eingeschlagenen Wege wieder zu verlassen.«

»Ja, toll. Vielen Dank, Orakel von Delphi? Nehme ich an?«

Sie lächelte jetzt wieder. Dann wies sie an mir vorbei. »Du musst jetzt gehen. Dein Bruder kommt.«

Ich wollte etwas antworten, etwas fragen, aber im selben Moment ertönte schon der Schrei Finns: »KLARA! - Klara, wir müssen los.«

Ich seufzte. »Sehe ich dich noch einmal wieder? Ich hätte da noch ein paar Fragen, weißt du.«

Sie antwortete nicht. Was auch wohl nicht zu erwarten gewesen war. Ergeben drehte ich mich um und prallte auch schon gegen Finn, der ungestüm um die Ecke gerast kam. Hastig warf ich einen Blick zurück, doch von dem Mädchen war nichts mehr zu sehen.

*

Wieder zurück auf der Farm, machte ich mich unauffällig auf die Suche nach Fearghas. Ich musste ihm unbedingt von der Begegnung erzählen. Doch er war nicht aufzutreiben. Als ich mich endlich traute, Mairee nach ihm zu fragen, schüttelte sie nur den Kopf und sagte, dass er erst am Abend wieder nach Hause kommen würde.

Dann musste mein Bericht von dieser seltsamen Begegnung eben noch eine Weile warten. Wenn er sie mir überhaupt glaubte. Ich meine, mal ehrlich, was sollte ich ihm denn erzählen? Dass eine merkwürdig gekleidete Frau mir merkwürdige Sachen erzählt hatte? Obwohl sie ja eigentlich nicht wirklich viel gesagt hatte. Ich seufzte und wischte mir einige meiner Haare aus dem Gesicht. Ein Blick in das Fenster unseres Autos zeigte mir deutlich, dass ich ein paar Mal zu oft durch meine dunkelblonden Haare gefahren war. Sie standen in alle Richtungen und mussten dringend einen Kamm sehen. Aber eigentlich war es auch gleichgültig. Wir würden jetzt gleich grillen. Ein Blick auf unsere kleine Terrasse, die bereits in dichtem Qualm stand, bestätigte mich. Ich würde sowieso gleich riechen, als wäre ich frisch aus einem Räucherofen gekrochen, da brauchte ich mir wohl um meine Haare erst einmal keine Gedanken machen.

Wenig später saßen wir auch schon alle um den Tisch, und ich verschlang mit Heißhunger den Lachs, den mein Vater gegrillt hatte. Wenn ich nicht aufpasste, würde ich nach diesem Urlaub wirklich wie der fette Seehund aussehen. Aber irgendwie hatte ich hier immer Hunger. Das musste wohl die gute schottische Luft sein.

»Guten Appetit!« Adam winkte uns fröhlich zu, als er aus dem großen Garten kam, und blieb stehen. »Habt ihr die Bucht gefunden?«

»Ja«, setzte mein Vater an, wurde aber augenblicklich von meinem Bruder unterbrochen: »Die Burg war großartig. Zuerst konnte man sie gar nicht als Burgruine erkennen. Erst als wir näher dran waren.«

Das Castle ist ja auch eine ganz besondere Burg.« Adam zwinkerte ihm lächelnd zu. »Sie ist achthundert Jahre alt und von Wikingern erbaut worden. Man sagt, das Tor zu einer anderen Welt befindet sich dort.«

Ein Stück Lachs fiel aus meinem aufklaffenden Mund und landete mit einem hörbaren matschigen Plumps auf meinem Teller. »Oh, Verzeihung!«, nuschelte ich verlegen und wedelte mit der Hand vor meinem Gesicht. »Das war ein bisschen heiß.«

»In was für eine Welt?«, fragte Finn, der sich im Gegensatz zu meinen Eltern, die mich mit streng nach oben gezogenen Augenbrauen musterten, überhaupt nicht für mein Benehmen interessierte und damit meine Frage laut aussprach.

»Möchten Sie sich nicht zu uns setzen?«, fragte da meine Mutter mit dem sicheren Gespür für den unpassenden Moment. »Wir haben mehr als genug. Vielleicht mag ihre Frau auch dazu kommen - und Fearghas?«

»Das ist eine wunderbare Idee. Ich gehe kurz rüber und werde meine Frau holen. Mein Sohn ist noch unterwegs.« Damit drehte er sich um und verschwand und nahm sein Wissen über die Ruine mit sich. Verbissen kaute ich auf der Unterlippe herum. Während meine Mutter mich anstieß und aufstand:

»Kannst du bitte Teller und Besteck besorgen. Ich werde eine Flasche Wein holen. - Markus? Finn! Holt ihr die Stühle?«

Also stand ich auf, griff schnell in die Schränke und kämpfte dabei tapfer gegen die Ungeduld, die sich wie ein lästiger Schmarotzer in meinen Nacken setzte und von dort zu Adam und Mairees Wohnung starrte.

»Klara?«

Verständnislos sah ich zu meiner Mutter, die mich ansah, als hätte ich auch das letzte bisschen Verstand verloren. »Ja?«, fragte ich gedehnt.

»Was genau tust du da? Soll dein Vater das Fleisch vielleicht pürieren?«

Mein Blick wanderte auf den Tisch, auf dem ich gerade zwei tiefe Suppenteller mit dem bunten Plastikbesteck für Kleinkinder schmückte, das in der Schublade neben dem normalen Besteck gelegen hatte.

»Ein kleiner Scherz?«, fragte ich und versuchte mich an einem vorsichtigen Grinsen.

»Haha!« So, wie es meine Mutter sagte, klang es gar nicht amüsiert. »Weißt du, ich weiß genau, wie das ist, wenn man verliebt ist, aber du solltest wenigstens ab und zu versuchen, deinen Verstand zusammenzuhalten. Wenn der Junge dich so sieht, wirkt es vielleicht schon ein wenig abschreckend.«

»Oh, Mama!«, rief ich entrüstet und packte mit verlegenem Zorn die Sachen wieder zusammen. »Ich bin nicht … verliebt!« Damit stürmte ich ins Haus und achtete diesmal sorgfältig darauf, ordentliche Speiseteller und das richtige Besteck mitzunehmen. Glücklicherweise tauchten gleichzeitig mit mir Adam und Mairee auf und ersparten mir weitere peinliche Bemerkungen meiner Mutter. Wir rückten auf der ein wenig engen Terrasse zusammen, was es aber auch irgendwie gemütlich machte. Um mich abzulenken, schaufelte ich mir eine ordentliche Portion Rosmarinkartoffeln auf den Teller und konzentrierte mich auf jede meiner Bewegungen. Meine Mutter beobachtete mich stirnrunzelnd, verkniff sich aber jeden Kommentar.

Endlich, nachdem wir nahezu fertig mit dem Essen waren und mein Bauch bis an die Brechreizgrenze vollgestopft war mit Dingen, die mich von meiner Neugier ablenken sollten, sprang mein kleiner Bruder in die Bresche: »Was ist denn jetzt mit dem Tor in eine andere Welt?«

»Ich dachte, du hättest das schon wieder vergessen.« Adam lachte gutmütig auf.

»Erzählst du wieder Märchen, Adam?«, fragte Mairee und griff liebevoll nach der Hand ihres Mannes, der sie nahm und zärtlich mit dem Daumen über den Handrücken fuhr. »Legenden, mein Schatz. Ich wollte die Legende von der Wikinger-Burg erzählen.«

»Oh! – Das wird dir gefallen, Finn.«, wandte sie sich an meinen Bruder, der bereits gespannt auf Adam fixiert war.

»Also, es heißt, dass dort einst ein Wikinger-Prinz namens Caifen die Burg für seinen Vater, der in Norwegen weilte, verwaltete. In seiner Begleitung befand sich seine Schwester Beathild, die sich in Trauer um ihren Verlobten befand, der in Norwegen bei einem Kampf ums Leben gekommen war.

Beathild war zutiefst unglücklich und soll seufzend um die Burg gewandelt sein. Eines Tages jedoch begegnete ihr ein geheimnisvoller Fremder, der sie verzauberte und ihren Verlobten vergessen ließ. Wieder wandelte sie seufzend um die Burg, doch diesmal war ihr Herz schwer vor Glück.« Adam hielt inne und nahm einen langen Schluck von dem Bier, das mein Vater ihm eingeschenkt hatte.

»Wann kommt eine Schlacht?«, fragte Finn, der bereits viel weniger interessiert aussah, als zu Beginn von Adams Geschichte.

»Oh, eine Schlacht.« Adam nickte, setzte das Glas ab und wischte sich den Schaum von den Lippen. »Caifen beobachtete misstrauisch das Verhalten seiner Schwester. Ihm war nicht entgangen, dass ihre Wangen sich inzwischen gerötet hatten und in ihre Augen ein Glanz getreten war, der die Talglichter in der großen Halle verblassen ließ. Doch Beathild wusste, das Caifen bereits eine neue Heirat für sie zu arrangieren versuchte und verschwieg ihm ihre Liebe zu dem Unbekannten. Caifen beobachtete sie daraufhin Tag und Nacht, und eines Tages sah er, wie Beathild am Ufer der kleinen Bucht stand und ein Mann dem Wasser entstieg, den sie mit einer innigen Umarmung willkommen hieß. Caifen hielt ihn für einen Dämon und zog sein Schwert, um sich auf ihn zu stürzen. Doch der Fremde wich zurück, sprang in einem hohen Bogen, in dem er sich in einen Seehund verwandelte, ins Wasser und verschwand. Der junge Wikinger-Prinz tobte vor Wut, packte Beathild und sperrte sie in ihre Gemächer. Alle Erklärungen der jungen Frau, dass es sich bei ihrem Verehrer um einen Prinzen aus dem Reich der Selkies handelte, blieben ungehört. Stattdessen schwor Caifen nicht eher zu ruhen, als bis er den Verführer getötet hatte. Er ließ in der Bucht eine Falle bauen, die auf dem einfachen Prinzip einer alten Fischfalle beruhte. Bei Flut konnten Fische oder in diesem Falle Seehunde, ungehindert in die Bucht schwimmen, bei Ebbe gab es nur einen schmalen Durchlass zurück, vor dem Krieger postiert wurden. Bei der ersten Flut ließ Caifen ganze Fässer voller Fisch in die Bucht werfen. - Und die Seehunde kamen!«

Adam machte erneut eine Pause, um zu trinken. Als ich mich am Tisch umsah, konnte ich mir ein Grinsen nicht verkneifen. Von Finn bis hin zu Mairee, die die Geschichte doch bestimmt bereits kannte, starrten ihn alle ungeduldig an.

»Dieser Kerl«, sagte meine Mutter leidenschaftlich und sah aus, als hätte sie für Caifen liebend gern eine andere Bezeichnung benutzt, die sie in Gegenwart von Adam und Mairee jedoch nicht benutzen konnte. Mir erging es ähnlich. Ich sah Beathild regelrecht vor mir – und dabei sah sie so ziemlich genau aus wie die Frau mit den langen Zöpfen -, wie sie hilflos dem Treiben ihres Bruders zusehen musste. Plötzlich wurde ich abgelenkt und entdeckte Fearghas, der auf dem Treppensatz zu ihrem Hauseingang saß und zu uns herübersah. Mein Herz machte unwillkürlich einen Satz. Wie lange mochte er dort schon sitzen? Ich hatte nicht bemerkt, dass er gekommen war.

»Als die Ebbe kam, waren die Seehunde gefangen. Caifen tobte mit seinen Kriegern wie ein Schlachter unter ihnen und schon bald färbte sich das Wasser der Bucht blutrot. Kein Tier überlebte!

Ein Tier soll sich noch in einen Menschen verwandelt haben und um sein Leben und das seiner Kameraden gebettelt haben, aber Caifen kannte keine Gnade und schlug ihm den Kopf ab. Am nächsten Morgen erschien der Unbekannte, der Prinz aus dem Selkie-Reich, und klopfte an die Tore der Burg. Er war ganz in Schwarz gekleidet und an seiner Seite hing ein Schwert, von dessen Klinge es blutrot herabtropfte. »Dies ist das Blut meines Clans!«, rief er und stemmte das Schwert in den Boden. »Mit diesem Blut wurde das Wasser des Loch Linnhe in Unheil getaucht! Mit diesem Blut werde ich den Boden um diese Burg tränken! Jede lebende Seele, die die Insel verlassen möchte, soll dies bis zum Abend unbehelligt tun. Danach werde ich zurückkehren und die Burg dem Erdboden gleichmachen.« Damit stieß er das Schwert tief in den Boden hinein und ging davon.«

Adam lehnte sich zurück und atmete tief ein. Gespannte Stille herrschte.

»War das alles?«, fragte Finn mit leiser Enttäuschung in der Stimme.

»Was ist dann geschehen? Hat Beathild nicht versucht, die Gemüter zu schlichten?«

»Ich hätte den Prinzen mit einer Armbrust erschossen, als er diese Drohung aussprach!« Fearghas Stimme mischte sich plötzlich unter unsere. Ich sah auf und begegnete seinem kühlen Blick, der mich keinen Augenblick daran zweifeln ließ, dass er dies tatsächlich getan hätte.

»Aber er ist eigentlich der Gute in der Geschichte, oder?«, fragte ich verunsichert. »Schließlich wollte er nichts Böses, und jetzt hat er auch noch die Burgbewohner gewarnt und gibt den Unschuldigen die Möglichkeit, sich rechtzeitig aus der Sache herauszuziehen.«

»Wir wissen doch alle, dass es immer Menschen geben wird, die ihr altes Leben nicht aufgeben wollen, gleich, welche Bedrohung im Raum steht. Gibt es ihm das Recht, diese Leute zu töten? Auch wenn sie sonst nichts getan haben, außer bleiben zu wollen?«

Ups! Von der Seite hatte ich es gar nicht betrachtet. Und das Fearghas hier gerade Parallelen zog, konnte ich plötzlich sehr gut nachvollziehen. Das Bild des kühnen Selkie-Helden begann zu bröckeln. Es war Unrecht, gleich wie sehr er auch Milde walten ließ.

»Wie ist die Geschichte ausgegangen?«, fragte mein Vater.

Adam schenkte seinem Sohn einen langen Blick, der mich nachdenklich stimmte. Was wusste Adam? Doch ich konnte nicht wirklich darüber nachdenken, denn er begann wieder zu erzählen.

»Caifin verbot jedem, die Burg zu verlassen. Stattdessen bekam jeder, der eine Waffe in der Hand halten konnte, eine ausgehändigt. So stellte er bis zum Abend eine kümmerliche Armee zusammen, die zitternd vor Angst ihre Stellungen in und um die Burg herum bezogen. Sogar ein Drachenschiff kreuzte vor der Küste unterhalb der Burg. Beathild bat ihren Bruder auf Knien, die Burg mit allen Menschen zu verlassen, doch der wollte nichts davon hören und glaubte fest daran, den Seehunden überlegen zu sein. Der Abend kam und erwartungsvolle Stille senkte sich über die Burg. Dunkle Wolken begannen sich darüber zusammenzuziehen und ein heftiger Wind kam auf. Blitze erhellten die Nacht! Und in einem dieser Blitze konnten sie wieder den Mann vor der Burg erkennen, der an eben der Stelle stand wie zuvor. Der Prinz der Selkies zog das Schwert aus dem Boden, reckte es in den Himmel und ein Sturm von unermesslichen Ausmaßen brach über die Burg herein. Diesmal versuchte man, den Prinzen mit Pfeilen zu erschießen, doch der Wind wirbelte die Pfeile nutzlos davon. Immer mehr Männer schlossen sich dem Prinzen an, und schließlich traf ein Blitz die Burgmauern neben dem großen Tor und ließ sie einstürzen. Wie eine schwarze Flut stürmten die Feinde in das Innere und töteten jeden, der ihnen im Weg stand. Die Menschen, die ihr Heil in der Flucht suchten und die, die sich ergaben, wurden verschont. Und so drangen sie bis zu dem Wikinger-Prinzen vor, der mit seiner Schwester bei dem Fenster stand, dessen Höhle heute immer noch dort steht.«

»Siehst du, der Selkie-Prinz ist doch der Gute«, sagte ich triumphierend und warf Fearghas einen Blick zu.

»Auch wenn er einige verschont hat, so scheinen mir dennoch viele Menschen abgeschlachtet worden zu sein. Ein Unrecht wird nicht durch ein anderes Unrecht wieder gut. – Du hast eine seltsame Vorstellung von Helden.«

»Wollen wir doch einfach sehen, wie es weitergeht?«, fragte Adam. »So standen sie sich also gegenüber. Caifin und der Selkie-Prinz und richteten ihre Schwerter aufeinander. Ein heftiger Kampf entbrannte, in dem Caifin schnell merkte, dass er der Schnelligkeit und Gewandtheit seines Gegners nicht gewachsen war. Schließlich taumelte er vor Erschöpfung und stürzte zu Boden. Der Selkie-Prinz stand mit dem Schwert da, zum Zustoßen bereit, als Beathild weinend um das Leben ihres Bruders flehte. Also ließ er das Schwert sinken und wollte zurücktreten, als Caifin die Gelegenheit nutzte, sein Schwert ergriff und es dem Prinzen tief in den Bauch stieß.«

Meine Mutter keuchte auf und hielt sich entsetzt die Hand vor den Mund. Und auch ich konnte meine Betroffenheit kaum verbergen. Warum mussten solche Geschichten immer solche Wendungen nehmen? Warum durfte das Liebespaar nicht zusammenkommen?

»Beathild schrie und fing den Prinzen auf. Weinend versuchte sie ihn zu stützen, doch so, wie das Blut aus der Wunde rann, sickerte auch das Leben aus ihm heraus. Kraftlos flüsterte der Sterbende ihr etwas zu. Daraufhin ging Beathild mit ihm rückwärts auf das Fenster zu. Ihr Bruder wollte sie noch aufhalten, doch sobald sie das kalte Mauerwerk an ihren Beinen spürte, lehnte sich Beathild mit ihrer Last schwer nach hinten, und stürzte aus dem Fenster in die Tiefe!«

Schweigen!

Minutenlang sahen wir uns an. Niemand sagte ein Wort. Ich hatte einen dicken Kloß im Hals und spürte die Tränen direkt hinter meinen Augen sitzen.

»Und wo ist jetzt das Tor in eine andere Welt?«, schrie da Finn dazwischen und zerriss damit die ganze schöne Stimmung.

Adam lachte laut auf und nickte ihm zu. »Du hast natürlich Recht, Finn. Zu diesem Teil bin ich ja noch gar nicht gekommen. – Caifin stürzte zu dem Fenster und sah hinaus. Doch er konnte nicht mehr als die tobende See ausmachen. Wenn ihr selber einen Blick durch dieses Fenster geworfen habt, wisst ihr, dass man einen solchen Sturz unmöglich überleben kann. Caifin machte sich voller Trauer daran, nach den Überresten seiner Schwester zu suchen, der er zumindest eine ehrenvolle Bestattung geben wollte. Jahr um Jahr suchte er die Ufer des Lochs ab und fand sie doch nie. Es heißt, dass sie noch heute ab und zu in der Ruine weilt, weil sie nie gestorben ist. Das Fenster soll der Eingang zum Reich der Selkies sein, in das sie damals mit dem schwerverletzten Prinzen geflohen ist.«

»Was ist aus dem Prinzen geworden? Hat er überlebt?«, fragte meine Mutter gespannt.

»Das weiß ich nicht. Darüber wird nicht mehr berichtet. Die Legende endet damit, dass man wohl heute noch das Seufzen von Beathild in der Ruine vernehmen kann.«

»Also, ich habe nichts gehört«, sagte mein Vater und stieß verschwörerisch Finn an, der heftig dazu nickte:

»Ne, ich hab auch nur Klaras Seufzen gehört.« Dann seufzte er übertrieben laut und verdrehte die Augen.

»Idiot!«, fauchte ich und bekam einen tadelnden Blick meiner Mutter zugeworfen, während Fearghas einfach nur grinste. Ich musste ihm dringend von meiner Begegnung erzählen, aber wie sollte ich ihn jetzt unter vier Augen sprechen können, ohne dass mir zwinkernde Blicke und dumme Kommentare folgten? Ich seufzte laut und erntete schallendes Gelächter. Mein Gesicht explodierte in Hitze. Beschämt griff ich nach meinem Glas Wasser, das ich langsamer als nötig, aber bis zum letzten Tropfen leerte, um so lange den Gesichtern der anderen auszuweichen.

»Es ist spät geworden«, sagte Mairee, stand langsam auf und griff nach ihrem Teller. »Wir müssen morgen wieder früh raus. Ich bedanke mich für den netten Abend.«

»Ja, vielen Dank.« Auch Adam stand auf und wollte das Geschirr abräumen, aber meine Mutter winkte ab.

»Das machen wir schon.«

»Danke.«

»Gute Nacht.« Fearghas schloss sich seinen Eltern an und verschwand und mit ihm die Gelegenheit mit ihm zu sprechen.

Kapitel 6

Ganz im Gegensatz zu meinen sonstigen Gewohnheiten stand ich am nächsten Morgen ganz früh morgens auf. Ich machte mir einen Tee und setzte mich, da die Sonne bereits klar vom Himmel schien, mit meinem Buch auf die Terrasse. Ich musste unbedingt Fearghas abfangen, wenn er zur Schule ging. Er hatte nur noch zwei Tage. Aber was wollte ich ihm tatsächlich sagen? Vollkommen planlos nippte ich an meinem Tee und schlug mein Buch auf. Ich brauchte eine Weile, um mich wieder in die Geschichte einzufinden. Wassermänner, hm. Ich liebte solche mystischen Geschichten und jetzt steckte ich tatsächlich selbst in einer drin. Schwerfällig folgten meine Gedanken der Hauptdarstellerin, die sich gerade um ihren Freund sorgte. Dabei wanderten sie immer wieder zu der einen Frage, die mich wirklich beschäftigte: Was würde Fearghas Onkel wirklich tun, wenn er nicht freiwillig mit ihm ging. Ich seufzte laut auf.

»Guten Morgen, Beathild. Hast du die Ruine gewechselt?« Fearghas lachte unverschämt und schloss die Tür hinter sich.

»Blödmann«, rief ich statt einer Begrüßung. Hastig stand ich auf und folgte ihm zum Schuppen, in dem sein Fahrrad stand. »Ich muss mit dir reden.«

»Ich muss zur Schule«, blockte er ab und schob sein Rad an mir vorbei. »Ich habe keine Zeit für deine Fantastereien. Lass mich raten. Du bist in der Ruine Beathild begegnet? Und die hat dich mit einem Seufzer-Virus angesteckt?«

»Ich wusste nicht, dass du so ein Idiot sein kannst«, fauchte ich zurück, fühlte mich aber ertappt. Trotzdem war ich wirklich wütend. Ich wollte ihm doch nur helfen. Und eigentlich hatte es doch auch zwischendurch so ausgesehen, als wäre er von meiner Hilfe nicht ganz abgeneigt.

Genervt lehnte er das Rad gegen seine Hüfte und sah mich mit einer Miene an, die mehr als abweisend war. Okay, das würde hier nicht einfach werden.

»Ich habe tatsächlich eine Begegnung in der Ruine gehabt«, begann ich und sah ihn vorsichtig an. »Ich weiß, es hört sich unglaubwürdig an, nach der Geschichte gestern Abend und so, aber da war tatsächlich eine Frau. Sie hat gesagt, dass ich dir helfen soll und dass du mit deinem Onkel gehen sollst.«

»Du bist eine echte Spinnerin, weißt du?«

»Ich habe jedenfalls nicht erzählt, dass ich ein Mädchen gesehen habe, die sich in einen Seehund und wieder zurück verwandelt hat. Du kannst das alles hier ja gerne leugnen, aber bringt dich das in irgendeiner Form weiter?« Jetzt wurde ich wirklich wütend und funkelte ihn bestmöglich an. Doch leider zeigte sich Fearghas davon völlig unbeeindruckt. Wo waren nur die Wärme und der Charme geblieben, die vorher in seinen Augen gesessen hatten?

»Es geht dich nichts an, Klara. Ich werde das hier auf meine Art regeln, und du fährst in knapp einer Woche wieder heim nach Deutschland. Also lass mich besser in Ruhe.«

Das saß. Und tat weh.

Welchen Weg sollte ich denn jetzt noch folgen, Beathild, hm? Ich war inzwischen ziemlich sicher, dass sie die Frau in der Ruine gewesen war. Wieso tat ich mich so leicht damit, diese Dinge zu akzeptieren, und warum leugnete Fearghas das Offensichtliche? Ohne ein weiteres Wort ging ich zurück auf die Terrasse, griff mein Buch und konzentrierte mich krampfhaft auf die Geschichte. Der Held darin wurde mir auch von Seite zu Seite unsympathischer. Was bildeten sich diese seltsamen Wesen überhaupt ein? Und worauf? Fearghas wollte ja seine Andersartigkeit gar nicht erst zugeben. Im Wasser war er seit unserer Begegnung an der Bootsausleihe auch nicht mehr gewesen. Jedenfalls meines Wissens nach. Wie er sich wohl in einen Seehund verwandeln würde und dann aussah?

Wie ein kuhäugiger Seehund eben, der nach Fisch stinkt, dachte ich grummelnd, schlug das Buch zu und ging ins Haus.

Der Rest des Tages verstrich mit Faulenzen und anschließendem Angeln am Ufer des Lochs. Dabei versuchte ich die vielen Nachrichten von Julia zu ignorieren, die regelmäßig auf meinem Handy aufblinkten. Sie musste inzwischen stinkwütend auf mich sein, weil ich ihr nichts berichtete. Ich speiste sie mit leeren Mitteilungen ab, wie langweilig es hier war und was ich gerade aß. Aber ich konnte ihr ja kaum von meinem Selkie-Problem berichten. Um mein schlechtes Gewissen nicht durch weitere Nachrichten von ihr noch mehr beschweren zu lassen, schaltete ich das Handy einfach ab und setzte mich auf den Steg. Ich wartete dort vergeblich auf das Auftauchen von Fearghas und kehrte schließlich mit meinen Eltern in unser Ferienhaus zurück, ohne ihn noch einmal zu Gesicht bekommen zu haben.

Meine Unruhe wuchs, umso dunkler es draußen wurde. Wir beschlossen, eine DVD anzusehen und machten es uns alle vier im Wohnzimmer gemütlich, doch ich bekam von der Handlung nichts mit. Mein Blick wanderte immer wieder von alleine zu dem großen Panoramafenster. Von hier hatte man eine komplette Übersicht über den Weg, der zur Farm hraufführte. Es war inzwischen dreiundzwanzig Uhr, und Fearghas war noch nicht nach Hause zurückgekehrt. Aus meiner Unruhe wurde echte Sorge. Doch mir waren die Hände gebunden. Was hätte ich denn auch tun sollen? Zu Adam gehen und ihm sagen, dass sein achtzehnjähriger Sohn möglicherweise von seinem Seehund-Onkel entführt worden war?

Der Film war zu Ende, und meine Eltern und Finn gingen ins Bett. Ich tat es ihnen nach, schlich aber nach einer Weile wieder nach unten und hockte mich an das Fenster. Dunkelheit lag wie ein Tuch über den Wiesen vor dem Haus. Ganz anders als zu Hause war es hier stockdunkel.

Keine Straßenlaterne und kein Licht aus einem anderen Haus schnitten eine Lücke in dieses Tuch. Alles Mögliche konnte sich darin verborgen halten, und meine Fantasie hatte in den letzten Wochen wirklich genug Nahrung dafür bekommen, um in meinem Kopf einen Purzelbaum nach dem nächsten zu schlagen.

Plötzlich bewegte sich die Lichter eines Autos erst die Landstraße entlang und bogen dann schließlich in den Weg zur Farm ein. Ich setzte mich auf, mein Herz begann automatisch zu klopfen.

Was sollte ich jetzt tun? Fearghas wieder auflauern und eine unfreundliche Abfuhr von ihm erhalten? Aber wieso ein Auto? Ob ihn ein Freund nach Hause brachte, damit er um – ich warf einen hastigen Blick auf meine Uhr – zwei Uhr nachts nicht noch mit dem Rad durch diese Dunkelheit fahren musste?

Egal, ich musste es wissen. Eilig schlüpfte ich in meine Chucks und warf mir die pinkfarbene Strickjacke meiner Mutter über. Möglichst leise verließ ich das Haus und legte mich hinter den kleinen Zaun unserer Terrasse. Hier durfte mich eigentlich im Dunklen niemand finden. Das fahle Licht der Laternen am Haus leuchtete in die Mitte des Hofes und ließ mich in meinem Versteck leicht in den Schatten verschwinden. Flüchtig fielen mir Etive und Dee ein, aber die beiden Hunde waren im Haus. Sie würden mich also auch nicht verraten können.

Kurz darauf fuhr das Auto langsam auf den Hof der Farm. Ein roter Pick-up hielt, aus dem Fearghas und jemand anderes ausstiegen.

»Ich danke dir, Ian«, sagte Fearghas leise und nahm das Rad entgegen, das dieser Ian gerade von der Ladefläche hievte.

»Nicht dafür, mein Freund«, antwortete der. Er schien ungefähr im selben Alter wie Fearghas zu sein. Allerdings war er einen guten Kopf kleiner und mehr als pummelig zu nennen. Als er zum Haus sah, konnte ich sehen, dass er nicht gerade eine Schönheit war. Sein feistes Gesicht wurde von fleischigen Lippen dominiert. Auch seine sonstige Erscheinung war nicht gerade ansprechend zu nennen. Seine Jeans hing halb über seinen Hintern herunter, das Hemd quoll zwischen den einzelnen Knöpfen auseinander und wies einen schmierigen Flecken auf der rechten Brust auf. Unwillkürlich verzog ich ein wenig angewidert das Gesicht. Ian schien so gar nicht zu Fearghas zu passen, der selber gerade allerdings einen etwas desolaten Zustand bot. Seine Haare klebten feucht um seinen Kopf, und seine Jeans wies am Oberschenkel einen langen und schmutzigen Riss auf.

»Soll ich dich noch in die Berge bringen?«, fragte Ian und beobachtete Fearghas dabei, wie er sein Rad in dem Schuppen verstaute. »Du solltest wirklich so schnell wie möglich von hier fort. Ein Onkel von mir hat in den Cairngorms ne Hütte. Ich könnte dir die Schlüssel besorgen.«

»Danke für das Angebot, aber ich gehe nicht fort von hier.«

»Glaub mir, du wirst es bereuen, wenn du nicht gehst.« So wie er es sagte, klang es seltsam, und auch Fearghas schien das nicht entgangen zu sein. Er richtete sich zu seiner vollen Größe auf und sah auf den wesentlich kleineren Ian herab.

»Wenn ich es nicht besser wüsste, könnte ich meinen, dass du mir gerade gedroht hast«, sagte er langsam. »Was hast du für ein Interesse daran?«

Ian schrumpfte merklich zusammen und zog den Kopf so ein, dass ein Dreifachkinn entstand. »Keins. Nur dein Onkel kann es sich nicht leisten, wenn es sich herumspricht, dass es dich gibt. Dein Vater hatte viele Anhänger. Sie alle werden darauf bestehen, dass du seine Nachfolge antrittst. Denn er hat noch nicht die Hoffnung aufgegeben, dass man Leven die Führung des Clans nicht übergeben wird. Er muss also verhindern, dass du überhaupt in Kontakt mit ihnen trittst. Meinst du denn, der Unfall wäre ein Zufall gewesen?«

Ich hielt erschrocken die Luft an. Ein Unfall? Daher die zerrissene Jeans.

»Ich glaube nicht, dass mein Onkel damit etwas zu tun hat. Warum sonst hätte er mir drei Tage einräumen sollen? Er hätte Klara und mich auch leicht bei unserem Treffen beseitigen können und hätte noch nicht einmal Zeugen zurückgelassen.«

»Er wird die Kleine auf keinen Fall am Leben lassen. Sie weiß zu viel und gehört bestimmt zu der geschwätzigen Teenagersorte, die ihren Freundinnen laufend von dir und ihren Abenteuern simst.«

Hallo? Gerade noch rechtzeitig schluckte ich das empörte Schnauben herunter. Was wusste denn dieser Kerl schon von mir? Hatten wir uns etwa schon einmal gesehen? Nicht, dass ich wusste und so eine Extrem-Simserin war ich wohl auch nicht, jedenfalls meistens nicht.

»Was weiß sie schon?«, entgegnete jetzt Fearghas. »Ich habe ihr klargemacht, dass sie sich aus allem heraushalten soll. – Was immer sie anderen erzählen könnte, klingt doch eher wie das durchgedrehte Geschwätz einer pubertierenden Teenagerin. Wer sollte ihr schon glauben? Im Ernst, Ian.« Schwer lehnte er sich gegen die Seite des Pick-ups und verzog das Gesicht. Offensichtlich hatte er sich bei diesem Unfall verletzt. »Ich denke, du solltest jetzt fahren. Vielen Dank für deine Hilfe.«

Ian winkte großzügig ab und ging auf Fearghas zu, als wollte er sich auf kumpelhafte Art mit einem Schlag auf die Schulter verabschieden. Stattdessen trat er ansatzlos in die Kniekehle des verletzten Beines. Fearghas sackte mit einem überraschten Stöhnen zusammen, fing aber dennoch mit beneidenswerter Geschwindigkeit die Faust ab, die auf seinen Kopf zielte. Ich wäre beinahe aus meinem Versteck gesprungen, hatte mich aber so sehr ins Gebüsch verkrochen, dass ein derartiger Einsatz nicht so einfach war. Da aber der dicke Ian schon in Fearghas' eisernem Griff wie ein hilfloser Fisch gegen den Pick-up gepresst wurde, war mein heldenhafter Eingriff gar nicht mehr nötig. Stattdessen blieb ich still und verfolgte das Weitere mit klopfendem Herzen. Was war das denn bitte gewesen? Wieso hatte Ian ihn angegriffen? Und – wow! – hatte jemand vielleicht diese blitzschnelle Reaktion mit der Kamera festgehalten? Das war ja besser als in jedem Actionfilm. Ich war beeindruckt, dass Fearghas trotz seiner offensichtlichen Schmerzen dort stand und Ian mal eben so locker aus der Hüfte seine jämmerlichen Grenzen aufgezeigt hatte. Wäre ich ein Cheerleader gewesen, ich wäre mit einem zirkusreifen Flickflack über den Hof gesprungen. So allerdings blieb mir nicht mehr, als ihn heimlich von meinem Posten aus anzuhimmeln.

»Verschwinde, Ian! Sofort! Und ich will dich auch hier nicht mehr sehen. Freund meiner Schwester hin oder her.«

»Wenn du nicht selber weißt, was gut für dich ist? Leven will dich nur in Sicherheit bringen, Fearghas. Sei kein Narr.«

»Verschwinde, Ian!« Fearghas ließ Ian los, machte einen vorsichtigen Schritt zurück und entlastete sofort wieder das verletzte Bein.

Ohne weitere Worte lief dieser um das Auto herum, stieg ein und startete den Motor. Wenige Augenblicke darauf war er bereits vom Hof verschwunden. Fearghas stand noch eine Weile da und sah ihm hinterher.

Langsam kroch die Kälte vom Boden unter meine eilig übergeworfene Kleidung. Ich hätte nichts dagegen gehabt, wenn er jetzt einfach nur ins Haus gegangen wäre, damit ich mich in mein warmes Bett flüchten konnte. Doch den Gefallen tat er mir nicht. Stattdessen ließ er sich schwerfällig auf den Stufen des Einganges nieder. Warum ging er denn nicht ins Bett? Die Antwort erhielt ich vollkommen ungebeten nahezu im gleichen Moment. Fearghas richtete sich auf und seufzte leise.

»Was verstehst du eigentlich darunter, dass du dich heraushalten sollst, Klara?«, fragte er und sah direkt zu meinem Versteck.

»Bitte? Woher, zum Teufel, weißt du, dass ich hier bin?«, fragte ich überrumpelt und kroch auf allen Vieren aus dem Gebüsch. »Hast du jetzt auch noch vielleicht ein Supergehör oder so?«

Fearghas starrte mich ungläubig an.

»Woher ich …? – Im Ernst, Klara? Du trägst eine pinke Strickjacke. Genauso gut hättest du auch ein Leuchtfeuer entzünden können. Nur ein blinder Trottel wie Ian konnte dich übersehen.«

In meiner Ahnenreihe musste es ein Chamäleon gegeben haben, denn ich nahm mühelos die Farbe meiner Strickjacke an. Da war ich mir sicher.

»Ich … ich habe mir Sorgen gemacht«, verlegen fummelte ich am Saum meiner Jacke herum. »Entschuldige.«

»Du hast dir Sorgen gemacht?«, wiederholte er meine Worte und stand auf, um langsam zu mir herüberzukommen. »Und da fällt dir nichts Besseres ein, als dich im Gebüsch zu verkriechen? Und mich zu belauschen?«

»So wie du es sagst, hört es sich furchtbar an«, gestand ich kleinlaut und warf ihm einen vorsichtigen Blick zu. Zu meiner Überraschung sah er nicht wirklich verärgert aus. Im Gegenteil, er musterte mich gutmütig, wie man wohl einen schusseligen Trottel ansah. Ich seufzte. »Es tut mir leid, Fearghas. Es war nicht richtig von mir. Du kommst ja offensichtlich auch ganz gut alleine klar. Ich werde jetzt ins Bett gehen und mich ab sofort aus der Geschichte raushalten.«

Jetzt war er es, der seufzte. Fearghas legte eine Hand auf meinen Unterarm und hielt mich zurück.

»Mir tut es leid, dass ich so unfreundlich zu dir gewesen bin. Ich hatte gehofft, ich könnte dich so abschrecken und aus dieser Geschichte heraus halten. Ich denke inzwischen leider, dass es wirklich nicht ganz ungefährlich ist. Aber du …«, er lachte leise auf, »… du lässt dich nicht so einfach abschrecken.«

»Was ist passiert?«, ermutigt deutete ich auf sein Bein. »Was war das für ein Unfall?«

»Ach das.« Fearghas winkte ab. »Das war wirklich nur ein Unfall. Als ich von Leven losfahren wollte, habe ich geträumt. Ein Autofahrer kam recht schnell um die Ecke, und ich bin vor Schreck im Graben gelandet. Das war alles. Nicht mehr.«

»Soll ich mir dein Bein mal ansehen?«

Ein schelmisches Grinsen war die Antwort, die das Grübchen in seine Wange zauberte. Ich konnte förmlich die freche Antwort von ihm sehen, die kurz hinter seiner Stirn vorbeihuschte, aber er schluckte sie herunter und schüttelte stattdessen nur mit dem Kopf.

»Nein, danke. Ich will einfach nur noch duschen und in mein Bett.«

»Okay. Dabei lass ich dich dann besser allein.« Hilflos lächelte ich und ignorierte, dass sein Grinsen noch breiter wurde. Unschlüssig stand ich da und wusste nicht so recht, was ich noch sagen sollte. Langsam wandte ich mich ab und ging zu unserer Tür.

»Vielleicht können wir morgen gemeinsam frühstücken?«

Ich drehte mich wieder zu ihm um, bemüht möglichst gelassen auszusehen.

»Ist ja vielleicht mein Letztes, das würde ich gerne in netter Gesellschaft verbringen.«

»Warum nicht?«, antwortete ich, als hätte ich gerade nichts Besseres vor. Hatte ich auch nicht. Im Grunde genommen gab es wohl kaum etwas Besseres, als mit ihm zu frühstücken. Aber das musste ich ihm wohl kaum auf die Nase binden. »Meine Eltern und Finn machen einen Ausflug und sind ab acht Uhr unterwegs.«

»Dann sehen wir uns um acht Uhr. – Gute Nacht, Klara.«

»Gute Nacht, Fearghas«, sagte ich und ging eilig ins Haus.

Kapitel 7

In diesen Ferien mutierte ich ganz offensichtlich zum Frühaufsteher. Bereits lange vor meinen Eltern wachte ich auf. Allerdings hatte ich auch den Wecker an meinem Handy auf sieben Uhr getimert. Leise schlüpfte ich in meine Kleidung, lief die Wendeltreppe hinunter und setzte zuerst einen Kaffee auf. Kaffee war die Sucht meiner Mutter. Es war das Erste, was sie am Tag tat: Aufstehen, Kaffee kochen und erst einmal genüsslich eine bis viel zu viele Tassen davon zu trinken. Ein stetiges Ritual, jeden Tag aufs Neue. Es würde sie freuen, wenn sie schon Kaffee hatte, wenn sie herunter kam, und sie würden pünktlich aufbrechen. Dessen war ich mir sicher. Der letzte Tropfen röchelte gerade durch die Maschine, als meine Eltern gemeinsam die Treppe herunter kamen. Mein Vater war bereits angezogen, während meine Mutter noch verschlafen in ihrem schlabbrigen Pyjama steckte.

»Danke, mein Schatz«, freute sie sich und nahm mit einem glücklichen Lächeln die Tasse entgegen, die ich ihr hinhielt. Es war ihre Lieblingstasse, auf der ein altes Piratenschiff unter vollen Segeln stand. Diese Tasse begleitete uns zusammen mit anderen Küchenutensilien, die immer eingepackt wurden, zu jeder Reise. Meine Mutter liebte Piraten und hatte diese Tasse vor einigen Jahren von meinem Vater geschenkt bekommen.

»Guten Morgen«, grinste mein Vater und schaute kurz auf die Tasse in den Händen meiner Mutter und dann wieder auf mich. »Willst du uns loswerden? Oder hast du etwas ausgefressen?«

»Ich wollte euch nur eine Freude machen.«

»Danke«, sagte er und setzte sich an den Tisch, den ich bereits halb gedeckt hatte. Auf seinem Platz dampfte eine Schale voll mit frisch zubereitetem Porridge. »Das hast du.«

»Wann werdet ihr denn ungefähr wieder zurück sein?«

»Oh, laut dem Flyer dauert die Tour den ganzen Tag«, antwortete er, griff einen Löffel und schaufelte sich eine ordentliche Portion Porridge darauf. »Wir sind ja erst noch eine ganze Weile mit dem Auto unterwegs, dann mit Bus und Schiff. Ich denke, wir werden so gegen einundzwanzig, zweiundzwanzig Uhr wieder hier sein. – Wieso?«

»Nur damit ich mir keine Sorgen mache, wenn ihr bei Dunkelheit noch nicht zurück seid.«

»Aha.« Mehr antwortete er nicht und konzentrierte sich stattdessen auf sein Essen.

»Markus«, sagte meine Mutter da vorwurfsvoll. »Finn ist noch nicht da. Lass uns doch bitte gemeinsam frühstücken.«

»Aber dann wird das Porridge kalt und schmeckt nicht mehr«, nörgelte er und erinnerte mich dabei an eine ältere Ausgabe von Finn.

Grinsend sah ich zur Treppe, von der gerade mein Bruder herunterpolterte.

»Guten Morgen.« Wie immer war er ungekämmt und steckte in einer zerschlissenen Jogginghose.

»Jeanshose, Finn«, ordnete mein Vater auch augenblicklich mit strenger Stimme an, die keinen Widerspruch duldete. »Ich habe dir gesagt, dass du auf diesem Ausflug eine ordentliche Hose und ordentliche Schuhe trägst. Du kannst direkt wieder nach oben marschieren und dich umziehen.«

»Was hast du nur gegen mich? Kann ich wenigstens erst frühstücken?«, maulte er zur Antwort und fuhr sich griesgrämig durch die strubbligen Haare.

»Nein, zuerst gehst du nach oben, und deine Haare könnten auch eine Begegnung mit dem Kamm gebrauchen.«

Mit leisem Gemurmel verzog sich mein Bruder wieder nach oben. Seufzend stellte meine Mutter ihre leere Tasse ab und erhob sich:

»Ich werde mich auch noch mal schnell zurechtmachen.«

Okay, ich brauchte wohl Geduld. Um mich abzulenken, räumte ich noch Butter und Aufschnitt aus dem Kühlschrank auf den Tisch und rührte meinem Bruder einen Kakao an. Mir erschien die Zeit bis acht Uhr unendlich lange. Glücklicherweise mussten meine Eltern einen festen Zeitplan einhalten, wenn sie das Schiff nicht verpassen wollten. Punkt acht Uhr fuhren sie winkend vom Hof. Kaum hatte ich das Tor hinter ihnen geschlossen, wirbelte ich herum und prallte gegen Fearghas, der breit grinsend mit einem Korb voller Brötchen und Croissants hinter mir stand. Ungläubig starrte ich auf die so gar nicht schottische Auswahl.

»Wo hast du denn die her? Ich habe hier noch in keinem Supermarkt ordentliche Brötchen gesehen. – Sorry.«

»Meine Mutter hat eine deutsche Freundin, die ihr von Zeit zu Zeit solche Sachen zuschickt. Ich habe sie frisch aufgebacken.«

»Großartig«, sagte ich ehrlich und freute mich, nicht nur über die frischen Brötchen.

Gemeinsam gingen wir zu uns ins Haus. Ich tauschte schnell die gebrauchten Teller gegen saubere aus. »Möchtest du einen Kaffee?«

»Hast du vielleicht einen Kakao für mich?«, fragte er und sah mich dabei so unglaublich unschuldig an, dass ich nicht anders konnte, als laut aufzulachen.

»Du meinst, eine Milch mit ganz viel Kakaopulver darin, wie ihn mein kleiner Bruder trinkt?«

»Ich könnte dafür sterben«, gab Fearghas ernst zu.

Grinsend machte ich mich daran, einen großen Becher mit Milch und drei dicken Esslöffeln voll Kakaopulver zu verrühren. Dann steckte ich einen Strohhalm in die dunkelbraune dicke Flüssigkeit und stellte mein Werk vor Fearghas auf den Tisch.

»Danke, Klara«, sagte er und nahm einen langen Zug, den er mit einem Seufzer und geschlossenen Augen beendete. »Köstlich«, grinste er mich an.

»Greif zu, fühl dich wie zu Hause.« Ich musste kichern. Es war ja schließlich mehr sein Zuhause, als das meine. Er ließ sich auch kein zweites Mal bitten. Ohne jede Scheu griff er zu und belegte sich in Windeseile die ersten beiden Brötchen mit Salami und Schinken. Kauend saß er da und machte auf mich nicht gerade den Eindruck eines Jungen, dessen womöglich letzter Tag angebrochen war.

»Was hast du nun vor?«, fragte ich, während ich unschlüssig über den Tisch blickte und nicht wusste, was ich essen wollte.

»Ich habe nicht die geringste Ahnung«, gestand er kauend. »Was hältst du davon, wenn wir beide noch mal zur Burgruine fahren und sehen, ob wir vielleicht Beathild noch einmal zu dem Ganzen befragen könnten? Ich habe sonst keine Idee. Sämtliche Bücher, die ich mir aus der Bücherei über Legenden und Sagen ausgeliehen habe, haben mich nicht weitergebracht.«

»Du hast Bücher darüber gefunden? Was stand drin?«

»Nichts wirklich Informatives. Es war immer nur das Übliche über die Menschengestalt und Seehundgestalt, die sie nach Bedarf annehmen können und so weiter und so weiter. - Sie liegen alle oben in meinem Zimmer.«

»Darf ich einen Blick drauf werfen?«

Fearghas zuckte gleichgültig mit den Schultern. »Wenn es dich glücklich macht. Aber es hat mir wirklich nichts sagen können, was mir weiterhelfen würde.«

»Was ist, wenn du den Vorschlag dieses Ian annimmst und die Gegend verlässt?« Zögerlich griff ich endlich nach einem Croissant und legte es auf meinen Teller. Wenn er sich schon die Mühe gemacht hatte, um mir diese Köstlichkeiten aufzutischen, sollte ich zumindest auch etwas davon zu mir nehmen.

»Du meinst, so etwas wie in die Wüste ziehen?« Fearghas runzelte die Stirn. »Nein, das wäre nicht ganz meins, fürchte ich. – Leven hat mir berichtet, dass es im Selkie-Clan immer welche gibt, die an jeden Teil der Welt gelangen können, wo es Wasser gibt.« Er lächelte verzweifelt und gab seinem Grübchen wieder das Zeichen zum Einsatz. »Keine besonders guten Voraussetzungen für ein Leben auf der Flucht, oder? Denn das würde es für mich bedeuten. Mein Onkel soll wohl nicht so leicht aufgeben, und ihm sind angeblich alle Mittel und Wege recht, seinen Willen durchzusetzen.«

»Aber ich verstehe nicht, warum er dich umbringen will, wenn er doch sowieso nicht das Reich regiert, sondern deine Mutter? Ich denke, er will dich zu sich holen, weil er dann vielleicht wieder die Macht über den Clan erhält. Er könnte dich manipulieren oder als Druckmittel verwenden.«

»Das wäre eine Möglichkeit.«, Fearghas nickte und nahm einen herzhaften Schluck von dem Kakao. »Es ist ja ganz offensichtlich seine Art, diejenigen zu beseitigen, die nicht auf seiner Seite sind. Das hat er ja wohl bereits bewiesen, als mein Vater starb – oder getötet wurde –.

Wenn es stimmt, was Leven erzählt hat, sind alle Mitglieder des Ältestenrates unter mysteriösen Umständen ums Leben gekommen, die sich gegen ihn aufgelehnt haben. Jetzt fürchtet man, dass er alles daransetzen wird, um meiner Mutter die Führung des Clans wieder abzunehmen.«

»Das hat dir Leven erzählt?«, fragte ich. Ich konnte nichts dagegen machen, aber irgendwie hatte ich immer noch kein gutes Gefühl bei diesem Mädchen. Sie war mir unheimlich, und ich traute ihr nicht. Fearghas hingegen schien ihr bereits vollkommen zu vertrauen, dabei kannte er sie doch kaum. So wie mich, dachte ich und seufzte. War er bloß ein vertrauensseliger Dummkopf? Ich sah ihn an, wie er einen tiefen Zug von seinem Kakao nahm und dann herzhaft in das dritte Brötchen biss, das er dick mit Nutella bestrichen hatte. Vielleicht hatte er auch nur eine gute Menschenkenntnis? Was meinen Verdacht gegen Leven widerlegte. Lustlos schob ich mein Croissant über den Teller. Ich hatte noch keinen einzigen Bissen herunter bekommen.

»Du solltest endlich etwas in den Magen bekommen. Ich würde gerne los.«

Hörte ich so etwas wie Nervosität aus seiner Stimme? Nein, wohl kaum. Er wischte sich gerade mit einer Serviette über den Mund und lehnte sich in seinem Stuhl zurück, um mich zu betrachten. Jetzt verfluchte ich mich, dass ich nicht bereits in mein Croissant gebissen hatte. Ich hasste nichts mehr, als wenn mir jemand beim Essen zusah. Aber wenn ich den Tag durchstehen wollte, musste ich etwas im Magen haben. Todesmutig biss ich also zu und wischte eilig die Krümel von meinen Lippen, während ich kaute. Fearghas grinste, und ich wischte erneut, diesmal mit der Serviette, nur zur Sicherheit. Zu meiner Erleichterung nahm er sich nun ebenfalls ein Croissant vor und teilte es mit dem Brotmesser säuberlich in zwei Hälften.

»Bist du immer noch nicht satt?«, murmelte ich ungläubig und versuchte dabei, über den Brei in meinem Mund hinweg deutlich zu bleiben.

»Ich schmiere uns etwas für später. Schließlich werden wir eine Weile unterwegs sein, und ich bekomme immer Hunger zwischendurch.«

»Gut, ich packe Getränke zusammen.« Damit stand ich auf und ging ins Haus. Dort packte ich zwei Flaschen Wasser in eine kleine Kühltasche und putzte mir die Zähne, bevor ich wieder hinausging und den Tisch abzuräumen begann. Fearghas hatte in der Zwischenzeit alle verfügbaren Brötchen und Croissants beschmiert und in eine große Dose gepackt, die er wohl von zu Hause geholt hatte. In Windeseile räumten wir den Frühstückstisch auf und den Geschirrspüler ein.

»Darf ich noch einen Blick auf die Bücher werfen?«, erinnerte ich am Ende Fearghas, der schnell einen Blick auf die Uhr warf. Neun Uhr, wir hatten also gerade eine Stunde mit dem Frühstück verbracht. Ich hatte keine Ahnung, was wir dabei so lange gemacht hatten, aber es war wie ein kleiner Fingerzeig, dass die Uhr für uns nicht stehen blieb. Gleich wie sehr ich mir das vielleicht auch wünschen mochte.

»Gut, aber mach nicht so lange. Komm mit.«

»Hast du eigentlich mal versucht, im Internet was über Selkies herauszufinden?«, fragte ich, während ich ihm neugierig über den Hof folgte und durch den Eingang in das Haus seiner Eltern. Dunkle Balken stützten die hohe Decke und versorgten den Eingangsbereich, der direkt im Wohnzimmer- und Kochbereich endete mit altertümlicher Behaglichkeit.

»Wir haben hier leider keine besonders gute Verbindung. Deshalb benutze ich es so gut wie nie«, erklärte er und ging weiter vor mir her. Alle möglichen Fotos hingen an den Wänden, fein säuberlich eingerahmt. Im Vorbeigehen erkannte ich einen Bereich, der sämtliche Hunde zeigte, die wohl im Besitz der Familie gewesen waren. Direkt an der Wand neben der kissenüberladenen Couch befanden sich die Fotos der Söhne. Dort wäre ich gerne noch stehengeblieben, aber Fearghas winkte mich ungeduldig weiter. Er lief bereits die hölzerne Wendeltreppe hinauf, die aussah, als hätte man sie aus den Planken eines alten Segelschiffes gefertigt. Oben angelangt öffnete er eine Tür und machte eine übertriebene Verbeugung, um mich an sich vorbeizulassen.

»Mein Zimmer«, sagte er. »Die Bücher liegen auf dem Schreibtisch.«

Irgendwie hatte ich ein mehr schottisches Zimmer erwartet, auch wenn ich nicht die geringste Ahnung hatte, wie das genau aussehen sollte. Aber das war ein Zimmer, wie ich es auch bei jedem Jugendlichen zu Hause hätte finden können. Ein einfaches Bett nahm die eine Seite des Zimmers ein, daneben war der Schreibtisch gequetscht, der überladen mit Schulbüchern und Heften war. Ein Regal und ein Kleiderschrank auf der gegenüberliegenden Seite und eine kleine Couch unter dem Fenster. Das war's, mehr gab es nicht zu sehen. Keine Poster an den Wänden, keine Flagge oder so etwas. Nichts. Offensichtlich hatte er keinen Sinn für Dekoration. Dabei hätte man aus dem freundlichen Zimmer so viel machen können. Ein riesiges Fenster, dem Panoramafenster bei uns im Haus nicht unähnlich, ließ den ganzen Raum im Sonnenlicht baden. Der Blick auf das Loch war von hier atemberaubend, aber ich war sicher, dass Fearghas das noch nie bemerkt hatte. Auf der gegenüberliegenden Seite war ein kleines Fenster, das auf den Innenhof der Farm hinausreichte. Ein wenig enttäuscht lenkte ich meine Aufmerksamkeit auf den Schreibtisch. Was ich für Schulbücher gehalten hatte, waren in Wirklichkeit die Bücher aus der Bibliothek über die Sagen. Ich nahm das Erste auf und blätterte es durch. Gerade einmal zwei Seiten waren den Selkies gewidmet. Die Zeilen waren schnell überflogen. Da ich nichts Neues darin fand, ergriff ich das nächste Buch und tat damit dasselbe. Wieder keine neuen Informationen. So erging es mir mit den anderen drei Büchern auch, während Fearghas neben mir stand und mich beobachtete.

»Du hast Recht. Viel steht da ja nicht gerade drin«, sagte ich und griff ein Buch, auf dem eine Ruine abgebildet war, die mich an die Burgruine erinnerte. Den Titel konnte ich nicht lesen, da er offensichtlich in Gälisch geschrieben war. »Du kannst Gälisch?«

Fearghas stand auf und nahm mir das Buch aus der Hand, als ich gerade eine Seite aufgeschlagen hatte, die eindeutig die Wikinger-Burg mit der

Fischfalle zeigte. Ich konnte gerade noch die handgeschriebenen Notizen daneben sehen, bevor er die Seiten zuschlug und mir tief in die Augen sah. »Es ist ein Buch meiner Eltern und sehr alt. Ich darf es eigentlich gar nicht haben. Besser ich stelle es sofort zurück. Und dann sollten wir auch wirklich los, meinst du nicht?«

Ich bemerkte zwar, dass er mir keine Antwort gegeben hatte, aber es war eigentlich auch nicht wirklich wichtig, ob er nun Gälisch konnte oder nicht. Folgsam nickte ich.

»Du hast Recht. Lass uns gehen.«

Auf dem Weg zum Loch sprachen wir kaum noch miteinander. Die Nervosität, die mich eindeutig befallen hatte, machte einfach einen dicken Knoten in meinen Magen und in meine Zunge. Mir war nicht nach Reden. Und Fearghas schien es ähnlich zu ergehen, obwohl er auf mich immer noch wie die Ruhe selbst wirkte. Seine Hände zitterten nicht, als er mir in das Boot half, das unruhig am Steg auf und ab hüpfte. Der Wellengang war heute wesentlich stärker als die Tage zuvor. Ich warf einen kritischen Blick zum Himmel, der mit dunklen Wolken drohend über uns hing. Das war schon mal kein gutes Zeichen für diesen Tag. Fearghas hatte meinen Blick bemerkt. »Dies ist ein wirklich ausgezeichnetes Boot, Klara«, sagte er und startete den Motor. »Du brauchst keine Angst zu haben. Ich war schon bei wesentlich stärkerem Wind damit draußen.«

»Gut«, erwiderte ich und versuchte gelassen zu nicken. Doch an seinem Blick konnte ich sehen, dass mir das nicht gelungen war.

»Ich bringe dich sicher zu unserem Ziel. – Versprochen.« Er lächelte mich aufmunternd an und fuhr uns aus der Bucht heraus. Augenblicklich hüpfte das Boot immer mehr über die Wellen. Fearghas verlangsamte das Tempo und streckte seinen freien Arm nach mir aus. »Setz dich zu mir. Wir müssen das Gewicht nach hinten verlagern, damit kommt das Boot besser über die Wellen.«

Wenn das ein Trick war, dann ein guter. Ich hatte nicht die geringste Ahnung vom Bootfahren, aber ich hatte auch nichts dagegen, mich neben ihn zu setzen. Schon gar nicht, wenn er den Arm so um mich legte, wie er es jetzt tat. Mit einem wohligen Gefühl der Geborgenheit lehnte ich mich an ihn. Tatsächlich kam das Boot nun leichter über die Kämme hinweg, auch wenn immer wieder Wasser wie mit Eimern über uns geschüttet wurde. Als wir endlich die Burgruine erreichten, war ich bereits bis auf die Haut nass und zitterte.

»Ich habe ein paar Decken eingepackt. Darin kannst du dich gleich aufwärmen«, sagte Fearghas, als er das Boot in die verborgene Bucht steuerte.

»Hm«, murmelte ich nur und schloss für einen Moment die vom Salzwasser brennenden Augen. Eigentlich hätte ich, trotz Kälte und Nässe, noch Stunden in dieser Position verbringen können. Doch diese Zeit hatten wir leider nicht. Fearghas fuhr wesentlich geschickter als meine Familie an das Ufer heran, warf den Anker aus und stieg aus dem Boot, als hätte er sein ganzes Leben lang nichts anderes getan. Naja, immerhin war er hier aufgewachsen. Er zog das Boot noch ein Stück hinter sich her, befestigte dann das zweite Tau und kam zu mir zurück.

»Komm her. Ich trage dich hinüber. Du musst nicht noch nasser werden, als du es ohnehin schon bist.«

»Ach was, ich kann ja wohl selber hinüberlaufen«, erwiderte ich mit klopfendem Herzen und sah in das klare Wasser der Bucht. Fearghas stand bis zu den Knien darin und sah mich auffordernd an.

»Ja, davon bin ich überzeugt. Aber wenn dort oben zufällig Beathild uns beobachtet, möchte ich, dass sie einen Mann sieht, der sich einem Mädchen gegenüber genauso galant und hilfreich benimmt wie zu ihrer Zeit, bevor er sie um Hilfe bittet.«

War das nur ein Trick von ihm? Ich wusste es nicht. Einerseits fand ich diese Situation gerade unglaublich peinlich, andererseits hatte es auch durchaus etwas Verlockendes an sich.

»Also, eigentlich …«, setzte ich an, aber er warf mir einen Blick zu, der mich mal wieder völlig aus der Bahn warf. Und ich war davon überzeugt, dass er das genau wusste und mit Absicht tat.

»Bitte«, sagte er schlicht.

»Gut, aber wehe, du erzählst auch nur den Hunden davon, geschweige denn jemand anderem, dann werde ich deinen Onkel suchen und ihm sagen, wie er dich in seine Finger kriegt«, zischte ich möglichst scharf und drohend, was mit dem hochroten Gesicht wohl nicht besonders überzeugend war.

Fearghas sagte kein Wort, als er mich auf die Arme nahm und durch das Wasser stapfte, um mich sanft am steinigen Ufer abzusetzen. »Danke.«

Damit ließ er mich stehen und ging wieder zum Boot zurück, um unsere Sachen zu holen. Dankbar wickelte ich mich in die beiden Decken, die er mir reichte. Inzwischen zitterte ich am ganzen Körper, und mir war unglaublich kalt.

»Vielleicht solltest du deine Kleider …«

»Denk nicht mal dran«, fauchte ich, ohne ihn ausreden zu lassen. Ich würde doch meine Sachen hier ganz bestimmt nicht ausziehen.

Fearghas zuckte grinsend die Schultern. »Wie du meinst«, sagte er gelassen. »Ich friere ja schließlich nicht.«

Was mich wirklich wunderte. Er war ebenso nass wie ich, wenn nicht sogar noch mehr. Mich hatte die Schwimmweste noch ein wenig geschützt, so dass mein T-Shirt immerhin dort, wo sie gesessen hatte, trocken war. Sein Hemd und seine Jeans klebten wie eine zweite Haut an ihm. Das schien ihn jedoch nicht im Geringsten zu stören. »Ich habe dir gesagt, dass ich keine Kälte mehr empfinde«, meinte er, als er meinen Blick bemerkte. »Lass uns in die Burg gehen. Mich interessiert, ob Beathild dort ist und mit uns reden wird.«

Ich raffte die Decken fester um meine Schultern und folgte ihm den Hang hinauf zur Ruine. Als wir durch die Maueröffnung traten, war keine Spur von dem Wikinger-Mädchen zu sehen. Neugierig ging Fearghas zu dem Fenster und lehnte sich hindurch. Ich folgte seinem Beispiel und sah in die grauen Wellen, die aggressiv gegen die Klippen unter uns schlugen, als wollten sie die Mauerreste der Ruine endgültig zum Einsturz bringen.

»Da bleibt nicht viel von einem übrig, wenn man dort hinunterspringt.«

»Wenn es der Eingang zu einer anderen Welt ist vielleicht schon.« Fearghas zuckte mit den Schultern und sah mich von der Seite an. »Vielleicht sollte ich es einfach versuchen und meinen Onkel in seinem Reich aufsuchen. Mal sehen, wie er darauf reagiert.«

»Dein Reich, wenn du Leven glauben kannst.«

»Was hätte sie davon, mich anzulügen?«

»Ich weiß nicht. Es ist nur so ein Gefühl.«

»So?- Ein Gefühl?« So wie er es sagte, wurde mir wieder warm. Ich lockerte den Griff um die Decken, ignorierte ihn, soweit es ging, und richtete mich auf, um mich umzudrehen. Irgendwie hatte ich erwartet, Beathild hinter mir zu finden, doch da war niemand. Enttäuscht setzte ich mich auf den Boden und lehnte mich mit dem Rücken an die von dunkelgrünem Moos überzogene Mauer. Einige Sonnenstrahlen bahnten sich ihren Weg durch die dichte Wolkendecke und strahlten mir ins Gesicht. Ich schloss die Augen und genoss für einen Moment die sanfte Wärme. Eigentlich hätte dies ein wunderschöner Augenblick sein können, wenn nicht die Ungewissheit über den Ausgang dieses Tages über uns gehangen hätte. Fearghas richtete sich nun ebenfalls auf. Ich hätte nichts dagegen gehabt, wenn er sich zu mir gesetzt hätte, doch leider tat er mir diesen Gefallen nicht. Kurz warf er einen Blick nach oben zum Himmel, dann hockte er sich vor mich und schenkte mir einen tiefen Blick, dass mein Atem stockte.

»Ich denke, ich sollte das Boot weiter hinausziehen, bevor es auf Grund liegt. Vielleicht kannst du in der Zeit nach Beathild rufen. Vielleicht hört sie auf dich und kommt.«

Ich nickte bloß, da mir schlicht die Luft fehlte, um ohne Zittern in der Stimme antworten zu können. Fearghas kniff kurz die Augen zusammen, und für einen winzigen Augenblick hatte ich das Gefühl, dass er mir noch etwas sagen wollte. »Klara«, sagte er dann leise und griff nach meiner Hand. Ich erstarrte wie ein Kaninchen vor dem Fuchs, kurz bevor er zubiss. Doch zu meiner absoluten Verwirrung stand er genauso plötzlich auf, ließ meine Hand wieder los und ging.

Atemlos saß ich da und starrte auf die Stelle, wo er durch die Maueröffnung verschwunden war. Was war das gewesen, bitte schön? Wie sollte mein armes Herz solche Eskapaden überleben? Puh! Mit Schwung schleuderte ich die Decken von mir und fächelte mir Luft zu. Mit einem Schlag war mir doch viel zu warm geworden.

»Du kannst dich beruhigen. Er wird nicht wiederkommen.«

Ein eisiger Schauer, der über meinen Rücken raste, vollendete das heutige Wechselbad der Gefühle. Beathild lehnte plötzlich wieder an der Fensteröffnung und sah mich ernst an. Schmerzlich wurde mir bewusst, dass mir ihr Lächeln fehlte. Mit dem nächsten Atemzug wurden mir ihre Worte bewusst.

»Was meinst du?«, fragte ich und stand mit einem unguten Gefühl auf.

»Fearghas lässt dich hier zurück. Er hat das Boot nicht weiter rausgezogen, sondern weiter auf Land. Anschließend ist er fort geschwommen.«

»Nein!« Ich schrie auf, sprang mit einigen Sätzen zur Maueröffnung und hielt an, als wäre ich gegen eine Wand geprallt. Sie hatte Recht! Das Boot lag nahezu vollständig auf dem Trockenen, von Fearghas fehlte weit und breit jede Spur. Er hatte mich reingelegt. Er hatte mich mit seinem komischen Selkie-Charme verzaubert und schlichtweg hier sitzengelassen. Die Scham schlug über mir zusammen. Ich war so blöd, dass mir selbst die Worte dafür fehlten. Verzweifelt schlug ich die Hände vor mein brennendes Gesicht. Er hatte niemals vorgehabt, Beathild um Hilfe zu bitten.

»Er hat dies zu deinem Schutz getan.« Ich fuhr zusammen, als ich das Wikinger-Mädchen direkt neben mir hörte. Mitleidig sah sie mich an und legte mir mit einer kaum spürbaren Bewegung die Hand auf die Schulter. Aber zwischen ihrem Mitgefühl lag ein leichtes Lächeln auf ihren Lippen. »Kein Grund darüber derart verletzt zu sein. Er hat es für dich getan. Fearghas macht sich Sorgen um dich.« Ihr Lächeln wurde breiter und wärmte mein abgekühltes Herz. »Er hat heute seine Eltern aus dem Weg geschaffen und jetzt dich, damit euch nichts passieren kann.«

»Aber wieso? Ich will ihm doch nur helfen, und ich bin schließlich nicht die, die von ihrem Onkel mit Entführung oder Schlimmerem bedroht wird.«

»Fearghas weiß nicht, wer sein Feind ist.« Ihr Lächeln verschwand, und Ernst wanderte wie ein Schatten über die Landschaft ihres schönen Gesichtes. »Alles was er weiß, sind Dinge, die man ihm zugeflüstert hat, um ihn für eine Seite einzunehmen. Er weiß nichts.« Sie nahm die Hand von mir, und ich vermisste ihre Berührung augenblicklich, als hätte sie mir etwas Kostbares genommen.

»Ich muss sofort zurück!«, sagte ich unvermittelt. Sie hatte Recht, aber ich konnte nicht tatenlos hier herumsitzen.

»Er ist bereits so gut wie dort. Du wirst nicht rechtzeitig zu Hause ankommen. Die Insel ist ungefähr zwölf Meilen lang, und es gibt kein Gefährt, wie du es auf dem Festland findest.« Sie fixierte mich mit einer Kraft in ihrem Blick, die ganz im Gegensatz zu ihrer körperlichen Erscheinung stand. »Vielleicht solltest du hier warten und damit seinen Wunsch respektieren, dich in Sicherheit zu wissen.«

»Aber …« Ich verstummte. Fearghas hatte mich hierher verfrachtet. Aber ich war nicht einfach nur ein Gegenstand, den man vorsichtig in eine Truhe packte, damit dieser nicht bei nächster Gelegenheit kaputt ging. Ich war sehr gut in der Lage, für mich selbst zu denken und auf mich aufzupassen. »Du hast das letzte Mal von Wegen gesprochen, die sich mir öffnen würden. Ist das ein Weg für mich?«, fragte ich und deutete auf das Fenster hinter Beathild.

»Um Odins Willen, nein!« Heftig schüttelte sie den Kopf, so dass einige der flachsblonden Haarsträhnen aus den säuberlich geflochtenen Zöpfen sprangen. Sie hob die Hände und stellte sich in den Weg, als fürchtete sie, dass ich mit einem waghalsigen Hechtsprung an ihr vorbeikommen könnte. »Das ist kein Weg, den ein Mensch ohne das Zutun eines Selkies gehen kann.«

»Du gehst ihn doch auch immer wieder.«

»Das ist für mich inzwischen anders. Du würdest bei dem Versuch umkommen.«

»Weißt du, Beathild – nehme ich an -, ich habe jetzt wirklich genug. Wenn ich doch helfen soll, dann sag mir doch einfach wie. Warum sitze ich hier fest? Und warum bist du keine Hilfe und sagst mir, was ich tun kann, anstatt nur Andeutungen zu machen oder mich zurückzuhalten.«

»Alles hat seine Zeit, Klara. Und deine Zeit ist noch nicht da. Hier aber bist du sicher.«

»Hä?« Was bitte sollte ich mit diesem Gequatsche anfangen? Der Zorn in mir wurde langsam zu einem Derwisch, der in meinem Inneren wild rotierte. War sie vielleicht nicht ganz bei Verstand? Ich meine, wen würde das wundern. Immerhin drückte sie sich seit achthundert Jahren in dieser auf Dauer ziemlich eintönigen Gegend herum. »Ich weiß ja nicht, was du all die Jahre hier so getrieben hast, aber ich bin nicht mit dem Stickrahmen auf den Knien groß geworden. Ich habe gelernt, dass man die Dinge anpacken muss, bevor Hindernisse unüberwindbar werden. Ich für meinen Teil werde meinen Weg finden, um nach Hause zu gelangen. Woher soll ich wissen, ob du mich nicht abhalten sollst, etwas zu unternehmen? Egal – Tschüß, Beathild.« Damit drehte ich mich und stapfte energisch los. Für einen winzigen Moment dachte ich, sie wollte mich aufhalten, doch ich hatte mich geirrt. Ungehindert lief ich den Hang hinunter und über die Wiese. Von meinem letzten Besuch wusste ich, dass hinter den Bäumen ein Weg lag. Als ich zwischen ihnen hindurchging, kam mir ein händchenhaltendes Paar entgegen. Wir tauschten ein kurzes Kopfnicken, als wir einander passierten. Ich mit dem stummen Gebet, dass sie mit dem Rad hierher gekommen waren. Und richtig. Kurz darauf entdeckte ich die Fahrräder, die an den Weidezaun gelehnt, auf die Rückkehr des Pärchens warteten. Ich warf einen hastigen Blick über die Schulter, aber von den beiden war nichts mehr zu sehen. Schnell ergriff ich das Damenrad, schob es ein Stück den Weg hinauf und begann so schnell ich konnte davon zu radeln.

Ich war gerade zu einer Gesetzlosen geworden! In meinem Kopf formte sich das Bild einer Pferdediebin aus dem Wilden Westen, die mit einem Strick um den Hals an einem Galgenbaum enden würde. Ich war eine Diebin!

Doch das schlechte Gewissen hüpfte schon in der ersten Kurve, die ich schnittig nahm, da es bergab ging, von meinen Schultern. Ich hatte wirklich Wichtigeres zu tun. Der Zweck heiligte schließlich die Mittel. Also trat ich in die Pedale und stellte bald fest, dass die Insel zwar nicht sonderlich groß war, aber für jemanden, der Radfahren hasste, jede Menge Berge bereithielt. Keuchend sprang ich vom Sattel, als mir beim dritten Anstieg bereits die Kraft fehlte, um bis nach oben zu gelangen. Hätte ich meinen Atem nicht dringend für meine schmerzenden Lungen gebraucht, hätte ich lauthals geflucht. So ersparte ich mir das und schob mit zitternden Beinen das Rad den Berg hinauf, ohne auch nur eine Sekunde ein Auge für die schöne Umgebung zu haben, die sich in sanften mit sattem Grün bedeckten Hängen zu beiden Seiten erstreckte. Zum allergrößten Übel hatte die Sonne inzwischen ein riesiges Loch in die Wolkendecke gebrannt und strahlte heiß und ungnädig auf mich herab. Ich schwitzte, und ich hatte mächtigen Durst. Auf dem Kamm kniff ich die Augen zusammen und hoffte, ein Kiosk oder einen Laden zu entdecken. Unüberlegt, wie ich war, hatte ich den Verpflegungsrucksack am Ufer liegen lassen. Ein Umkehren kam nicht in Frage. Blieb nur der Weg nach vorn. Doch dort war nichts außer einem Farmhaus zu erkennen, und ich würde dort ganz bestimmt nicht anklopfen und nach Wasser fragen. Zu tief lag das Misstrauen, dass meine Mutter mir in Kindertagen eingebläut hatte, wie wohl jede andere Mutter auch: »Du darfst nichts von Fremden annehmen«, hatte sie immer gesagt. Also war sie auch schuld, wenn ich jetzt hier verdurstete. Verzweifelt trat ich wieder in die Pedale und duckte mich tief über den Lenker, um mehr Fahrt aufzunehmen, als ich den Berg hinunter raste. Hinter der nächsten Kurve stand ein Schild mit der Aufschrift Café. Ich war so erleichtert, dass ich vor lauter Begeisterung beinahe direkt hineingefahren wäre. Gerade noch rechtzeitig riss ich den Lenker zur Seite und blieb schlitternd im Gras dahinter stehen. Ein Café!

Eilig folgte ich den Pfeilen und hoffte, dass ich genügend Geld für ein Wasser dabei hatte. Schon nach wenigen Metern und einigen Kurven entdeckte ich ein schmuckloses Haus, das bereits bis zum Bersten mit Touristen gefüllt zu sein schien, die bis auf die beiden Terrassen hinausquollen. Ich warf das Rad halb gegen einen der Ständer und wühlte in meinen Hosentaschen nach dem Geld. Immerhin förderte ich zwanzig Pfund zu Tage, das war wohl mehr als genug. Erleichtert setzte ich mich an einen gerade frei werdenden Tisch und bestellte mein Wasser.

»Entschuldigung. Ist hier noch frei?« Ein älterer Mann deutete auf die freien Stühle an meinem Tisch, während er die Sonnenbrille auf seiner Nase zurecht schob.

»Aber natürlich«, sagte ich artig. »Nehmen Sie Platz.«

»Danke.« Er nickte mir zu und winkte einer Frau im gleichen Alter, die strahlend auf uns zugerannt kam. Sie trug eine riesige Sonnenbrille mit verspiegelten Gläsern, die die Sonnenstrahlen wie ein Leuchtturm auseinander fächerte. Geblendet schloss ich die Augen.

»Ihr Wasser.«

»Danke.« Ich schob der Bedienung das Geld hinüber, das sie mit einem knappen Dank entgegennahm, dann wandte sie sich an das Pärchen. Gierig griff ich nach meinem Glas und stürzte es auf einen Zug hinunter. Zufrieden füllte ich nach und lehnte mich zurück. Wie lange wohl das Pärchen, das ich beklaut hatte, hierher brauchen würde? Falls nur der Mann beschloss, sich alleine auf die Suche nach dem Dieb – also mir – zu machen, dann blieb mir kaum Zeit, um wirklich entspannt auszutrinken. Besser ich brach direkt wieder auf. Bis zur Fähre war es sicher noch weit und bei meiner grandiosen Kondition war es ein Kinderspiel, mich auf der Strecke einzuholen. An eine derartige Begegnung mochte ich besser nicht denken. Ich griff nach dem Wasser, als der älteren Frau die Handtasche vom Tisch fiel und der gesamte Inhalt sich über die Kieselsteine verteilte, die den Boden bedeckten. Schnell stellte ich mein Glas zurück und begann gemeinsam mit den beiden nach Spiegel, Bürste, tausende von kleinen Zettelchen und anderen Dingen zu tauchen. Wie konnte man bloß so einen Krempel mit sich herumschleppen? Die Frau bedankte sich permanent und setzte sich mit hochrotem Kopf wieder an ihren Platz, nachdem wir alles aufgesammelt hatten.

»Nochmal vielen Dank für Ihre Hilfe. Es ist mir außerordentlich peinlich«, sagte sie mit einem beschämten Lächeln, dabei plusterten sich ihre Wangen so auf, dass ihre Sonnenbrille ein Stück hochrutschte.

»Nicht dafür«, entgegnete ich großmütig, leerte mein Wasser und machte mich auf den Weg zu den Gästetoiletten.

Hupsa! Ich stolperte ein Stück zur Seite. Kleine, schwarze Pünktchen tanzten vor meinen Augen.

Ich war wohl zu hastig aufgestanden, so dass mein Kreislauf rebellierte. Kein Wunder, schließlich hatte ich mich beim Fahrradfahren völlig verausgabt. Ich sollte dringend an meiner Ausdauer arbeiten. Wie an so vielen anderen Dingen, dachte ich und beschloss, bei nächster Gelegenheit wenigstens schon einmal eine Liste mit den Dingen zu erstellen, die ich ändern wollte. In der Toilette beugte ich mich über das Waschbecken und spritzte mir zur Abkühlung etwas Wasser ins Gesicht. Als ich mich nach einer Weile wieder aufrichtete, überfielen mich erneut die schwarzen Flecken, als hätten sie nur auf diesen Augenblick gewartet. Stöhnend stützte ich mich auf dem kühlen Porzellan ab. Kalter Schweiß brach mir aus, und eine kleine Panikwelle machte sich über mich her. Was war bloß los mit mir? Das konnte ja kaum an meiner schlechten Kondition liegen.

»Ist alles in Ordnung mit dir?«

Mühsam sah ich auf und erkannte die Frau von meinem Tisch, die ihre große Sonnenbrille abgenommen hatte und mich mitleidlos aus großen und dunklen Augen musterte.

»Ich ...«, wollte ich antworten, aber irgendetwas riss mir sämtliche Kraft aus den Beinen, und ich sackte zu Boden und in ein schwarzes Loch, das mich augenblicklich verschlang.

*

Als ich aufwachte, schmerzte so ziemlich alles an mir: Mein Kopf, mit dem ich ungeschützt auf die Fliesen geschlagen war, meine Schultern und Arme, die in unnatürlicher Stellung irgendwie hinter mich gebogen waren und die ich keinen Zentimeter bewegen konnte und mein Selbstwertgefühl, das mir klar und deutlich sagte, wie blöd ich eigentlich war.

Vorsichtig öffnete ich die Augen einen Spalt breit. Über mir erstreckte sich der nur noch von vereinzelten Wolken bedeckte blaue Himmel. So, wie sich der harte Untergrund unter mir bewegte, war mir auch schnell klar, dass ich mich in einem Boot befinden musste. Man hatte mich in die Bootsmitte verfrachtet, offensichtlich gut verschnürt, denn ich konnte noch nicht einmal meine Beine bewegen. Wasser schwappte unter dem Brett umher, auf dem ich lag. Links und rechts von mir befand sich eine nicht allzu hohe Bordwand. Es schien ein ähnliches Boot zu sein, wie das, das in der kleinen abgeschiedenen Bucht einsam auf dem Trockenen lag.

»Sie ist wach«, hörte ich da eine männliche Stimme. Es brachte wohl jetzt nichts mehr, die Augen wieder zu schließen, also versuchte ich stattdessen den Kopf zu drehen, um den Sprecher zu erkennen. Nicht wirklich überrascht erkannte ich den Mann und die Frau von meinem Tisch. Beide hatten die dämlichen Sonnenbrillen abgenommen und betrachteten mich aus ihren viel zu großen und viel zu dunklen Augen. Es mussten Selkies sein. Offensichtlich hatten sie mir bei der Sammelaktion etwas in mein Wasser gemischt, und ich war noch nicht einmal stutzig geworden. Wie blöd konnte man eigentlich sein?

»Was wollen Sie von mir?«, fragte ich, obwohl ich nicht wirklich daran glaubte, eine vernünftige Antwort zu bekommen.

»Denk mal nach, meine Süße. Dann kommst du wohl von selber drauf«, antwortete die Frau mit übertrieben säuselnder Stimme. Ich war bestimmt nicht gewalttätig, aber ich hätte ihr in diesem Moment gerne in ihr grinsendes Gesicht geschlagen.

»Wir bringen dich zurück nach Stevensons House. Sozusagen als Überzeugungsmittel«, brummte der Mann.

Das war wohl klar gewesen. Das hatte ich wirklich prima hinbekommen. Damit hatte ich wahrscheinlich genau das erreicht, was Fearghas versucht hatte, mit seiner Aktion zu verhindern. Mir wurde schlecht. Ich sollte eigentlich sicher in der Burgruine sitzen, weit weg vom Geschehen. Sollte ich – tat ich aber nicht. Ich hatte es ja besser gewusst und mich mit erstaunlichem Geschick in diese Situation manövriert. Ich wollte eigentlich nur noch wieder bewusstlos werden und von dem ganzen Rest bitte nichts mehr mitbekommen. Noch eine Portion von dem Betäubungsmittel bitte für mich, Herr Ober!

»Ich bin kein überzeugendes Mittel, wisst ihr? Fearghas und ich, wir kennen uns kaum. Ich bin nur ein Feriengast. Er hat keinerlei Interesse an mir«, versuchte ich die Zwei zu überzeugen und konnte dabei leider nicht verhindern, dass meine Stimme sich weinerlich wie bei einem kleinen Kind anhörte. Allerdings fühlte ich mich gerade auch genauso.

Die beiden gaben mir keine Antwort. Sie lachten noch nicht einmal und ignorierten mich vollkommen. Gut, dann musste ich wohl abwarten. Was anderes war mir auch kaum möglich. Inzwischen schmerzten auch meine Nackenmuskeln von der verdrehten Haltung. Ich brachte meinen Kopf in eine angenehmere Position und schloss für einen Moment die Augen. Als ich sie wieder öffnete, ragten zu beiden Seiten bereits grüne Hügel und Bäume auf. Mein Herz setzte aus, und ich hätte mich abrupt aufgesetzt, wenn ich es nur gekonnt hätte. Wir hatten unser Ziel erreicht und fuhren geradewegs in die Bucht hinein.

Der Motor wurde abgestellt, und ich wurde mit einem Ruck hochgezogen und auf meine Füße gestellt. Jetzt hämmerte mein Herz wie wild in meiner Brust. Wir standen zu dritt in diesem Mini-Boot, und der Steg war noch einige Meter von uns entfernt. Wenn wir jetzt kenterten, würde ich wie ein Stein zu Boden sinken, und ich hatte nicht die geringste Chance zu schwimmen. Mir war schlecht und heiß, und ich wollte einfach nur noch weg.

»Du bleibst hier einfach nur stehen, verstehst du?«, zischte die Frau mir ins Ohr und sah mich wirklich böse an.

Hatte sie überhaupt eine Idee davon, wie schwer es war, mit butterweichen und schlotternden Knien einfach nur dazustehen? Ein Blick in ihre Augen überzeugte mich davon, dass sie die nicht hatte und sie wahrscheinlich auch nicht interessierte. Also nickte ich bloß.

»Wenn du irgendeinen Blödsinn versuchst, werfe ich dich eigenhändig ins Wasser«, sagte sie noch und machte dann einen Satz über Bord. Ich schrie leise auf, aus Panik, dass das Boot schaukeln könnte, aber nichts geschah. Es war genau wie bei Fearghas. Das Boot zeigte sich unbeeindruckt von dem Sprung. Auch der Mann war bereits ins Wasser geglitten, und ich spürte nur die leichten Bewegungen, die die Wellen verursachten. Was aber, verschnürt wie ich war, schon ausreichen konnte, um mich aus dem Gleichgewicht zu bringen. Irgendwie gelang es mir, mich zu halten, auch wenn ich die Wellen dabei aus lauter Angst kaum aus den Augen lassen konnte. Zu beiden Seiten des Bootes tauchte jetzt ein Seehundkopf auf. An den böse funkelnden Augen zu meiner Rechten konnte ich eindeutig die Frau erkennen, aber ich war dennoch dankbar dafür, dass sie mich hier nicht ganz alleine zurückließen, sondern das Boot ein wenig stabilisierten, damit ich überhaupt stehen konnte. Nach einer Weile war ich sicher, nicht ins Wasser zu fallen und sah mich endlich um. Von Fearghas war weit und breit nichts zu sehen, und auch seinen Onkel konnte ich nicht entdecken. Allerdings stand ein schlanker Mann in schwarzer Jeans und einem hellblauen Hemd am Ende des Steges und warf mir von Zeit zu Zeit einen Blick zu. Er sah aus, wie der Mann, der vor ein paar Tagen am Strand die Männer zurückgerufen hatte. Konzentriert fixierte ich ihn, in der Hoffnung, ihn dann besser erkennen zu können. Doch eigentlich hatte ich den Mann am Strand auch nur flüchtig gesehen, deshalb konnte ich nicht wirklich sicher sein. Als das Brummen eines Autos näherkam, ging er in Richtung Ufer davon, wo er abwartend stehenblieb, bis das Auto neben ihm hielt. Die Fahrertür öffnete sich, und eine Frau stieg aus. Sie war groß und schlank und trug eins dieser hautengen Etuikleider in einem flammenden Rot, das ihre langen schwarzen Haare unterstrich. Sprachlos starrte ich zu ihr hinüber. Sie war eine dieser Frauen, die einem das Gefühl gab, klein und hässlich zu sein, egal, was man tat.

Der Mann begrüßte sie mit einer tiefen Verneigung, wie aus einem der alten Mantel- und Degenfilme, die heute keiner mehr sehen wollte. Langsam öffnete sich die Beifahrertür, und ich keuchte auf. Nicht der Onkel von Fearghas stieg aus, sondern Fearghas selbst.

Oh, nein!

Mein Mut sank. Er hatte verloren. Und er wusste es. Ich sah es an dem Blick, den er mir zu warf. Auch wenn wir gute fünfzig Meter voneinander entfernt waren, sah ich die Verzweiflung in seinem Blick. Und ich war schuld. Mein ganzer Körper erzitterte unter diesem Gefühl. Es gab nichts, was er oder ich hier jetzt noch tun konnten. Leider verstand ich die Worte nicht, die sie untereinander wechselten. Doch dass ich

Teil des Gespräches war, konnte ich nur zu deutlich an den Blicken erkennen, die sie mir zuwarfen. Fearghas zuckte mit den Schultern, dann schenkte er mir einen langen Blick und nickte schließlich.

»Nein!«, schrie ich. Welcher Vereinbarung er jetzt auch immer zugestimmt hatte, er tat es, weil ich hier war, verschnürt wie ein Päckchen, das nur darauf wartete, dem Teufel zugestellt zu werden. »Nein! Fearghas! Geh nicht mit ihnen!« Meine Stimme überschlug sich vor Aufregung und der Hoffnung, ihn davon abhalten zu können. Doch ein heftiger Schlag gegen den Rumpf des Bootes brachte mich aus meinem mühsam aufrechterhaltenen Gleichgewicht. Ich fiel wie ein Stein in das Innere des Bootes. Da ich meinen Sturz nicht abfangen konnte, schlug ich hart auf. Benommen starrte ich in das verärgerte Gesicht der Selkie-Frau. Mit einer unglaublich fließenden Bewegung zog sie sich in ihrer Menschengestalt ins Boot und zerrte mich wieder hoch.

»Wenn du das noch einmal machst, lass ich dich ersaufen und schau dir genussvoll dabei zu.«

Ihre Stimme war vollkommen ruhig. Ich hatte nicht den geringsten Zweifel daran, dass sie es tatsächlich genießen würde, mich ins Wasser zu werfen.

Angst wickelte sich wie ein Drahtseil um meinen Hals, zog sich langsam zu und schnürte mir die Worte ab. Also nickte ich bloß und versuchte, meine Angst wieder in den Griff zu bekommen. Doch das war wirklich nicht besonders leicht. Ich war dieser schrecklichen Frau ausgeliefert und damit Fearghas auch. Der ging inzwischen neben der anderen Frau über den Steg in meine Richtung, die locker auf ihren Stöckelschuhen darüber lief, als wäre es ein Laufsteg. Fearghas humpelte wieder etwas mehr als heute Vormittag. Dicke Tränen stiegen in mir auf und verschleierten meinen Blick. Ich war so bescheuert. Krampfhaft versuchte ich, die Tränen zurückzuhalten und schniefte trotzig. Ich wollte hier nicht als das heulende Elend stehen. Mehrfach blinzelte ich und schniefte, und als ich endlich wieder klare Sicht hatte, standen sie bereits am Ende des Steges, nur wenige Meter von mir entfernt. Beinahe zum Greifen nahe. Und jetzt konnte ich auch die angespannte Miene von Fearghas in aller Deutlichkeit sehen. Seine dunklen Augen wirkten wie zwei schwarze Löcher, seine Kiefermuskeln traten deutlich hervor und seine Hände hatte er zu festen Fäusten geballt.

»Lasst das Mädchen gehen. Bitte. Sie ist doch nur eine anhängliche Touristin, die das alles hier schnell vergessen haben wird«, sagte er gerade und sah mich an. Ich schluckte und fühlte den abschätzenden Blick der Frau auf mir.

»Sie könnte Aufsehen erregen, wenn sie von uns berichtet. Es gibt immer Spinner, die auf diese mystischen Geschichten anspringen und dann anfangen das ganze Loch nach uns abzusuchen.«

Bei dem Klang ihrer berechnenden Stimme löste sich ein eisiges Prickeln von meiner Kopfhaut. Sie machte nicht den Eindruck, viel Wert auf ein Menschenleben zu legen.

»Ich werde mit Ihnen gehen, aber nur wenn Sie sie gehen lassen«, sagte Fearghas und streckte die offene Hand aus.

Die Frau sah mit einem leichten Lächeln zu mir herüber, in dem der klare Sieg stand, dann legte sie etwas in seine Hand.

Langsam schloss Fearghas die Finger darum. »Erfahre ich, dass ihr etwas geschieht, dann wird keine Sekunde vergehen, in der ich mich nicht gegen Sie auflehne.«

»So sei es dann. Dein Wort bindet dich an mich, und die Kleine ist frei.«

Nein! Nein! Was tat er denn da? Er konnte doch nicht wirklich mit ihnen gehen? Und wo war eigentlich sein Onkel? Ich traute mich nicht, etwas zu sagen, funkelten mich doch weiterhin die hässlichen Augen der alten Seekuh-Selkie-Frau an, aber in mir schrie alles in ohrenbetäubender Lautstärke auf. Das Boot erhielt wieder einmal einen heftigen Schlag. Ich schrie laut auf, als ich das Gleichgewicht verlor und meine Beine einfach unter mir wegknickten. Verzweifelt versuchte ich, mich zu fangen und kämpfte darum, nicht über den Bootsrand zu stürzen, als das Boot ein weiterer Schlag traf, der meinen Körper wieder in Richtung des Bootsinneren wanken ließ. Ich hatte nicht die geringste Möglichkeit, mich abzufangen. Ich stürzte, als hätte man einen Baum gefällt und knallte mit dem Kopf gegen eine harte Kante. Wieder senkte sich Schwärze über mich und stahl mich aus der Realität.

Kapitel 8

Als ich aufwachte, blieb ich eine ganze Weile mit geschlossenen Lidern liegen. Mein Schädel brummte unwillig, und ich verspürte weder die Lust die Augen zu öffnen, noch hatte ich die Kraft dazu. Also lauschte ich auf das Klatschen der Wellen gegen den Bootsrumpf und dem Singen der Taue von den Segelbooten. Ansonsten herrschte Stille. Ich musste tatsächlich vollkommen alleine sein. Und falls sich eine Menschenseele auf einem der Boote befand, tat er gut daran, sich nicht zu rühren, nachdem was hier gerade passiert war.

Ein hysterisches Schluchzen drängte sich aus meiner Kehle und nahm mir den Atem. Nach Luft schnappend riss ich die Augen auf und setzte mich. Zu meinem Erstaunen war ich nicht mehr gefesselt. Es dauerte eine Weile, bis ich mich einigermaßen beruhigt hatte und dann feststellte, dass ich in dem Boot saß, mit dem Fearghas und ich gemeinsam zur Burgruine gefahren waren. Fein säuberlich war es am Steg vertäut, als wäre es nie fort gewesen. Dabei hätte es in der Bucht auf dem Trockenen liegen müssen. Schließlich hatte die Ebbe es dort festgesetzt. So, wie ich eigentlich dort auch hätte festsitzen müssen. Doch anstatt mich an die Anweisungen von Beathild zu halten, war ich losgezogen, geradewegs hinein in eine plumpe Falle und war entführt worden. Mit meiner Hilfe hatten sie Fearghas gezwungen, mit ihnen zu gehen.

Ein neuerliches Aufheulen drang aus meinem Mund. Er war fort, und ich war schuld daran. Mit zitternden Fingern wischte ich die Tränen fort und stand vorsichtig auf. Es brachte wohl kaum etwas, wenn ich hier weiterhin heulend herumsaß. Ich musste etwas unternehmen. Irgendwas!

Schluchzend stieg ich auf den Steg und marschierte los. Die Tränen wollten dabei einfach nicht versiegen, und ich war mehr als froh darüber, dass mir keine Menschenseele begegnete.

Ich musste die Polizei rufen, dachte ich verzweifelt, als ich das kurze Stück an der Landstraße entlang trottete.

Und was sollte ich ihnen sagen? Entschuldigung, mein Freund wurde von einer Gruppe bösartiger Selkies entführt? Aber eigentlich ist er nicht so mein Freund!

Ja, war klar. Die würden schneller einen Arzt hinzuziehen, als eine Fahndung auszurufen, und ich verspürte so gar keine Lust dazu, eine schottische Klapsmühle von innen kennenzulernen.

Dann eben Adam und Mairee. Schniefend blieb ich stehen und suchte nach einem Taschentuch in meiner Jeans. Ich schnäuzte mich ausgiebig. Erst danach ging ich weiter, während ich pausenlos heulte. Ich konnte einfach nicht mehr aufhören. Es war, als würde Schneeschmelze in meinen Augen herrschen. In dem kleinen Wäldchen, das direkt neben der Straße lag, blieb ich erneut stehen. Da es bereits anfing, zu dämmern, musste es wirklich spät geworden sein. Ich warf einen Blick auf mein Handy, doch es war schwarz. Der Akku war mal wieder platt, und ich hatte nicht die geringste Ahnung, wie viel Uhr es war. Womöglich waren meine Eltern schon zurück. Denen konnte ich unmöglich so unter die Augen treten. Meine Mutter würde sofort denken, dass ich unter Räuber gefallen war, was ja auch irgendwie der Wahrheit entsprach. Völlig überfordert von der ganzen Situation stöhnte ich auf und schloss die Augen. Ich brauchte dringend eine Geschichte zum Verschwinden von Fearghas. Ähnlich wie bei dem Gedankenspiel mit der Polizei würden doch auch Adam und Mairee mir wohl kaum glauben. Und meine Eltern? Bei meiner Mutter bestand zwar ein wenig Hoffnung, weil sie solche Geschichten total liebte, aber mein Vater war der absolute Realist. Selbst wenn der Weihnachtsmann direkt vor ihm stand und ihm die Zügel für den Rentierschlitten in die Hände drückte, würde er nicht an ihn glauben.

Das Beste war wahrscheinlich, wenn ich vorgab, nichts zu wissen. Ich hatte sowieso keine plausible Erklärung, also sollte ich mich mit den merkwürdigen Details auch besser zurückhalten. Resigniert ging ich endlich weiter. Mit klopfendem Herzen durchschritt ich das schmiedeeiserne Tor und schloss es laut quietschend hinter mir. Kein Bellen und keine schwanzwedelnde Begrüßung. Immerhin schienen Adam und Mairee auch noch nicht zurück zu sein.

Erleichtert bog ich um die Hausecke und blieb wie angewurzelt stehen.

Im Haupthaus brannte Licht! Genau genommen handelte es sich sogar dabei um Fearghas Zimmer!

Mein Herz setzte kurz aus und raste dann weiter. Was, wenn einer von den Selkies sich da oben herumtrieb? Wahrscheinlich suchten sie nach irgendwelchen verräterischen Dokumenten. In meinem Kopf spielten sich alle Agentenfilme ab, die ich bisher gesehen hatte, und bekräftigten meine Überzeugung, dass ich so schnell keinem von diesen glubschäugigen Dingern mehr begegnen wollte.

Vielleicht hatten wir heute Morgen aber nur vergessen, das Licht auszumachen. Nein, das war Blödsinn. Es war hell gewesen, also kein Grund das Licht anzumachen. Und ich war sicher, jetzt auch eine Bewegung dort wahrgenommen zu haben. Inzwischen trommelte mein Herz wie verrückt. Besser, ich machte, dass ich ins Ferienhaus kam. Meine Hände wurden feucht, als ich mich langsam und vorsichtig auf dem Schotter zur Gartenpforte bewegte und diese so leise wie möglich öffnete. Jedes Klacken eines Steines feuerte mein Herz noch ein wenig mehr an, als würde jemand Kohle in den Kessel einer bereits schwer überlasteten Dampflok schaufeln. Als die Haustür nebenan aufschwang und sich Schritte die Stufen hinunter bewegten, dachte ich, mein letztes Stündlein hätte geschlagen. Todesmutig wandte ich mein Gesicht in die Richtung, aus der die Gefahr kommen musste, und begegnete dem überraschten Blick von Fearghas. Übertrieben lässig, wenn auch etwas steif, lenkte er seine Schritte zu mir und sah mich an, als wäre nichts geschehen.

Was bitte sollte das denn jetzt bedeuten?

»Da bist du ja«, grüßte er mich und setzte ein lahmes Grinsen auf. »Ich dachte schon, du wolltest in dem Boot auch noch übernachten, so fest hast du geschlafen. Ich wollte gerade kommen und nach dir sehen.«

So eine freche Lüge hatte ich wirklich schon lange nicht mehr gehört. Dennoch verschlug es mir glatt die Sprache. In meinem Kopf purzelte alles durcheinander. Wieso stand er jetzt hier? Ich hatte das Ganze doch nicht bloß geträumt? Oder doch?

Fearghas war doch mit dieser aufgetakelten Bitch mitgegangen.

Mit großen Augen starrte ich ihn an, während er auf mich zu schlenderte, was jetzt wirklich völlig übertrieben wirkte, da er immer noch leicht das eine Bein nach sich zog. »Ist alles in Ordnung? Du siehst aus, als hättest du geweint.«

Geweint? Ich habe mir die Augen aus dem Kopf geheult, du Idiot, dachte ich, sagte aber nichts. Leise schob sich eine mehr als heftige Wut in mein Herz und boxte die Angst und die Verzweiflung, die es sich doch gerade dort erst gemütlich gemacht hatten, schonungslos auf die Seite.

»Ich, geweint? Ne, wieso? - Ich habe bloß mega Kopfschmerzen«, knurrte ich und starrte ihn finster an.

»Kein Wunder, du hast ja auch nicht sonderlich bequem in dem Boot gelegen.«

»Vielleicht habe ich mir ja aber auch den Kopf angestoßen, als ich ins Boot gefallen bin.«

»Den Kopf gestoßen?« Fearghas runzelte übertrieben die Stirn und machte ein unschuldiges Gesicht. »Wann soll das denn gewesen sein?«

»Sag mal, was spielst du denn gerade hier für eine Nummer?«, fragte ich und verschränkte meine zitternden Arme vor der Brust. »Wieso bist du hier? Ich dachte, die Selkies hätten dich gezwungen, mit ihnen zu gehen.«

Fearghas Augenbrauen wanderten steil nach oben. Seine dunklen Augen wurden rund, als wunderte er sich über mein Gerede. Die Wut in mir ballte schon einmal vorsorglich die Faust. Wenn er nicht aufpasste, würde ich diese ihm genau auf die wunderschönen Augen hauen, die über mein Gesicht wanderten, ohne mir direkt in meine zu blicken.

»Selkies?«, sagte er dann zu betont fragend. »Ich bin mit dir nach unserem Picknick nach Hause gefahren. Du bist schlicht und ergreifend während der Fahrt eingeschlafen. Du scheinst ja fantastische Träume gehabt zu haben.«

»Willst du mich wirklich für so blöd verkaufen? Was haben sie mit dir gemacht? Oder haben sie dir was gegeben? Drogen?« Misstrauisch sah ich mich um. So wie sich Fearghas hier verhielt, war es nicht unwahrscheinlich, dass wir beobachtet wurden. Vielleicht war er gezwungen, dieses Theater aufzuführen. Schließlich hatten sie noch am Bootsverleih mein Leben bedroht. Ich schluckte, und das Zittern meiner Arme verstärkte sich. Dennoch verstand ich nicht, warum er mir nicht einfach ein Zeichen gab, mir zublinzelte oder so etwas.

»Ich wusste von Anfang an, dass es ein Fehler ist, mit dir diesen Ausflug zu machen. Wahrscheinlich bildest du dir auch noch wer weiß was für romantisches Zeug ein, dass ich gesagt oder getan haben soll.«

Das saß! Diese Bemerkung traf mich wie eine Ohrfeige und brannte auch genauso auf meinem Gesicht. Seine Miene war zu einem unpassenden Lächeln verzogen. Ich konnte diesen falschen Anblick nicht mehr ertragen und drehte mich abrupt um.

»Blödmann!«, warf ich ihm noch zu und beeilte mich, ins Haus zu kommen und die Tür zwischen Fearghas und mir zu schließen. Kaum hatte ich ihn ausgesperrt, öffneten sich wieder die Fluttore hinter meinen Augen und ließen den Tränen freien Lauf. Hier war etwas definitiv ganz und gar nicht in Ordnung.

*

Ich verzog mich in mein Zimmer und mummelte mich tief in die Bettdecke. Was sollte ich tun? In meinem Kopf lief das Gespräch mit Fearghas wie in einem Film ab. Ich war mir inzwischen sicher, dass er gelogen hatte. Wir hatten in der Schule mal das Thema Körpersprache durchgesprochen. Eindeutig hatte er Signale geschickt, die dazu passten. Die betonte Aussprache, die übertriebenen Gesten, die er konzentriert durchgeführt zu haben schien und vor allem, dass er meinem Blick ausgewichen war.

Ich musste doch irgendwem von diesem Wahnsinn erzählen.

Als hätte es nur auf seinen Einsatz gewartet, begann mein Handy, das ich noch vorhin schnell an Strom angeschlossen und auf der Kommode neben meinem Bett gelegt hatte, zu vibrieren. Hektisch wickelte ich mich teilweise wieder aus und warf einen Blick darauf.

Julia!

Gott sei Dank!

Verdammt!

Hin- und hergerissen starrte ich auf das Display, auf dem meine beste Freundin mir breit entgegen grinste. Ich liebte dieses Bild. Denn es zeigte sie, genau, wie sie war. Es machte ihr nicht das Geringste aus, dass die feste Zahnspange immer noch ihr Lächeln mit dicken Brackletts beschwerte. Dabei war sie so ziemlich das hübscheste Mädchen weit und breit.

Wenn ich jetzt abnahm, würde ich alles erzählen.

Ich würde das ganze verrückte Zeug rausssprudeln. Unmöglich mich vor ihr zu verstellen. Sie würde sofort merken, wenn ich ihr nur etwas vorspielte.

Skeptisch beobachtete ich, wie das Handy auf der Kommode umher tanzte und einfach nicht aufgeben wollte. Ich hatte ja jemanden gesucht, dem ich das alles erzählen konnte. Und tief in mir drin, wollte ich auch nichts anderes, als endlich mal wieder ihre Stimme zu hören, die vielleicht den Sturm in meinem Kopf wieder beruhigen konnte. Schließlich griff ich nach dem vibrierenden Ding.

»Hallo?«, sagte ich leise und sehnte mich nach ihrem Lachen und ihrem Trost.

»Klara? Sag mal, du bist ja lustig. Ich versuche schon seit Tagen, dich zu erreichen, und du speist mich immer nur mit diesen armseligen WhatsApp-Nachrichten ab. Was ist denn los bei dir?«

»Julia«, wisperte ich und konnte einfach nichts dagegen machen. Ich schniefte in den Hörer.

»Was ist los?«, kam jetzt erschrocken aus der Leitung. »Geht es dir gut?«

»Nein! Mir geht es ganz und gar nicht gut!« Ich stockte und war für einige Minuten so ganz und gar nicht in der Lage, weiterzusprechen.

»Beruhige dich erstmal und dann erzählst du mir alles, ok? Ich warte.«

»Danke«, hauchte ich tonlos und schluckte. Es tat so gut, sie zu hören. Ihre Stimme war trotz offensichtlicher Sorge um mich fest und sicher. Julia würde vielleicht wissen, was zu tun war, wenn sie nur endlich Bescheid wusste.

Minuten vergingen, während derer sie geduldig am anderen Ende wartete. Dafür liebte ich sie auch. Niemals bedrängte sie jemanden. Jeder andere hätte in der Zwischenzeit zehnmal nachgefragt, ob es um einen Jungen ginge, ob jemanden etwas zugestoßen wäre und so weiter. Nicht so Julia! Wortlos wartete sie, bis ich so weit war. Und auch als ich endlich zu reden begann, schwieg sie und unterbrach meinen Redefluss kein einziges Mal. Danach schwieg sie immer noch. Und ich konnte sie mir lebhaft vorstellen, wie sie in ihrem Zimmer saß. Wahrscheinlich auch auf ihrem Bett, ihren kleinen Kater Smeagol auf dem Schoß, den sie selbstvergessen kraulte, während sie über das nachdachte, was sie gerade gehört hatte. Endlich hörte ich sie tief durchatmen.

»Also, wenn du nicht du wärst, würde ich jetzt versuchen, deine Eltern anzurufen und sie bitten, mit dir ganz, ganz schnell einen Arzt aufzusuchen.«

»Ich weiß«, sagte ich kleinlaut.

»Das ist schon eine ziemlich durchgeknallte Geschichte, die du mir da erzählt hast. Das ist dir schon klar, oder?«

»Deshalb habe ich dich in den letzten Tagen ja auch mit den Kurznachrichten abgefüttert. Ich wusste, dass ich dir nichts verheimlichen kann, wenn ich dich spreche. - Tut mir leid!«

»Ist mir jetzt auch klar«, brummte sie gutmütig. »Aber meinst du nicht, dass du dir vielleicht wirklich nur den Kopf angestoßen hast und alles zusammenfantasierst? Das ist doch immerhin möglich. Man hört immer wieder von so etwas.«

»Dann hätte ich mir wohl jeden Tag den Kopf stoßen müssen.«

»Da ist was dran. - Und jetzt? Was hast du vor?«

»Das ist die Frage. Ich habe nicht die geringste Ahnung. Irgendwie hatte ich gehofft, dass du eine Idee hast.«

»Puh!« Julia seufzte laut. »Ich hoffe, du erwartest jetzt nicht aus dem Ärmel geschüttelt die ultimative Antwort. Da werde ich mir das Ganze erst noch einmal durch den Kopf gehen lassen müssen.«

»Das wäre toll.«

»Vielleicht solltest du noch einmal versuchen, mit Fearghas zu sprechen. Achte darauf, wie er sich verhält und ob irgendetwas anders an ihm ist.«

»Hast du da eine Vermutung?«

»Nein, ist nur so ein Gedanke, nicht ganz untätig zu sein. Etwas anderes fällt mir jetzt nicht ein. Aber ich denke darüber nach.«

»Okay. Ich danke dir.«

»Ja, ja. Melde dich, wenn es was Neues gibt.«

»Mach ich, bis dann.«

Wir verabschiedeten uns. Eine Weile saß ich noch da, mit dem Handy in der Hand, als könnte ich sie so länger bei mir behalten. Seufzend legte ich es schließlich zur Seite und streckte mich aus. Beinahe gleichzeitig hörte ich die Stimme meines Vaters. Abrupt setzte ich mich wieder auf.

So ein Mist!

Ich sah bestimmt immer noch völlig verheult aus. Schon hörte ich Schritte die Treppe hinauf kommen. Noch ehe ich mich entschlossen hatte, ob ich mich schlafend stellen sollte, klopfte es leise und meine Mutter öffnete die Tür einen Spalt. Vorsichtig lugte sie hinein, sah mich und öffnete die Tür ganz.

»Hallo Liebes, was ist denn mit dir los?«

Ich konnte einfach nichts dafür, aber ich spürte bei der Sorge in ihrem Gesicht schon wieder, wie meine Augen dick wurden. Auf keinen Fall wollte ich wieder losheulen und winkte daher großspurig ab.

»Nichts, nichts. Alles in Ordnung. Es ist nur nicht ganz so gewesen, wie ich gedacht hatte.«

»Schatz!« Meine Mutter fühlte sich berufen, zu mir zu stürzen und mich fest in die Arme zu ziehen. »Du musst nicht unglücklich sein, nur weil Jungs in einer bestimmten Richtung meist etwas schneller sind, als ...«

»Mama!«, rief ich empört und entzog mich ihren Armen. Die Heulsuse verschwand endgültig unter der Bettdecke, die ich jetzt weit von mir schleuderte, und heftige Röte kroch auf meine Wangen. »Du bist so peinlich! Fearghas hat überhaupt nicht versucht, mit mir ... äh ... Ich meine, warum auch. Wir sind schließlich nicht ... Ach vergiss es, Mama. Es war einfach nur blöd, und wir haben uns gestritten. SO!«

Wirklich? Meine Mutter hatte vielleicht Ideen. Ungerührt verfolgte sie meinen Ausbruch und lächelte. Machte sie sich gerade lustig über mich?

»Dann bin ich ja froh, wenn nichts in der Art vorgefallen ist. Hätte mich auch gewundert, wo er so ein netter Junge ist.«

»Wie war denn euer Ausflug?«, fragte ich, um sie von dem Thema Fearghas abzulenken.

Kurz runzelte sie die Stirn, weil sie meine Taktik durchschaute, doch dann schien sie beschlossen zu haben, das Ganze auf sich beruhen zu lassen.

»Es war wunderschön. Ich bin überzeugt, dass es dir auch gefallen hätte. Diese Papageientaucher sind einfach zu niedlich. Wenn du noch runterkommen magst, zeige ich dir die Bilder, die wir geschossen haben.«

»Ja, gerne. Ich komme gleich. Ich will mir nur noch schnell das Gesicht waschen.«

»Gut, bis gleich.«

Meine Mutter stand auf, warf mir noch einen liebevollen Blick zu und ging dann hinaus.

Nur kurz darauf folgte ich ihr, um mir den Bericht über Staffa anzuhören und möglichst dabei nicht mehr an Seehunde zu denken.

Kapitel 9

Am nächsten Morgen stand ich mit einer Mission auf. Ich wollte, nein, ich musste noch einmal unbedingt mit Fearghas sprechen. Dafür musste ich mir allerdings noch genau überlegen, was ich ihn fragen wollte und was für Reaktionen ich darauf erwartete. Nicht, dass ich ihn nach der kurzen Zeit besonders gut kannte, aber eine gewisse Erwartung hatte ich dann schon an die Antworten.

Beim Frühstück verfolgte ich nur halbherzig das Gespräch meiner Eltern und sagte zu allem Ja und Amen. Was sich als folgenschwerer Fehler herausstellte. Sie hatten für den nächsten Tag einen Ausflug geplant, der uns zu irgendeinem Staudamm führen sollte. Während die Augen von Finn und meinem Vater um die Wette leuchteten, hielt sich die Begeisterung meiner Mutter, ähnlich wie bei mir, in Grenzen. Ich las mir den Flyer durch und fühlte mich augenblicklich getröstet, als ich las, dass es dort glücklicherweise auch das obligatorische Besucherzentrum mit Shop und Café gab. Dann würde ich mich eben mit Scones vollstopfen.

Heute stand jedoch nichts auf der To-do-Liste meiner Eltern. Sie wollten sich einen Tag am Ufer des Loch Linnhe gönnen. Während mein Vater und Finn Hähnchenfleisch in kleine Stücke schnitten, das als Krebsköder gedacht war, packte meine Mutter ihr Buch und etwas zum Knabbern und zum Trinken in den Rucksack.

An der Bootsausleihe setzte ich mich mit meinem Notizbuch auf eine der Bänke, die zwischen Steg und der kleinen Gerätehütte standen. Meine Mutter verzog sich auf den Steg, wo sie sich am hintersten Ende mit den Füßen im Wasser baumelnd niederließ. Die beiden Männer wateten mit der Dose voller Hähnchenfleisch und Angelschnüren bewaffnet in das Wasser.

Eine Weile schaute ich ihnen dabei zu, wie sie den Haken mit Fleisch bestückten und dann auslegten, dann vertiefte ich mich in meine Fragen. Nach einer gefühlten Ewigkeit betrachtete ich frustriert mein ärmliches Ergebnis:

Frage 1: Wer war die aufgetakelte Frau, die aus dem fetten Jaguar gestiegen ist?

Frage 2: Wieso hast du mich in der Burgruine einfach sitzen lassen?

Frage 3: Wieso benimmst du dich wie ein ... so komisch?

Ich kritzelte wütend alles durch. Auf keine dieser Fragen würde ich auch nur ansatzweise eine vernünftige Antwort erhalten. Wieso fiel mir nichts wirklich Gutes ein?

»Was machst du da?«

Ertappt zuckte ich zusammen und schlug das Buch übertrieben heftig zu.

»Nichts, wieso?«, antwortete ich und stierte schuldbewusst auf Fearghas, der sich neugierig und für meinen Geschmack ein wenig zu weit zu mir vorbeugte.

Toll, Klara. Das kriegst du ja bewundernswert souverän hin. Nichts? Dieses Wörtchen war genauso verräterisch, wie die plötzlich eintretende Stille, wenn ich einen Raum mit Luisa und Emma betrat, die grundsätzlich über mich lästerten.

»Hallo Fearghas«, erklang da die Stimme meiner Mutter plötzlich hinter mir. Wo war die so plötzlich hergekommen? Sie war doch gerade noch völlig versunken in ihr Buch gewesen. Überrascht, aber erleichtert, warf ich ihr einen Blick zu.

»Sag einmal, mein Mann und Finn möchten gerne irgendwo zelten gehen. Hast du eine Idee? Wie ist es mit Glen Etive?«

Fearghas schüttelte den Kopf: »Nein, dort auf keinen Fall. Dort wimmelt es von Midges! Die beiden würden noch nicht einmal die Nasenspitze aus dem Zelt strecken können, ohne zerstochen zu werden. Ich kenne einen sehr schönen Platz an der Küste. Kann ich Ihnen gerne nachher auf der Karte zeigen.«

»Das wäre sehr nett von dir.«

Unschlüssig stand er da und sah auf mein zugeklapptes Notizbuch, auf das ich besitzergreifend die flachen Hände gelegt hatte. Es schien ihn tatsächlich zu wurmen, dass er nicht herausfinden konnte, was ich da gerade geschrieben hatte.

»Ist noch was?«, fragte ich frech, denn ich wollte einfach nur, dass er ging.

»Nein. Entschuldigung.« Damit nickte er uns zu und verschwand in der kleinen Hütte. So froh ich darüber war, so sehr hatte ich auch das Gefühl, dass er mir vielleicht etwas hatte sagen wollen. Oder bildete ich mir das nur mal wieder ein?

Meine Mutter legte ihr Buch auf den Tisch und setzte sich zu mir. Sie las offensichtlich immer noch diese schreckliche Highlander-Geschichte.

»Bist du immer noch nicht damit fertig? Du brauchst doch sonst nicht so lange? Oder gefällt es dir am Ende doch und du magst dich nicht davon trennen?«

»Oh, nein!«, stöhnte sie und fuhr sich mit einer verlegenen Geste durch die dunkelblonden Haare. »Zu viel Liebesfaselei und die Heldin heult sich alle paar Zeilen die Augen aus dem Kopf. Das nervt. Aber ich will jetzt auch wissen, wie es ausgeht.«

Ich nickte. Ja, Heldinnen sollten definitiv nicht zu viel weinen. Unwillkürlich dachte ich an den gestrigen Tag. Wenn ich die Heldin in einer Selkie-Geschichte wäre, würde mich das auch nerven. Ich beschloss, meine Tränenflut besser unter Kontrolle zu halten.

»Da kommen ein paar Leute. Das müssen wohl die neuen Feriengäste sein, von denen Adam uns erzählt hat.«

»Neue Feriengäste?« Neugierig folgte ich dem Blick meiner Mutter. Ein hagerer Mann kam zusammen mit einer recht pummeligen kleinen Frau den Weg herunter. Während er zielsicher auf uns zuhielt, trippelte sie mit unzähligen kleinen Schrittchen neben ihm her. Augenblicklich drängte sich der Vergleich zwischen einem großen Reitpferd und einem dieser knuddeligen kleinen Miniponys auf. Ich grinste und entdeckte das Mädchen, das einige Meter dahinter gelangweilt daher trottete. Sie musste ungefähr im gleichen Alter sein wie ich. Allerdings war sie alarmierend ausgiebig geschminkt, was selbst auf die Entfernung nicht zu übersehen war. Ein Leuchtfeuer würde vor Neid erblassen. Als sie näher heran war, konnte ich an ihrer Miene die offen zur Schau gestellte Lustlosigkeit erkennen. Willkommen im Club, dachte ich. Schließlich hatte ich zu Beginn des Urlaubes auch nicht anders gedacht.

»Hallo«, grüßte jetzt der Mann knapp und sah sich suchend um. »Finden wir hier Adam ...? Wir wollten fragen, ob wir für morgen ein Boot haben könnten.«

»Adam ist gerade nicht da, aber sein Sohn ist dort in der Hütte.«

»Vielen Dank«, sagte die Frau und lächelte meine Mutter flüchtig an. Dabei plusterten sich ihre Wangen auf, als wollte sie einen Luftballon aufblasen. Die Pudeldauerwelle rundete ihre Erscheinung ab, die in recht bunter Kleidung steckte. Ich tippte auf Amerikaner und wollte gerade mit meiner Mutter ein wenig lästern, als Fearghas aus der Hütte trat.

Ähnlich wie bei meiner ersten Begegnung mit ihm erfolgte eine unmittelbare Reaktion bei der Tochter, die uns mit keinem Wimpernschlag gewürdigt hatte. Ein Ruck fuhr durch ihren Körper. Frei nach dem Motto Brust raus, Bauch rein, streckte sie sich und zauberte ein Lächeln auf ihr Gesicht. Dann schlenderte sie betont lässig zu der kleinen Gruppe.

»Hallo«, klimperte sie mit definitiv falschen Wimpern, die erstens schlecht saßen und zweitens die Größe eines subtropischen Schmetterlings besaßen. »Ich bin Donna.«

»Und ich bin Blitz ...«, hörte ich meine Mutter da murmeln. Ich kicherte, und wir warfen uns einen verschwörerischen Blick zu.

»Hallo Donna«, Fearghas schenkte ihr ein Lächeln, was jedoch ein wenig müde ausfiel. »Willkommen am Loch Linnhe und in Stevensons House. Ich wünsche dir einen schönen Aufenthalt hier.« Er leierte die Worte so leidenschaftslos herunter, dass es mir förmlich wehtat. Aufmerksam beobachtete ich ihn. Manchmal musste man gar keine Fragen stellen, um Antworten zu erhalten. Beiläufig angelte ich nach meinem Notizbuch und schlug es auf. Sorgfältig notierte ich die steife Begrüßung, denn das war garantiert nicht die Art, wie Fearghas sonst mit Menschen umging. Ich hielt ihn für den Sei-freundlich-zu-jedermann-Typ. Schließlich hatte er sich bei unserer ersten Begegnung auch nicht so benommen. Und das konnte wohl kaum mit meiner umwerfenden Ausstrahlung zusammenhängen. Die besaß ich nämlich nicht. Leider!

Madame Butterfly, wie ich spontan Donna umtaufte, wedelte kokett mir den überdimensionalen Wimpern. Fearghas sah sie etwas verwirrt an und wich einen Schritt vor der immer näher an ihn heranrückenden Familie Schrecklich zurück. Im Stillen kicherte ich gehässig und erntete einen kleinen Seitenhieb von meiner Mutter. Offensichtlich hatte ich nicht nur im Stillen gekichert. Aber ich musste zugeben, dass ich die Situation ein wenig genoss, da meine Wut noch immer nicht ganz verraucht war.

Ich griff wieder nach meinem Stift und notierte schnell, dass ich den Eindruck hatte, die Situation sei für Fearghas unangenehm. Warum?

Bisher hatte er in jeder Situation selbstsicher und gelassen gewirkt. Selbst bei dieser komischen Geschichte am Strand. Jetzt wirkte er regelrecht hilflos auf mich. Gut, diese Familie war sicher auf den ersten Blick nicht gerade anziehend zu nennen, aber sie waren auch nicht wirklich abstoßend. Ein Blick auf meine Mutter bestätigte mir, dass sie diese als höchst unterhaltsam empfand.

Madame Butterfly reichte Fearghas gerade die Hand, als erwartete sie einen Handkuss. Langsam ergriff er diese und rang sich förmlich ein Lächeln ab, als sie etwas zu ihm sagte. Dabei gurrte sie wie eine liebestolle Taube. Leider verstand ich kein Wort. Als es Fearghas endlich gelang, seine Hand aus ihrem Griff zu lösen, stopfte er sie tief in die Tasche seiner Jeans. Er ließ sich auf ein Gespräch ein, wirkte dabei aber mehr als unglücklich auf mich. Auch das notierte ich sorgfältig, obwohl mir nicht klar war, ob mir das irgendwie weiterhelfen würde.

Neben mir kicherte meine Mutter auf und stieß mich an:« Schau mal, dein Vater und Finn.«

Ich sah zu den beiden rüber. Sie wateten gerade mit langen staksigen Schritten aus dem Wasser und trugen dabei enttäuschte Mienen zur Schau. Wie es aussah, war das Hähnchenfleisch nur als Krebsfutter gut gewesen und nicht als Köder. Wieder einmal kamen sie ohne Beute nach Hause.

Ganz im Gegenteil zu Madame Butterfly. Sie lief mit dem zufriedenen Ausdruck einer Katze an mir vorbei, die kurz davor war, eine fette Maus zu verspeisen. Die unglückliche Maus - fett, wollte ich hier nicht sagen -folgte, eskortiert von Mr. und Mrs. Butterfly, ganz offensichtlich ohne jede Chance auf Flucht.

*

Die Ankunft der Familie Butterfly, die in Wirklichkeit Ledger hießen, hatte eindeutig meine Laune gebessert. Meine Wut war verraucht und war schlicht gegen Mitleid ausgetauscht worden. Auch am nächsten Tag war Fearghas ganz offensichtlich als privater Touristenführer rekrutiert worden. Meine Mutter hatte beobachtet, wie die gesamte Familie Ledger bereits sehr früh mit ihm im Auto davon gefahren war.

Einerseits wurmte es mich, andererseits konnte ich so in Ruhe nach dem Frühstück Julia eine Nachricht über meine Beobachtungen senden. Sorgfältig schrieb ich ihr eine ausführliche Nachricht und hoffte, dass sie gerade Zeit hatte. Doch, noch ehe ich mein Handy zur Seite legen konnte, blinkte schon eine Antwort auf:

-Was meinst du, ist der Grund für diese Veränderungen? Könnte er unter Beobachtung stehen?

Darüber grübelte ich eine Weile nach. Zwar war so niemand in der Bucht zu sehen gewesen, aber ich konnte nicht mit Sicherheit sagen, ob sich jemand auf den Booten befunden und ihn beobachtet hatte. Die Wasseroberfläche hatte ich mehrfach abgesucht, aber nie etwas Verdächtiges entdecken können.

Auf der Farm war es anders. Da wäre ein zusätzlicher Gast sofort aufgefallen. Ich schüttelte den Kopf, als ob Julia mich sehen konnte. Dann tippte ich schnell meine Antwort:

- Kann ich nicht mit Sicherheit an dem Bootsanleger sagen. Aber nicht auf der Farm. Wüsste nicht wie!

- Was ist mit den neuen Gästen?

Es war mir wirklich ein Rätsel, wie sie das immer so schnell schaffte, zu antworten. Unwillkürlich grinste ich. Wenn jemand so rein gar nichts von der Anmut eines Selkies hatte, dann jawohl diese schreckliche Familie. Allerdings musste ich unwillig zugeben, dass Donna nicht ganz unattraktiv war. Sie war halt nur sehr schrill.

Da ich draußen Stimmen hörte, warf ich schnell einen Blick aus meinem Fenster in den Hof und grinste zufrieden. Tatsächlich stand Mrs. Ledger gerade rechtzeitig vor der kleinen Gartenpforte des Cottages. Sie hantierte ungeschickt daran herum, um es zu öffnen. In den Händen hielt sie dabei zwei vollgestopfte Einkaufstüten, die sie scheinbar nicht gewillt war, abzulegen.

»Gordon!«, schrie sie mit schriller Stimme und sah sich hilfesuchend um. Als ihr feistes Gesicht in meine Richtung sah, drückte ich schnell auf den Auslöser meiner Handykamera und sandte kommentarlos das Bild an Julia.

Die Antwort war ein Smiley, dem die Lachtränen zur Seite wegspritzten. Also teilte sie da meine Meinung.

»Klara!« Der Ruf meiner Mutter beendete die Schreiberei.

- Auf zum fröhlichen Staudamm besichtigen, schrieb ich, setzte noch einen Kussmund dazu und rannte runter. Damit war unsere Unterhaltung beendet, denn draußen hatte ich kein Internet mehr.

Meine Familie wartete bereits im Auto auf mich. Toll! Damit war ich mal wieder die Dumme, die das schmiedeeiserne Tor erst öffnen musste, warten durfte, bis das Auto durchgefahren war und es anschließend wieder schloss. Finn drückte sich immer äußerst geschickt darum. Und auch diesmal streckte er mir mit einem Lächeln den Mittelfinger raus. Verärgert stieg ich ein und beschloss, meinen Bruder dafür noch dranzukriegen.

Glücklicherweise sollte die Fahrt nicht allzu lange dauern, und ich lehnte mich mit den Kopfhörern im Ohr entspannt zurück. Finn hatte selbstverständlich nichts anderes zu tun, als sich ein Bonbon in den Mund zu schieben. Die Packung war neu und meine Mutter hatte sie erst gestern im Supermarkt gekauft.

Angewidert verzog er das Gesicht.

»Die find ja widerwärtig«, nuschelte er, angestrengt darum bemüht, das Bonbon nicht weiter zu lutschen. »If brauche ein Taffentuch.«

»Ich habe leider nichts dabei für diesen kurzen Ausflug. Tut mir leid, Schatz«, sagte meine Mutter und zuckte bedauernd mit den Schultern.

»Mach einfach das Fenster runter und spuck raus«, riet mein Vater.

Finn ließ also die Scheibe runterfahren und spuckte.

»Bah!«, schrie ich augenblicklich, als ich sah, wie die Spucke die Wagentür traf, das Bonbon genau auf die Fensterkante prallte und davon zurück ins Auto geworfen wurde. »Du bist so widerlich!«

»Und du bist unnötig«, fauchte mein Bruder zurück, während er nach dem klebrigen Ding angelte.

Ich wollte gerade zu einer vernichtenden Antwort ansetzen, als wir auf einen kleinen Parkplatz fuhren. Das Besucherzentrum war ein unscheinbares Gebäude, das sich an das Ufer eines Lochs duckte, als wollte es nicht auffallen. Es war vollkommen unspektakulär, und von einem Staudamm war weit und breit nichts zu sehen. Oh, ich hatte so gar keine Lust hier zu sein und konnte es kaum abwarten, wieder zurück ins Ferienhaus zu kommen. Ich hatte mich mit Julia noch auf ein weiteres Telefonat verabredet und konnte die Spannung kaum ertragen, ob sie noch etwas herausgefunden hatte. Lustlos trabte ich also meiner Familie hinterher und winkte ab, als mein Vater sich an der Kasse nach mir herumdrehte. Ich würde auf keinen Fall die Bustour zu dem Damm mitmachen. Hinter der Kasse begann der Shop und daran war direkt das Café angeschlossen. Ich freute mich auf meinen Scone. Den würde ich mir als Entschädigung mit einer doppelten Portion Clotted Cream gönnen, die ich so sehr mochte. Das war alles andere als figurfreundlich. Kurz hielt mir mein Gewissen das Bild von dem übergewichtigen Seehund vor meine Augen, doch das schob ich schnell zur Seite. Ich brauchte ganz dringend etwas, das mich über meinen Frust hinwegtröstete. Während mein Vater und mein Bruder zu dem Ausgang gingen, an dem bereits ein Kleinbus wartete, schlug sich meine Mutter in den dichten Dschungel der Schnickschnackstände. Ihr Jagdinstinkt brach durch und würde sie nicht eher ruhen lassen, bis sie den Tand bis zum letzten Notizheftchen mit der schottischen Fahne drauf inspiziert hatte. Ich überließ sie ganz dem Shop und eilte zielstrebig zu der kleinen Theke. Wie ein Geier fiel mein Blick dabei auf die Platte mit Scones, die in Schottland in keinem Café fehlen durften. Ich leckte mir vor Vorfreude auf die Lippen, weil ich schon den Geschmack auf meiner Zunge spürte, und begegnete dem etwas irritierten Blick der Bedienung. »Einen Scone mit doppelter Portion Clotted Cream, bitte.«

Das junge Mädchen nickte und lud meine Bestellung zusammen mit einem Töpfchen voll Marmelade auf ein Tablett, das sie mir reichte.

Glücklich zahlte ich und setzte mich an einen runden Tisch mit Blick auf das Wasser.

Heute war einer dieser Tage, an dem es irgendwie nicht richtig hell werden sollte. Nicht dass ich davon bisher allzu viele in Schottland erlebt hatte. Dicke Regenwolken pressten sich auf die grünen Bergspitzen und drängten hinab auf das Wasser des Lochs, als ob sie noch mehr davon aufnehmen wollten. Die Oberfläche lag dabei abwartend und still da. Unwillkürlich hielt ich nach dunklen Köpfen Ausschau, doch da war nicht die kleinste Bewegung.

Gedankenverloren durchschnitt ich den Scone und beschmierte ihn mehr als großzügig mit Marmelade und der Cream.

»Ich habe nicht das Geringste gefunden«, verkündete da meine Mutter und setzte sich völlig außer Atem neben mich. »Ich verstehe das nicht. In irgendeinem Shop muss ich doch irgendwann mal so ein Armband finden.«

»Was denn für ein Armband?«, fragte ich interessiert und biss in meinen Scone. Beinahe hätte ich zufrieden aufgeseufzt, als die Kombination von Kuchen, Cream und Frucht sich auf meiner Zunge suhlte und eine Ausschüttung von Glückshormonen hervorrief. Genau das hatte ich gebraucht.»Ich wusste nicht, dass du nach etwas bestimmten suchst.«

»Ich habe hier schon so viele Leute mit diesen hübschen Fellarmbändern gesehen. Aber kein Laden scheint sie zu führen. Und wenn ich danach frage, sehen mich die Verkäufer an, als ob ich völlig durchgeknallt wäre.«

Mein Blick musste wohl ähnlich ausgesehen haben, denn meine Mutter runzelte die Stirn.

»Schau doch selber«, sagte sie und nickte zu der kleinen Gruppe junger Leute rüber, die zwei Tische weiter saßen und sich angeregt unterhielten.»Die haben alle so eins.« Noch während ich die schmalen Armbänder entdeckte, die knapp über den Handgelenken lagen, verging mir der Appetit. Mit Müh und Not bekam ich den Brei, der sich gerade in meinem Mund befand herunter. Meine Augen fraßen sich dabei fest an dem dunkelgrauen Armband von dem Mädchen, das mir am nächsten saß. Es schimmerte silbrig auf und sah eigentlich genau so aus, wie das Armband, das ich am Strand gefunden hatte. Ein eisiger Schauer regnete über meinen Rücken, und ich nahm die nächsten Worte meiner Mutter, die unermüdlich weiterbrabbelte, nur wie durch einen Wattebausch war. Was hatte es mit diesen Dingern auf sich? Unauffällig versuchte ich, die Gruppe näher zu betrachten. Doch die meisten saßen mit dem Rücken zu mir, so dass ich nicht sehen konnte, ob sie ebenfalls diese schönen Augen besaßen. Von der Statur und der Kleidung wirkten sie wie alle anderen Jugendlichen auf mich. Es gab keinen Unterschied. Einer der Jungs war auch eher pummelig und entsprach nicht dem Bild eines attraktiven Selkies, das ich mir inzwischen gemacht hatte.»... Fearghas auch.«

»Hä?«, fragte ich verwirrt und riss meinen Blick von der Gruppe fort.

»Wie bitte, heißt das«, entgegnete meine Mutter und sah mich komisch an.

»Ja, meinetwegen«, entgegnete ich jetzt leicht genervt. »Was hast du bitte gerade gesagt?«

»Fearghas hat auch so eins. Ich werde einfach ihn fragen, woher er es hat. Oder noch besser, ob er mir eins besorgen kann.«

Der Schauer wanderte über meinen Nacken langsam hoch zu meinem Kopf. Fearghas hatte auch so eins? Das war mir noch gar nicht aufgefallen.

Plötzlich wurde ich das Gefühl nicht los, inzwischen vom Nachbartisch beobachtet zu werden. Ich war dabei eine handfeste Paranoia zu entwickeln. Überall erwartete ich Selkies, und jetzt war ich fest davon überzeugt, dass diese Armbänder so eine Art Geheimzeichen sein mussten. Vielleicht aber auch nur so etwas wie die verschiedenen Karomuster beim Kilt. Da hatte ja auch jede Familie ihr eigenes Muster. Warum sollte sich das bei den Armbändern nicht ebenso verhalten? Angestrengt linste ich wieder auf die Armbänder. Eigentlich sahen alle gleich aus. Dunkelgrau. Hm, dann gehörten sie alle zu einer Familie oder einem Clan?

Julia würde die Idee bestimmt interessant finden. Ich brauchte Internet, dringend!

»Irgendwie bist du in letzter Zeit etwas seltsam, Klara.« Meine Mutter nahm wie selbstverständlich die übriggebliebene Hälfte des Scones, wischte die Clotted Cream auf den Teller und biss hinein. Genüsslich kaute sie darauf herum, während sie mich forschend betrachtete.

»Na, ich bin nicht diejenige, die irgendwelchen seltsamen Armbändern nachjagt«, sagte ich lahm und versuchte, nicht mehr zu dem Tisch zu gucken.

»Das stimmt«, nickte sie. »Aber du jagst da etwas, nein, jemandem hinterher, der mir für dich leider nicht erreichbar scheint. Fearghas ist ein sehr attraktiver Junge, und ich gebe zu, dass er eine unglaubliche Ausstrahlung besitzt. Aber, um es mal mit den Worten deiner Oma zu sagen: Was nützt mir ein schöner Garten, wenn andre drin spazieren gehen.«

»Wie meinst du das?«

Jetzt druckste sie verlegen herum. »Ich denke, dass diese Donna, - so heißt sie doch, glaube ich -, dabei ist, sich den Jungen zu angeln.«

Meine Wangen erhitzten sich, was ein seltsames Gefühl nach dem eisigen Schauer war, der meine Haut immer noch in Habachtstellung zurückgelassen hatte.

»Das kann mir doch völlig egal sein.«

»Das sah in den letzten Tagen leider nicht danach aus, mein Schatz.« Mitleidig sah sie mich an. »Ich denke, dass der Junge sich nur vom gedeckten Tisch bedient.«

Meine Mutter und ihre Metapher! Darauf hatte sich so gar keine Lust. Ich wollte jetzt ganz dringend zurück in das Ferienhaus. Ich musste mit Julia sprechen.

»Doppelte Portion Clotted Cream? Das will ich auch!« Finn tauchte überraschend in meinem Rücken auf, pikste mit dem Zeigefinger in meine Clotted Cream und lutschte diese dann genüsslich ab.

»Geh mit deinen ekligen Schmutzfingern aus meiner Cream«, schimpfte ich. »Muss denn eigentlich jeder sich an meinen Scones zu schaffen machen?« Wütend biss ich ein riesiges Stück von meiner angebrochenen Hälfte ab und kaute darauf herum. Sofort besänftigte mich der Geschmack der süßen Kalorien.

Mein Vater kam dazu und stellte ein Tablett ab, auf dem sich weitere Scones befanden. Ich stöhnte und verdrehte die Augen. In aller Gemütsruhe aßen Finn und mein Vater, während ich versuchte, geduldig zu bleiben. Das fiel mir angesichts meines schmatzenden Bruders zusehends schwerer. Nach einer gefühlten Ewigkeit waren sie endlich fertig, und wir fuhren ohne weitere Zwischenfälle nach Hause. Ich stürmte augenblicklich auf mein Zimmer, schloss die Tür und wählte Julias Nummer. Ungeduldig presste ich das Handy an mein Ohr und, ließ es ewig klingeln, doch Julia ging nicht dran. Mist!

Wie üblich bei ihr, sprang noch nicht mal die Mailbox an. Verärgert warf ich einen Blick auf die Uhr.

Ups! Ich war viel zu früh. Wir waren ja auch erst in einer guten Stunde miteinander verabredet. Und was sollte ich jetzt so lange machen? Unschlüssig fiel mein Blick auf das Buch mit den Wassermännern. Ich hatte es noch nicht zu Ende gelesen. Es waren nicht mehr allzu viele Seiten, die da auf mich warteten. Im Grunde war es für eine Stunde Zeit genau richtig. Ich griff es und lief wieder die Treppe herunter. Warum sollte ich es mir nicht wieder im Pavillon gemütlich machen?

»Ich geh zum Lesen in den Garten«, verkündete ich, als ich die Tür öffnete.

»Wir rufen dich, wenn das Essen fertig ist«, sagte mein Vater, der gemeinsam mit meiner Mutter an der Arbeitsplatte stand und Gemüse kleinschnitt.

Ich nickte und lief über den Parkplatz in die Remise, öffnete das kleine vergitterte Tor und ging über den zugewachsenen Weg. Mein Herz wurde leicht. Dieser Garten war so wunderschön, dass mir einfach die Worte fehlten. Wenn ich ihn Julia hätte beschreiben müssen, wo hätte ich da anfangen sollen? Ich sah mich um, als wäre ich zum ersten Mal hier. Große lilafarbene Glockenblumen ließen ihre schweren Köpfe auf den Weg hängen und bedeckten dabei kleinere weiße Blüten, die fröhlich den Rand des Weges begrenzten. Ein mächtiger Strauch oder Busch war mit roten Blumen übersät, die allesamt aussahen, wie kleine Feenröcke. Ich seufzte auf. Eigentlich war dieser Ort wie gemacht für Feen und andere Märchengestalten. Dicht an dicht wuchsen Pflanzen in unterschiedlichen Größen und Farben, ja selbst Palmen standen in einer Ecke des Gartens. Sie alle bildeten ein verwunschenes Durcheinander, in dem dennoch eine Ordnung herrschte. Überall gab es kleine Mauerbögen, die mit Kletterpflanzen überwuchert waren. Wieder seufzte ich, als ich auf einen solchen Mauerbogen zuging, und blieb abrupt stehen, als ich unerwartet Fearghas entdeckte. Er stand mit dem Rücken zu mir neben dem Pavillon und stach gerade mit dem Spaten in den Boden, wo die alten Rosenstöcke gestanden hatten. Einige Schritte weiter standen mehrere Töpfe mit noch jungen Rosen darin. Musste er denn jedes Mal hier sein, wenn ich lesen wollte, dachte ich ärgerlich und versuchte, das Ziehen in meinem Magen zu ignorieren. Sein Oberkörper war nackt und lohnte es durchaus eine Weile hier weiter stehen zu bleiben und ihn zu beobachten.

Ich war eine Spannerin! Wie peinlich. Was hatte dieser Kerl bloß an sich, dass ich mich auf so etwas herabließ? Ich beschloss, auf mich aufmerksam zu machen. Doch in dem Augenblick, nahm ich eine Bewegung im Inneren des Pavillons war.

Instinktiv zog ich mich einen Schritt zurück und verbarg mich zwischen den Pflanzen, die an dem Mauerbogen emporwuchsen. Ihr Duft hüllte meine Nase ein, wie ihre Blätter meinen Körper. Neugierig spähte ich durch das dichte Blattwerk zum Pavillon. Zu meinem Leidwesen hatte sich Madame Butterfly aus den Kissen erhoben und beugte sich nun zu Fearghas hinaus. Ihre überaus stattliche Oberweite legte sie dabei provokant auf der Brüstung des Geländers ab. Wie primitiv, dachte ich und verzog angewidert das Gesicht. Wie alt sie wohl war? Doch nicht viel älter als ich, und sie griff hier schon nach Methoden, die ich wahrscheinlich mit dreißig nicht einsetzen würde.

Fearghas starrte auch etwas unbeholfen auf die ihm dargebotene Auslage. Dabei stützte er sich auf den Holzstil des Spatens ab, als suchte er daran Halt und sah Donna abweisend an.

»Was soll das?«, knurrte er unfreundlich.

Ha! Das dachtest du wohl? So einer war Fearghas nämlich nicht.

Im Stillen streckte ich ihr die Zunge heraus, die erstarrte und dümmlich aus den Mundwinkeln hing - nur in meiner Einbildung -, als ich sah, wie sie sich aufrichtete und dann mit dieser angriffsbereiten Gangart, die sie schon mal gezeigt hatte, zu Fearghas ging. Der stand stocksteif da und rührte sich nicht. Sein Gesicht wurde dabei immer finsterer und ablehnender. Doch das schien Donna nicht im Geringsten zu beeindrucken. Sie legte ihren Kopf geziert auf die Seite und klimperte ihn von unten herauf an.

Ich musste zugeben, dass es irgendwie gekonnt auf mich wirkte. Fearghas wäre bestimmt nicht der erste Junge, dem dieser Balztanz gefiel.

»Deine Mutter hat gesagt, dass du dich um die Feriengäste kümmern sollst«, gurrte sie und legte beide Hände auf seine Brust.

Mir stockte der Atem bei so viel Dreistigkeit. Hallo? Die Brust war n a c k t?

Oh mein Gott! Sie ging wirklich zum Angriff über. Mein armes Herz trommelte, als müsste es das Repertoire einer kompletten Highland-Band alleine spielen.

»Ich bin mir sichern, dass sie diese Art von Kümmern damit nicht meint«, entgegnete er kühl und griff zu meiner Freude nach ihren Händen.

Donna zischte ihm etwas zu, was ich leider nicht verstand, aber es löste eine seltsame Reaktion bei ihm aus, die mich zutiefst erschrak. Mitten in der Bewegung hielt er inne. Die Hände Donnas in den seinen, nur Zentimeter von seiner Brust entfernt. Dann wandte er entsetzlich langsam den Kopf und sah mit ziemlicher Sicherheit in ganz genau meine Richtung.

Nur nicht bewegen, dachte ich und hielt entsetzt den Atem an. Ich wagte nicht, meinen Kopf zurückzuziehen oder zu blinzeln. Bei meinem Glück würde ich die gesamte Pflanze damit einreißen oder etwas in der Art. Dabei war ich mir absolut sicher, dass ich vom Blattwerk komplett verdeckt sein musste. Wenn überhaupt wären meine Augen zu sehen gewesen. Das wusste ich so sicher, weil Finn sich genau hier einmal beim Versteckspiel verborgen hatte. Ich hatte genau vor ihm gestanden und ihn nicht entdeckt.

Zu meinem Entsetzen ließ Fearghas die Hände wieder sinken, zurück auf seine Brust. Seine Miene war immer noch abweisend, als er sich wieder ihr zuwandte und ihr ebenso leise, wie sie zuvor, eine Antwort gab. Ich wünschte, ich hätte so ein Ding wie aus einem der Agentenfilme gehabt. So ein komischer Trichter, den man nur in die Richtung hielt und dann über Hunderte von Metern bequem jeder Unterhaltung folgen konnte. Doch leider standen mir solche Gerätschaften nicht zur Verfügung und ich musste ehrlich zugeben, dass ich mich auch nicht gerade auf einer Agentenmission befand, sondern nur auf einem Lauschangriff, der von einer kleinen fiesen Nadel namens Eifersucht angetrieben wurde. Donna nickte gerade und lächelte jetzt breit, dann strich sie langsam über seinen Oberkörper, bevor sie ihre Hände löste und sich wieder in den Pavillon zurückzog wie eine Spinne in ihr Netz.

Fearghas zog den Spaten aus der Erde und stieß ihn mit so viel Wut in das bereits vorhandene Loch, dass die Erdklumpen durch die Gegend flogen.

Es war eindeutig Zeit zu gehen.

Langsam, um ja nicht auf mich aufmerksam zu machen, wollte ich mich zurückziehen. Doch ich hatte mal wieder leider nicht mit meinem Bruder gerechnet.

»Da bist du ja, Klara!«, schrie er da auch schon in meinem Rücken.

Au verdammt! Fearghas sah augenblicklich zu mir herüber, und auch der Kopf Donnas tauchte mit einem spöttischen Grinsen wieder aus den Kissen auf.

»Das Essen ist fertig. Du sollst reinkommen.« Finn stand vor mir und warf einen Blick an mir vorbei. »Du hast die beiden doch nicht heim-

lich beobachtet, oder?«, fragte er mit dem üblichen Mangel an Feinge-
fühl. Mein Gesicht explodierte in heißem Rot.

»Du spinnst ja wohl!«, fuhr ich ihn an. Ich stieß ihn grob zur Seite und
marschierte mit hoch erhobenem Kinn an ihm vorbei ins Haus.

Kapitel 10

Nach dem Essen zog ich mich wieder auf mein Zimmer zurück, um Julia anzurufen. Diesmal ging sie bereits beim zweiten Klingeln dran.

»Hallo Klara«, begrüßte sie mich, und wieder ging es mir sofort ein bisschen besser.

»Hallo, Julia. Hast du was rausfinden können?«

Sie lachte, und ich konnte mir dabei lebhaft vorstellen, wie ihre Locken dabei auf und ab wippten.

»Nicht allzu viel fürchte ich. Ich habe mich auf allen möglichen Internetseiten herumgetrieben. Du möchtest gar nicht wissen, was ich dabei alles zu sehen bekommen habe.« Wieder lachte sie. Es tat so gut.

»Spann mich nicht auf die Folter. War etwas Brauchbares dabei?«

»Nicht so sehr. Es steht nie viel über Selkies geschrieben. Zum einen wird immer erwähnt, dass sie in Menschengestalt äußerst attraktiv sind. Was mich dann ja nur immer neugieriger auf diesen Fearghas macht. - Und ja, sie entführen manchmal ihre Partner aus der Menschenwelt.«

»Das stand auch in dem Zoo«, bestätigte ich.

»Ich habe aber auch noch gelesen, dass sie, wenn sie in Menschengestalt herumlaufen wollen, ihre Selkiehaut ablegen müssen. - Die Vorstellung fand ich ein bisschen eklig, ehrlich gesagt! - Aber gut, wichtig ist, dass sie diese Selkiehaut gut verstecken müssen. Denn, wenn man sie ihnen wegnimmt, können sie logischerweise nicht mehr ihre See-hundgestalt annehmen. Angeblich gibt es Menschen, die die Haut eines Selkies an sich gebracht haben, um ihn so zu zwingen, bei ihnen an Land zu bleiben. Allerdings sollen diese sehr, sehr zickig sein und jeder Mensch bereut es, dass er sie so gezwungen hat.«

»Aber wo verstecken sie die Haut?« Ich dachte an die Begegnung mit Fearghas Onkel. »Ich habe nicht gesehen, dass sein Onkel unter irgend-einem Boot oder Stein eine Haut hervorgezogen und angezogen hat wie einen Taucheranzug. Er ist einfach in das Wasser marschiert und war verschwunden.«

»Vielleicht können sie ja auch die Haut im Wasser verstecken? Von Fearghas wissen wir, dass er auch als Mensch wie ein Fisch schwim-men kann. Es ist sicher einfacher, und sie laufen nicht so schnell Ge-fahr, dass ein Mensch die Haut stiehlt.«

»Hm«, entgegnete ich unschlüssig. Irgendwie konnte ich mir das nicht so richtig vorstellen. Allerdings fehlte mir trotz der vergangenen Ereig-nisse die Kraft, mir vorzustellen, wie sich Fearghas in einen plumpen Seehund verwandeln sollte. »Ich weiß nicht. Die beiden, die mich ent-führt haben, sind auch als Mensch vom Boot ins Wasser gesprungen und unmittelbar danach mit ihren Seehundköpfen wieder aufgetaucht. Vielleicht hatten sie die Haut am Bootsrumpf befestigt? Das würde aber bedeuten, dass sie die in Windeseile überziehen können.«

»Oder sie ziehen die Menschenhaut - igitt! - einfach aus und sind da-runter Seehunde? Das ist ziemlich abstoßend.« Ich konnte sehen, wie sich Julia am anderen Ende schüttelte, und auch ich konnte der Vorstel-lung so gar nichts Verführerisches abgewinnen. »Was gibt es denn bei dir Neues? Konntest du noch einmal mit Fearghas sprechen?«

»Nicht wirklich.« Ich schüttelte den Kopf und sah auf mein Handy, als könnte mich Julia dabei sehen. Dann berichtete ich ihr, was sich zuge-tragen hatte. Dabei bemühte ich mich, kein Detail auszulassen, auch wenn ich alles nur unbedeutend fand. Als ich geendet hatte, schwiegen wir beide wieder eine Weile. Schließlich räusperte sich Julia auf die typische Art, wie sie es im Unterricht tat, wenn sie die Antwort auf eine Frage wusste, bei der alle anderen nur dumm aus der Wäsche schauten.

»Ich weiß jetzt, wo sie ihre Seehundhaut verstecken«, sagte sie dann auch augenblicklich. Das Grinsen auf ihrem sommersprossigen Gesicht kroch förmlich durch die Leitung auf mich zu.

»Wo denn?«, fragte ich und kam mir unendlich dumm vor.

»Die Armbänder, Klara. Denk mal darüber nach. Das ist kein Clanabzeichen oder so. Ich wette mit dir, dass das ihre Haut ist. Da kann sie ihnen keiner mehr so leicht wegnehmen.«

»Aber, wie sollen sie denn da reinpassen?«, entgegnete ich völlig begriffsstutzig. Ich unterdrückte den Zwang, mir am Kopf zu kratzen. Das hätte mich in meinen Augen noch dümmer aussehen lassen, auch wenn ich vollkommen alleine in meinem Zimmer war. »Die sind doch nur knapp einen Finger breit.«

»Hallo, Klara? - Was hast du mit deinem Gehirn gemacht? Zusammen mit deinem Herzen vor Fearghas Füße geworfen?«

Jetzt kicherte sie vergnügt, und ich grummelte vor mich hin. »Ich denke, das ist so eine Zauberkiste. Warum sollte sich dieser Zauber nicht bei dem Kontakt mit Wasser auslösen? - Wie auch immer. Ich bin davon überzeugt. Denk nur mal daran, wie ängstlich dieses kleine Mädchen war, von dem du mir erzählt hast. Du hattest es sozusagen in der Hand. Stell dir nur vor, du hättest es für dich behalten. Sie wäre für immer gezwungen gewesen, in ihrer Menschengestalt zu leben.«

»Du hast Recht«, sagte ich verblüfft. Natürlich hatte sie das. Und warum war ich nicht selber darauf gekommen, bitte?

»Weil du in diesen Typen rettungslos verliebt bist, deshalb«, kam die Antwort von Julia. Offensichtlich hatte ich laut gedacht. »Das ist sicher auch so ein Zauber. Wenn die Selkies in ihrer Menschengestalt so attraktiv sind, musst du besser vorsichtig sein. Tu mir einen Gefallen,

Klara: Küss auf keinen Fall diesen Fearghas. Wer weiß, was dann mit dir passiert. Nachher ist es so, wie wenn man einen Elfen küsst. Da soll man auch nicht mehr davon loskommen und siecht den Rest seines Lebens dahin.«

»Das sind alles irgendwelche Romane, aus denen du das hast. Es ist wohl kaum verbürgt, das so etwas passieren könnte.«

»Egal! Versprich mir, ihn nicht zu küssen. Du hast sowieso nichts davon. Du fährst schließlich schon bald wieder nach Hause, und dann ist die Geschichte erledigt und du bist bloß auf den Geschmack gekommen.«

»Hm«, brummte ich. »Ich denke nicht, dass ich gerade in Gefahr bin, geküsst zu werden.« »Du schuldest mir noch ein Bild.«

»Ich habe noch keins.«

»Dann mach eins.«

»Leichter gesagt, als getan - aber was fange ich jetzt mit dem Wissen an? Wie kann ich Fearghas helfen? Und warum ist er noch nicht mit ihnen gegangen?«

»Vielleicht wollen sie nur unnötige Aufmerksamkeit vermeiden. Wenn Fearghas einfach so verschwindet, wird die Polizei auftauchen und Fragen stellen.«

»Aber niemand würde zugeben, dass er von Selkies geholt worden ist.«

»Du vielleicht schon.«

»Vergiss es, ich will nicht eingeliefert werden.« Erneut schüttelte ich heftig den Kopf.

»Ich denke, sie warten, bis niemand mehr auf die Idee kommt, euch zu seinem Verschwinden zu befragen. Irgendwann nach eurer Abreise wird er gehen.«

Mein Herz rebellierte und ging ein enges Bündnis mit meinem Magen ein. Beides knubbelte sich schmerzhaft zusammen. Ich war davon überzeugt, dass er nicht freiwillig ging.

»Er will das aber nicht«, sagte ich leise. Ich war immer noch davon überzeugt, dass es meine Schuld war.

»Wie kannst du dir da so sicher sein? Immerhin ist er sowas wie ein Prinz dort! Ihm wird es sicher nicht schlecht gehen. Außerdem scheint er mir recht wankelmütig zu sein, wenn ich an deine Begegnungen mit ihm denke.«

»Ist er nicht«, fuhr ich auf. »Er will das nicht. Ich bin mir absolut sicher. Adam und Mairee sind seine Familie. Er liebt sie über alles. Und Beathild hat mir gesagt, ich soll ihm helfen.«

»Damit er mit seinem Onkel mitgeht«, verbesserte mich Julia mitleidig.

»Du kannst es drehen, wie du willst.«

»Sie wollen ihn zu sich holen ...« Ich lauschte meinen eigenen Worten nach. Beathild war mir sanftmütig vorgekommen. Auf wessen Seite war sie? »Ich werde Beathild aufsuchen«, sagte ich entschlossen. »Diesmal muss sie mir etwas sagen. Wir fahren in drei Tagen nach Hause. Wie soll ich ihm dann noch helfen?«

»Und ich fahre morgen in die Bücherei. Vielleicht finde ich ja doch noch etwas auf die altmodische Weise heraus.«

»Wie soll ich dir bloß danken?«

»Schick mir endlich ein Bild von diesem Kerl«, lachte sie gutmütig.

Wir verabschiedeten uns, und ich warf einen Blick auf die Uhr. Es war erst fünf Uhr. Wenn ich Glück hatte, war Fearghas noch im Garten, und ich könnte ein Bild von ihm machen. Die Möglichkeit, dort auch Madame Butterfly noch anzutreffen, schloss ich konsequent aus. Ich musste jetzt ein Bild von ihm haben. Also stand ich auf und ging nach unten. Wie üblich saß meine Mutter am Fenster und las. Mein Vater schaute fern, und Finn zockte auf dem Tablett.

»Ich gehe noch einmal in den Garten«, sagte ich. »Ich habe da noch gar keine Bilder gemacht.«

Meine Mutter sah auf: »Oh, da komme ich mit.«

Na toll! Eigentlich wäre ich lieber alleine gegangen, in der Hoffnung vielleicht doch noch ein paar Worte mit Fearghas wechseln zu können. Aber so war es natürlich auch nicht schlecht. Zur Not konnte ich meine Mutter unauffällig so positionieren, dass ich ihn heimlich fotografieren konnte.

Gemeinsam spazierten wir durch den Garten und blieben immer wieder stehen, um Fotos zu machen. Zuerst hielt ich nur Ausschau nach Fearghas - und Donna -, doch dann entwickelte ich Spaß daran, den Garten noch genauer zu betrachten und nach geeigneten Motiven zu suchen. Erst als wir uns dem Mauerbogen näherten, bei dem ich mich vorhin versteckt hatte, wurde ich wieder unruhig.

»Stell dich dort unter den Bogen«, bat ich meine Mutter. Mit einem glücklichen Lächeln folgte sie meiner Bitte, und ich machte ein Bild. Sie strahlte dabei über das ganze Gesicht, und dies verlieh dem Bogen noch mehr die Ausstrahlung eines magischen Eingangs. Als wir weitergingen, fanden wir den Pavillon zu meiner Erleichterung verlassen vor. Diese Donna hatte sich verzogen, dennoch hing ein künstlicher Erdbeerduft auf den Kissen, der vorher nicht da gewesen war.

Aber leider war Fearghas auch nicht mehr da. Die kleinen Rosenstöcke waren säuberlich in die Erde gesetzt und gegossen worden, was die dunkle Erde um sie herum verriet. Ein wenig enttäuscht lief ich um den

Pavillon herum. Ich musste Julia doch ein Foto schicken, und außerdem wollte ich auch eines für mich haben. Ich wollte wenigstens das von Fearghas mit mir nach Hause nehmen.

»Schau mal«, schob sich da die Stimme meiner Mutter in meine Gedanken, »da ist Fearghas. Der kann mal ein Foto von uns zusammen machen.«

Mein Kopf flog herum. Noch ehe ich meine Mutter aufhalten und ihr die Vorteile eines Selfies erklären konnte, ging sie zielstrebig auf Fearghas zu. Er war damit beschäftigt, den Maschendrahtzaun an Mairees Gemüsegarten zu reparieren und hatte uns noch gar nicht bemerkt. Erstaunt sah er auf, als sie näherkam.

»Kannst du bitte ein Foto von uns beiden machen?«, fragte sie und hielt ihm ihren Fotoapparat hin.

»Natürlich, gerne«, sagte er und schenkte meiner Mutter dieses Seinett-zu-jedermann-Lächeln, das mir direkt in den Magen fuhr.

»Klara?« Meine Mutter sah sich suchend nach mir um. »Vielleicht da vor den Palmen? Oder vor dem Pavillon, der ist recht malerisch.«

Ich stand stocksteif beim Pavillon und wollte mich nicht so recht in Bewegung setzen. Meine Mutter kam daraufhin zu mir und hakte sich mit einem zufriedenen Lächeln und einem Zwinkern bei mir ein. Ich versuchte ebenfalls lächelnd in die Kamera zu blicken, obwohl mir das Ganze maßlos peinlich war. Ich fand mich nicht sonderlich fotogen und hasste gestellte Aufnahmen von mir. Ich spürte bereits, wie mein Lächeln verrutschte und die Lippen zu zittern begannen. Na toll, dachte ich und wollte mich davon machen, als Fearghas den Auslöser betätigt hatte. Mein Vorhaben, ihn jetzt noch unauffällig zu fotografieren, konnte ich wohl komplett vergessen. Doch ich hatte die Rechnung ohne meine Mutter gemacht. Peinlich war gestern, schämen für den Rest des Lebens ging immer.

»Ach, Fearghas, eine Bitte habe ich noch«, tönte da meine Mutter. »Du weißt ja, dass wir bald abreisen, und ich hätte gerne noch ein Erinnerungsfoto von dir. Deine Eltern durfte ich netterweise schon ablichten.«

Oh je. Schade, dass in den Löchern schon die neuen Rosen steckten, sonst hätte ich gerne einmal ausprobiert, ob da Platz für mich drin war. Fearghas sah sie ein wenig irritiert an. Dann bemerkte er, wie unangenehm mir das Ganze war, und ein Grinsen wanderte in seine Mundwinkel.

»Warum nicht? Für Sie mache ich das doch gerne. Möchten Sie ein Bild von mir zusammen mit Klara?«, sagte er und schlenderte auf mich zu, dass mir ganz heiß wurde, obwohl der Tag heute immer noch die Sonne hinter den dicken Wolken verbarg.

»Ich wusste es doch. Ja, sehr gerne, Fearghas. Vielen Dank dafür.« Wieder blinzelte sie mir verschwörerisch zu. Leider stand Fearghas bereits neben mir und sah also alles genau so gut, wie ich. Meine Wangen konnten eigentlich nicht noch mehr Farbe annehmen, als sie bereits haben mussten. Oder doch?

Mir blieb nichts anderes übrig, als weiterhin dämlich lächelnd in Richtung Kamera zu blicken. »Es tut mir leid«, nuschelte ich zwischen meinen inzwischen völlig verkrampften Lippen hindurch.

»Für deine Mutter tue ich das sehr gerne. Sie ist wirklich sehr nett«, erwiderte er knapp und betonte dabei die ersten drei Worte schmerzhaft. Lässig legte er mir einen Arm um die Schulter und setzte sein strahlendstes Lächeln auf, während meines mir für einen Moment völlig entglitt.

Meine Mutter achtete nicht auf uns. Sie fummelte umständlich an ihrer Kamera herum und murmelte vor sich hin.

Hallo? Ich wollte jetzt wirklich langsam fort hier, auch wenn ich es zugegebenermaßen genoss, wie sein Arm mich fest an ihn zog.

»Kann ich Ihnen vielleicht helfen?«, fragte Fearghas und löste sich von mir, leider.

»Nein, nein«, meinte meine Mutter. Sie sah auf, fuhr sich verlegen durch die Haare. »Entschuldige bitte. Irgendwie klemmt die Linse. - Klara, gib mir bitte dein Handy.«

Meine Mutter war so durchtrieben. Ich konnte es kaum fassen. Von wegen, die Linse funktionierte nicht. Sie wollte einfach nur das Bild für mich haben.

Peinlich war das natürlich trotzdem. Doch ich spielte mit und drückte ihr schnell mein Handy in die Hand. Wir stellten uns wieder auf, und sie machte zufrieden ein Bild.

»Ich danke für deine Geduld, Fearghas«, nickte meine Mutter uns zu, drehte sich kurzerhand um und ging davon in Richtung Gemüsebeete. Das konnte sie jetzt nicht wirklich bringen, oder? Sie tat es und verschwand, ohne zu zögern.

»Gerne«, brummte er und warf mir einen kurzen Blick zu. Offensichtlich hatte er beschlossen, nun kein Blatt mehr vor den Mund zu nehmen. »Was sollte das vorhin?«, zischte er mich auch schon von der Seite her an. Ich hatte ihn bisher nur einmal so wütend gesehen, und das war der Abend gewesen, an dem er über das Loch geschwommen war.

»Es tut mir leid. Ich kann nichts dafür, dass meine Mutter diese peinlichen Fotos gemacht hat. Ich werde es gleich löschen ..., wenn ich mein Handy wieder habe?« Stirnrunzelnd fiel mir erst jetzt auf, dass sich meine Mutter mit meinem Handy davongemacht hatte. Vermutlich um auch das erst einmal zu verhindern.

Fearghas winkte ärgerlich ab. »Das meine ich nicht. Ich meine die Nummer am Pavillon. Warum musst du dich eigentlich immer in irgendwelchen Gebüschen verstecken und mich beobachten? Was soll das?«

»Ich ... ich«, stammelte ich und bewies mal wieder, wie einfach es war, ein Gesicht in Flammen aufgehen zu lassen. Ein Waldbrand war nichts dagegen, was da gerade über meine Wangen fegte. »Halte dich einfach den Rest deines Urlaubes von mir fern. Ihr seid schließlich bald fort. So schwer kann das ja wohl nicht sein.« Wütend funkelte er mich an. Und wie diese dunklen Augen funkeln konnten, als brannte tief unten ein Feuer in ihnen, das nicht so schnell gelöscht werden konnte.

»Ich habe mir Sorgen um dich gemacht«, jammerte ich. »Als ich aufgewacht bin, bin ich fast wahnsinnig geworden vor Angst um dich und vor lauter Schuldgefühl. Und dann komme ich hierher, und du marschierst mit einem dämlichen Lachen herum, als wäre das alles nur ein riesiger Spaß gewesen.« Ich schrie inzwischen fast, aber ich konnte auch nicht anders. In meinem Herzen tobte sich der Sturm aus, der sich seit diesem Erlebnis dort eingenistet hatte und der jetzt durch die Erinnerung wieder zu seiner vollen Stärke angestachelt wurde. Wenn ich jetzt nicht geschrien hätte, wäre ich wahrscheinlich nur wieder in Tränen ausgebrochen, und das wollte ich auf keinen Fall. Nur zu gut hatte ich noch den Spruch meiner Mutter mit der ständig heulenden Heldin aus ihrem Buch in Erinnerung. Mein Schimpfen verfehlte auch nicht seine Wirkung. Fearghas schrumpfte zusehends unter meinem Ausbruch zusammen. Seine finstere Miene wurde weich, auch wenn ich so eine peinliche Szene hinlegte. »Ich will einfach nur wissen, was passiert ist. Diese dämliche Kuh am Steg wollte dich mitnehmen, und du wärest gegangen. MEINETWEGEN! Ich denke, es steht mir zu, zu erfahren, warum du noch hier bist. Ob die Sache erledigt ist und du bleiben darfst. Denn ansonsten habe ich ein großes Problem damit, das als meine Schuld zu verbuchen!« Mein Blick verfing sich auf dem schmalen Fellarmband, dass er um sein linkes Handgelenk trug. Die Farbe ließ sich kaum beschreiben. Zu allererst hätte ich es als Schwarz bezeichnet, aber es schimmerte immer wieder hell auf, als glitt Sonnenlicht über eine Wasseroberfläche und fächerte sich daran auseinander. Fasziniert griff ich danach, strich darüber und erschauerte. Es war so weich und so schön, schmiegte sich beinahe wie eine nach Streicheleinheiten gierende Katze an meine Fingerkuppen und löste eine Gänsehaut auf meinem Körper aus. So angenehm dieses Gefühl auch war, so sehr sank mein Herz bei dem Anblick.

Fearghas schwieg und sah mich einfach nur so voller Ernst an, dass mir beinahe das Herz brach. »Weißt du, meine Freundin meint, dass Selkies sich mit solchen Armbändern vom Menschen in Seehunde verwandeln. Ist das so?«, fragte ich, plötzlich wieder leise.

Sein Nicken kam zögernd und doch so fest, dass es keinen Zweifel gab. Mir wurde schwindelig. Eigentlich hatte ich gedacht, dass dies nur den verzogenen Frauen im Mittelalter passierte, weil die Korsetts zu eng geschnürt waren. Bei mir musste etwas anderes zu eng geschnürt sein, vielleicht die Windungen in meinem Gehirn, die für Emotionen zuständig waren. »Du solltest dich setzen.« Fearghas ergriff mich am Arm und führte mich zum Pavillon, wo ich in die herrlichen Kissen sank. Ich hätte nichts dagegen gehabt, wenn er mit mir gesunken wäre, doch er tat mir diesen Gefallen nicht. »Es ist bald vorbei, Klara«, sagte er sanft und sah von oben auf mich herab. »Und es war meine Entscheidung. Ich habe ihr mein Wort gegeben, und du trägst keine Schuld daran.«

»Das sagst du so. Wäre ich in der Burg geblieben und nicht schnurstracks diesen beiden blöden Selkies in die Flossen ... äh Arme gelaufen, dann hätten sie kein Druckmittel gehabt.«

»Für den Moment mag es stimmen, aber du kannst ja schlecht für den Rest deines Lebens dort bleiben, nicht wahr?« Er lächelte mich schief an. »Ich habe mich damit abgefunden. Meine Mutter wird mich holen. Sie will, dass die Selkies unter unserer Führung zu altem Ruhm erwachen, wie sie es ausgedrückt hat.«

»Was soll das bedeuten?«

Fearghas zuckte mit den Schultern. »Ich habe nicht die geringste Ahnung. Woher auch?« Irgendwie hörte sich das für mich nicht so gut an. Doch ein ganz anderer Gedanke schoss durch meinen Kopf.

»Kannst du mir mal verraten, wo dein Onkel eigentlich abgeblieben ist?«, fragte ich. »Schließlich hat er dir das Ultimatum gestellt und dann taucht er nicht auf.«

Noch, ehe er dazu etwas sagen konnte, schallte die Stimme meiner Mutter durch den Garten zu uns: »Hallo, einen guten Tag wünsche ich. Ich kenne Sie gar nicht. Suchen Sie jemanden?« Sie schrie dabei so laut, dass man sie bis in den entlegensten Winkel des Gartens hören musste. Was wahrscheinlich ihre Absicht war. Sie wollte, dass wir in Ruhe das machen konnten, was immer sie dachte, dass wir taten. Eindeutig hatte sie eine viel zu bunte Fantasie für ihr Alter. Sie war doch schon über vierzig.

Fearghas sah alarmiert in die Richtung, aus der jetzt die erzwungene Unterhaltung mit meiner Mutter deutlich zu vernehmen war, und wandte sich dann wieder mir zu. Hastig nahm er meine Hand, wie er es bereits in der Burgruine getan hatte, und schenkte mir einen Blick, der mir durch den ganzen Körper fuhr. Oh nein, bitte nicht noch einmal. Auch wenn meine Hände doch sehr angenehm in seinen lagen. Meine Herzfrequenz legte an Tempo zu, während Fearghas sich zu mir herabbeugte und mich unvermittelt küsste. Seine Lippen sandten ein Kribbeln in Bereiche meines Körpers, von denen ich bisher nicht geahnt hatte, dass sie existierten. Viel zu schnell löste er sich wieder von mir.

»Das wollte ich schon die ganze Zeit tun«, lächelte er und das Grübchen kehrte frech in seine Wange zurück. Dann wurde er schlagartig ernst. »Es tut mir leid, Klara«, sagte er. »Pass auf dich auf. Ich traue meiner Mutter nicht.« Damit entzog er mir seine Hände und sah durch den Garten. Ich folgte seinem Blick und traf auf Ian, dessen schwerfällige Gestalt in den Garten stürmte.

»Ich muss gehen«, sagte Fearghas und verließ den Pavillon. Ian kam mit einem unsicheren Blick zu mir auf ihn zu.

»Fearghas«, sagte er und griff nach seinem Arm, um ihm am Weggehen zu hindern. »Du solltest besser nicht mehr mit ihr reden. Wenn das jemand sieht.« Dabei sah er sich suchend im Garten um, als könnte sich jemand im Gebüsch verborgen halten.

Fearghas kniff misstrauisch die Augen zusammen. »Was tust du hier? Botengänge für meine Mutter erledigen?« Seine Stimme wehte leise und eiskalt durch den Garten, als er die Hand Ians von seinem Arm löste. Dessen Gesicht verzog sich betroffen, doch er schüttelte den Kopf und sah sich noch einmal gründlich um, bevor er antwortete:

»Nein, Fearghas. Sie wissen nicht, dass ich hier bin. Ich bringe mich gerade selbst in Gefahr. Ich wollte dich nur warnen. Diese Familie ...«

Neugierig stand ich auf und gesellte mich neben die beiden. Ian warf mir einen irritierten Blick zu, hatte aber keine Gelegenheit mich wegzuscheuchen, weil Fearghas ihn anknurrte:

»Komm mir nicht mit Informationen, die ich schon lange habe. Ich bin nicht blöd. So kannst du dir mein Vertrauen nicht erkaufen, Ian.«

»Ich will mir dein Vertrauen nicht erkaufen.« Ian sah ihn nur verärgert an.

Ich schnaubte und erntete diesmal einen ungnädigen Blick von Fearghas. Doch es kümmerte mich nicht.

»Deine Mutter wartet nur auf eine Gelegenheit, die Abmachung brechen zu können«, sagte Ian und warf mir einen bedeutungsvollen Blick zu, der mir gar nicht gefiel. »Ich habe eine Unterhaltung gehört. Sie wird das Mädchen nicht schonen, sobald sie auch nur den kleinsten Grund dafür hat. Sollte sie irgendetwas tun, was Deirdre nicht gefällt, kann ich für nichts mehr garantieren.«

Fearghas warf mir einen nachdenklichen Blick zu. »Sie wird nichts unternehmen. Klara wird die restlichen Tage mit ihrer Familie gemeinsam verbringen.« Auch wenn er zu Ian sprach, waren die Worte doch eindeutig an mich gerichtet. Und sie klangen nicht wie ein Wunsch oder eine Bitte. Da sprach jemand, der es wahrscheinlich später wunderbar hinbekommen würde, Leute herumzukommandieren.

Nur dass ich eigentlich noch vorhatte, zu Beathild zu gehen. Ich räusperte mich und ging wie nebensächlich zurück zur Bank mit dem Kissenberg. »Also eigentlich wollte ich noch einmal zur Ruine ...«, setzte ich an und erntete zwei Augenpaare, die mich ansahen, als hätte ich ihnen gerade eröffnet, dass ich einem Weißen Hai das Gebiss mit einer Zahnbürste reinigen wollte.

»Das wirst du nicht tun.« Fearghas Stimme ließ keinen Zweifel zu. Das war jetzt eindeutig ein Befehl gewesen, der keinen Widerspruch duldete. Aber ich war kein Soldat.

»Ich kann ja wohl machen, was ich möchte«, entgegnete ich trotzig. »Schließlich ist es mein Urlaub.«

»Also wenn ich mich da einmischen darf, Klara. Wenn du ernsthaft vorhast, die Ruine noch einmal aufzusuchen, dann vergiss bitte nicht dabei, dass du immer Wasser überqueren musst. Deirdre wird das nicht zulassen.« Seine Augen, die ebenfalls dunkel und leicht mandelförmig waren, betrachteten mich besorgt. Ehrlich besorgt oder nur gespielt? Ich hatte nicht die geringste Ahnung, wie ich Ian einschätzen sollte. War er jetzt ein Guter oder nicht? Eigentlich war es ja egal. Das Argument mit dem Wasser war nicht von der Hand zu weisen. Ein beklemmendes Gefühl schlich sich in mein Herz. »Das war es also?«, fragte ich.

»Das war es«, sagte Fearghas bestimmt, und Ian nickte dazu. »Es ist besser, wenn du dich wirklich aus allem heraushältst, Klara.«

Sprachlos sank ich zurück in die Kissen, vergrub mein Gesicht darin und hörte, wie die beiden sich aus dem Garten entfernten. Noch eine Weile saß ich da, spürte immer noch den Kuss und horchte dem kurzen Gefühl des Glücks nach, das ich empfunden hatte. Und wusste nicht, ob ich glücklich oder todtraurig sein sollte.

Kapitel 11

»**S**o ein Arsch!«

Der Ausruf Julias war voller Inbrunst und die erste Reaktion auf meine Erzählung von dem Kuss. »Ich glaube es einfach nicht. Was ist das für ein eingebildeter Idiot. Küsst dich, obwohl er dir sagt, dass du dich von ihm fernhalten sollst.«

»Er hat sich entschuldigt«, warf ich kleinlaut ein und zog die Beine an. Ich hatte mich sofort in mein Zimmer begeben und mich wieder zum Telefonieren auf das Bett gesetzt. Mein Kopf ruhte an der kühlen Wand hinter mir.

»Ach ja, naja! Wenn das so ist. Dann entschuldige ich mich auch bei ihm, wenn ich ihn jemals treffen sollte, und haue ihm dann kräftig eins auf die Nase.«

»Haha!«, sagte ich schwach. Aus ihrer Sicht hatte sie ja Recht, aber es hatte sich so gut angefühlt und so echt. Ich fühlte immer noch den Druck seiner Lippen und das Kribbeln und seufzte, dass Beathild vor Neid erblasst wäre.

»Und du hast dich nicht an meinen Rat gehalten, ihn nicht zu küssen. Sag mal, wo hast du eigentlich deinen Verstand abgegeben?«

»Unterm Busch«, antwortete ich spontan und musste an das erste Verstecken im Garten denken. »Da liegt er wahrscheinlich immer noch.«

»Wie fühlst du dich jetzt? Geht es dir gut? Hast du unstillbare Sehnsucht nach seiner Nähe? Fühlst du dich geteilt?«

»Ich bin doch kein halbes Brötchen«, kicherte ich, horchte aber pflichtschuldigst in mich hinein. »Nein, ich fühle mich eigentlich gut.« Ich streckte die Beine wieder aus und machte einen tiefen Atemzug. »Eigentlich?«, kam misstrauisch die nächste Frage. »Was ist dann nicht so gut?«

Ich seufzte laut auf. »Na, da hat er mich geküsst, und ich bin so gut wie auf dem Weg nach Hause.«

»Aha! Hab ich ja gesagt. Du bist mit so einem Liebeszauber infiziert und wirst den Rest deines Lebens keinen Mann mehr lieben können.« Als sie das aussprach, musste es selbst in ihren Ohren wie das Gefasel einer Verrückten angehört haben. Julia brach in Gelächter aus, und auch ich kicherte übermütig mit. Allerdings musste ich auch zugeben, dass ein banges Gefühl zurückblieb. Was, wenn sie mit ihren Bedenken recht hatte?

»Hast du denn jetzt endlich das Foto von diesem Herzensbrecher?«

»Ja, ich schicke es dir gleich.«

»Will ich auch hoffen«, brummte sie gutmütig. »Ich habe übrigens noch etwas für dich herausgefunden.« Ich hörte, wie etwas raschelte, als blätterte sie in einem dicken Buch mit alten und steifen Seiten. »Meine Oma hat tatsächlich ein Buch über englische Märchen und so im Regal gehabt. Da habe ich mal reingeschaut und siehe da, zwei Geschichten über Selkies gefunden. Das eine wird dich ganz besonders interessieren. Da heißt es nämlich, dass eine Menschenfrau, die von einem Selkie geküsst worden ist, ihn zu sich rufen kann, indem sie sieben Tränen ins Meer, Loch oder was auch immer vergießt. Da habt ihr beide ja jetzt ganze Vorarbeit geleistet.« Julia kicherte vergnügt. »Und das Zweite wirst du hoffentlich niemals ausprobieren müssen. Angeblich soll man, wenn ein Selkie in Menschengestalt stirbt, seinen Körper einfach ins Wasser werfen. Er schlüpft dann zurück in seine Seehundhaut und lebt dann wieder. Allerdings hat das den Nachteil, dass er nie wieder seine menschliche Gestalt annehmen kann. Also vergiss das lieber, wenn du nicht ein nach Fisch riechendes Seehundsmaul abknutschen willst.«

»Bah, nein! Auf keinen Fall!« Ich lachte und hatte plötzlich das Bild eines Seehundes vor Augen, der sich mit zum Kussmund gespitzter Schnauze zu mir herabbeugte.

»Tja, und mehr kann ich dir leider im Moment nicht bieten. Tut mir leid.«

»Danke«, sagte ich und wurde wieder ernst. »Wir sehen uns bald. Kommst du denn am Sonntag zu mir? Ich müsste gegen Mittag zurück sein.«

»Darauf kannst du wetten. Ich will jetzt das Bild!«

»Okay«, lachte ich. »Bis Sonntag.«

»Bis Sonntag«

Ich drückte das Gespräch weg, rief das Bild auf, das meine Mutter gemacht hatte und verharrte. Fearghas und ich standen dicht beieinander vor dem Pavillon, der mit seinen geschwungenen Verschnörkelungen einen malerischen Hintergrund bildete. Sein Arm war locker um mich gelegt, und er lächelte dieses umwerfende Lächeln, das mich am ersten Tag bereits umgehauen hatte. Er wirkte total entspannt. Als ob nicht gerade seine gesamte Welt kopfstand. Ich stand an ihn gelehnt, mein Lächeln schief und verkrampft. Das wollte ich mir eigentlich nicht so genau ansehen. Stattdessen vergrößerte ich langsam mit den Fingern das Foto und zoomte sein Gesicht heran. Von ganz alleine kehrte das Kribbeln in meine Lippen zurück. Seine Augen blickten warm und freundlich und hatten dennoch durch ihre Form und die dunkle Farbe etwas Geheimnisvolles. Ich verlor mich völlig in dem Anblick, bis mein Handy ärgerlich in meiner Hand aufbrummte. Ich brauchte nicht nachzusehen, wer sich da deutlich in Erinnerung brachte. Julia wartete, und sie hatte sich wirklich endlich ein Bild von ihm verdient. Neugierig auf ihre Reaktion, tippte ich auf Teilen und sandte das Bild ab.

Noch bevor ich etwas anderes tun oder denken konnte, brummte mein Handy erneut:

- OMG!!!!!!!-

- Sag ich ja -

Zufrieden lehnte ich wieder den Kopf an die Wand in meinem Rücken, dann rutschte ich zur Seite und streckte mich ganz auf dem Bett aus. Seltsamerweise fühlte ich auf der einen Seite so etwas wie Zufriedenheit, auf der anderen totale Verzweiflung. Ich wollte nicht fort von hier, und schon gar nicht wollte ich fort von Fearghas. Fearghas! Der Name wehte wie ein Hauch durch meinen Kopf und durch mein Herz. Ich ließ ihn auf der Zunge zergehen, wie eine der süßen Pralinen, die meine Mutter und ich so gerne aßen, wenn wir einen Film über eine Frau ansahen, die Schokolade herstellte.

Woher der Name wohl stammte und warum Adam und Mairee ihn so getauft hatten? Wie mochte sein richtiger Name sein?

Ich sollte vielleicht einfach mal Adam fragen. Schnell warf ich einen Blick auf die Uhr. Es war doch schon später geworden, als ich gedacht hatte, aber immer noch zu früh, als den Rest des Tages hier zu versauern. Etwas kribbelte über meine Hand. Schnell wischte ich es zur Seite. Verdammt, eine von diesen unseligen Midges. Schuldbewusst fiel mein Blick auf mein Fenster, das sperrangelweit offenstand. Direkt zu Beginn unseres Aufenthaltes hatte man uns gewarnt, die Fenster nicht zu lange offenstehen zu lassen, damit diese winzigen Mücken nicht hereinkommen konnten. Fluchend sprang ich auf und schloss das Fenster, dabei warf ich einen Blick in den Hof. Fearghas war dort mit seinem Vater und half ihm bei Ausladen des Pick-ups. Aus der Remise trat noch Oliver dazu, der ebenfalls mit anpackte. Die drei Männer unterhielten sich dabei und lachten immer wieder.

Mein Herz wurde schwer vor Mitleid. Alle drei würden in nächster Zeit einen schweren Verlust hinnehmen müssen. Wie wohl der Abschied ausfallen würde? Ob Fearghas dazu überhaupt Gelegenheit bekam? Wohl kaum. Er konnte ja kaum zu Adam sagen, dass er jetzt zu den Selkies gehen würde.

Ich seufzte. Das waren Fragen, auf die ich wohl nie eine Antwort bekommen würde. Ich war schließlich bald wieder zu Hause und sollte Fearghas am besten vergessen. Entschlossen stand ich auf. So, wie ich meine Eltern kannte, wollten sie bestimmt noch etwas unternehmen. Am besten fand ich heraus, was sie für morgen planten.

Also lief ich die Treppe nach unten. Meine Eltern spielten ein Kartenspiel, und Finn las in einem Buch. Ich schaute zweimal hin. Nein, ein Irrtum war ausgeschlossen. Tatsächlich war er völlig versunken in ein Buch, was für ihn mehr als untypisch war. Dabei schaufelte er haufenweise von den leckeren britischen Chips in sich hinein, die ich auch so sehr liebte. Ich griff in die große Packung und zog mir eine Tüte Chips mit Garnelengeschmack heraus. Dann setzte ich mich zu meinen Eltern. Irgendwie hatte ich immer noch nicht die Idee aufgegeben, doch noch einmal mit Beathild zu sprechen. Ich verdrängte dabei konsequent die Warnungen von Ian aus meinem Kopf. Vielleicht konnte ich ja meine Familie noch einmal zu einem Ausflug dorthin überreden.

»Was machen wir denn morgen noch so?«, fragte ich und kaute auf den Chips herum, bis sie völlig an Geschmack verloren hatten.

»Wir wollen ins Glen Etive. Mairee hat uns einen Platz zum Schwimmen empfohlen. Es soll ja morgen noch einmal richtig schön werden.« Mein Vater legte eine Karte ab, und nahm dafür mit einem gehässigen Lachen eine andere aus der Auslage meiner Mutter weg. Die zog einen Schmollmund und warf mir schnell einen Blick zu.

»Wieso? Hast du eine Idee für morgen?«

»Ich dachte, wir könnten noch einmal mit dem Boot raus und wieder beim Castle ein Picknick machen. Wir könnten vielleicht diesmal dort grillen?«

»Ne, ich will noch schwimmen gehen. Wir waren doch schon auf der Burg, und Klara will da doch nur hin, weil sie dann seufzen kann, ohne dass es auffällt«, maulte Finn und klappte das Buch mit Nachdruck zu.

»Und du brauchst nicht so tun, als ob du da ein Buch lesen würdest, Blödmann. Jeder weiß, dass du gar nicht lesen kannst«, zischte ich ihn wütend an.

Mein Vater sah vom Spiel auf und runzelte die Stirn missgestimmt. »Hört auf zu streiten. Wir fahren morgen ins Glen Etive. Das ist dann noch mal was Neues. An der Burg waren wir ja wirklich schon. Und außerdem werden wir auf der Rücktour doch noch in Alnwick Halt in einer Burg machen.«

Meine Mutter nickte, und ich sah meine Felle schwimmen. Nun gut, also würde ich meinen letzten Tag an einem Badesee verbringen und die letzte Gelegenheit verpassen, etwas zu unternehmen. Ich würde nach Hause zurückkehren und Fearghas nie wiedersehen. Der Gedanke setzte sich wie ein Splitter unter meine Haut. Unauffällig zunächst, aber aufs Äußerste schmerzhaft. Niedergeschlagen nickte ich: »Okay. Ich setze mich noch ein wenig nach draußen.« Ich griff mein Buch und zog wieder die pinkfarbene Jacke meiner Mutter vom Bügel. Damit setzte ich mich auf die Terrasse und sah eine ganze Weile über den Hof. Ich prägte mir jedes noch so winzige Detail ein. Die kleinen roten Blumen, die von Mairee liebevoll zwischen die großen Torbögen der Remise gepflanzt waren, der Garten zum kleinen Cottage, der ein Mix aus tropischen und heimischen Pflanzen bildete. Die ausgetretenen Stufen, die zur Abstellkammer führten und mit bunt bepflanzten Töpfen zugestellt waren. Ich seufzte, mal wieder. Ich musste mich einfach damit abfinden, dass ich hier nichts mehr ausrichten konnte. Lustlos hob ich das Buch an und blätterte zu der Stelle, wo ich zuletzt aufgehört hatte. Es fehlten mir nur noch fünf Seiten. Ich starrte auf die Buchstaben und dachte an die beiden Hauptfiguren, die mich durch diesen Urlaub begleitet hatten. Wo mochten sie ihr Ende finden? Auch in einer so ausweglosen Situation? Wahrscheinlich, denn es gab inzwischen Folgebände, wie ich von meiner Mutter wusste. Doch bei mir würde es keine Fortsetzung geben. Ich würde nach Hause fahren, und dann? Es war Zeit, sich wieder in den Alltag zu Hause einzufinden. Glücklicherweise hatte ich noch mehr als drei Wochen Zeit, bis die Schule wieder anfing. Wenigstens ein Lichtblick. Und ja, natürlich Julia, die ich vermisste.

Ich rieb mir die Nasenspitze und versuchte jetzt endlich mich auf die Worte vor mir zu konzentrieren, als mich schon ein Quietschen wieder aufblicken ließ. Donna öffnete die kleine Gartenpforte und warf mir einen abschätzenden Blick zu. Meine Augen wanderten sofort zu ihren Handgelenken, die frei waren von jeglichem Schmuck. Also doch kein Selkie, oder hatte sie es einfach nur mal abgelegt? Legten Selkies in Menschengestalt die Armbänder überhaupt einmal ab? Vielleicht ging das ja gar nicht so einfach. - Donna ignorierte mich jedenfalls, stapfte an mir vorbei und klopfte an die Haustür von Adam und Mairee. Dumpfes Bellen antwortete, und die Tür schwang auf. Mairees gedrungene Gestalt schob sich in die Tür. Erstaunt bemerkte ich, dass sie sich breitmachte und dabei keinen noch so winzigen Spalt als Durchlass für Donna freigab. Anders als bei unseren Besuchen, bei denen sie stets freundlich uns direkt nach innen geleitet hatte.

»Fearghas ist nicht da«, brummte sie sehr unfreundlich, wie ich fand, und ließ keinen Zweifel daran, dass sie von der Störung nicht erfreut war.

»Das ist seltsam«, antwortete Donna frech und schob die Hände angriffslustig in die Seiten. »Adam hat gesagt, das Fearghas auf seinem Zimmer ist.«

»Dann hat sich mein Mann wohl getäuscht.« Unschlüssig, wie sie darauf reagieren sollte, stand Donna noch eine Weile da. Dann, als es keinen Zweifel mehr gab, dass Mairee immer noch nicht bereit war, sie ins Haus zu lassen, zuckte sie mit den Schultern und wandte sich mit einem bösen Lächeln ab.   Provozierend langsam ging sie zurück. Als sie auf meiner Höhe angekommen war, blieb sie stehen und wandte mir das Gesicht zu. Ihr Lächeln wurde breiter, und sie lenkte ihre Schritte in meine Richtung. An unserer Gartenpforte blieb sie abwartend stehen und sah mich an. »Darf ich?«

»Nein, tut mir leid«, entgegnete ich spontan und schlug mir im selben Augenblick im Kopf gegen die Stirn. Warum sollte ich sie nicht hereinbitten? Vielleicht würde ich doch noch etwas Interessantes von ihr erfahren. »Aber gut. Warum nicht? Komm rein.«

Donnas Lächeln wirkte, als hätte sie sich gerade auf die Zunge gebissen, aber sie wartete nicht, ob ich es mir vielleicht anders überlegen würde, und öffnete schnell die Pforte. Dann ließ sie sich mir gegenüber auf einen der Stühle fallen.

»Also, ihr fahrt bald wieder nach Hause?«, fragte sie und tat interessiert.

»Das weißt du doch, also warum fragst du mich das?«

Donna warf einen langen Blick auf das offene Buch in meinem Schoß, dann sah sie flüchtig zu unserer geschlossenen Tür, bevor sie sich zu mir vorbeugte. Ein Schwall billigen Parfums wehte zu mir herüber und schlug mir kurz auf den Atem. Ich bemühte mich, unbefangen in ihr Gesicht zu blicken. Dabei fiel mir auf, dass Donna nicht so jung war, wie ich zu Anfang gedacht hatte. Unter dem Berg der Schminke, die sie wieder trug, verbarg sich eindeutig das Gesicht eines Mädchens, das dem Teenageralter schon entwachsen war. Der Begriff Mädchen war auch völlig daneben. »Vielleicht wollte ich nur höflich sein?«

»Nein, wolltest du nicht«, antwortete ich und war über meine Offenheit selber überrascht. Das war eigentlich nicht meine Art, aber hier blieb mir jetzt nichts anderes übrig, wenn ich noch etwas erfahren wollte. »Du hast mich vom ersten Augenblick ignoriert. Also?«

Donna lehnte sich wieder zurück und betrachtete eingehend den Gartenzaun, als stände darauf die Antwort auf meine Frage. Dann ging ein Ruck durch ihren Körper. Ihre Augen wurden schmal. Trotz der riesigen Wimpern konnte ich diesmal genau die leicht mandelförmigen Augen erkennen. Ich beschloss, zum Angriff überzugehen. »Du bist ein Selkie!«, stellte ich betont lässig fest, und diesmal war ich es, die sich zurücklehnte und lächelte.

Donna wurde kreidebleich. Abrupt stand sie auf, sodass der Stuhl mit Schwung umkippte. Ein leises Fauchen entwich ihrem Mund, das heftig an meiner Entschlossenheit rüttelte und mich eher an einen Vampirfilm denken ließ. Doch sie fing sich schnell wieder und bückte sich, um den Stuhl wieder aufzustellen. Als sie sich wieder aufrichtete, war ihre Miene mit einem Lächeln besetzt. Nichts deutete mehr auf ihre überzogene Reaktion hin. Stattdessen wies sie auf mein Buch, das ich jetzt zugeklappt hatte. »Ich glaube, du liest zu viele Märchenbücher. Ich wollte mich einfach nur davon überzeugen, dass du wirklich bald weg bist. Fearghas hat mir erzählt, dass du an ihm klebst wie eine Klette.«

»Du bist ein Selkie«, wiederholte ich. »Du und deine Eltern, ihr seid als Aufpasser hier, damit er euch nicht mehr durchs Netz schlüpfen kann.«

»Pass auf, Kleine«, zischte sie und stemmte beide Hände auf dem Tisch ab. Sie war mir jetzt so nah, dass ihr Atem durch mein Gesicht wehte. Ein mulmiges Gefühl beschlich mich. Mit Donna war bestimmt nicht zu spaßen. Sie erinnerte mich an die bösartige Selkiefrau, die mich entführt hatte. »Misch dich nicht in Dinge ein, die dich nichts angehen. Lass die Finger von dem Jungen und fahr einfach nur schön nach Hause, und vergiss, was du hier erlebt hast. Es gibt auch in Düsseldorf genug Gewässer, soviel ich weiß.«

Sie wusste, wo ich herkam? Ich schluckte, wollte aber nicht klein beigeben, egal, was ich gerade für Angst bekam. »Du streitest es nicht ab!«

»Komm uns nicht in die Quere. Du hast keine Ahnung, auf was du dich einlässt.« Damit richtete sie sich wieder zur vollen Größe auf und ging.

Nachdem sie durch die Gartenpforte wieder ins Cottage verschwunden war, holte ich tief Luft. Was sollte ich bloß von dieser Vorstellung halten? Doch bevor ich mir darüber klar werden konnte, öffnete sich hinter mir die Tür, und Finn kam heraus. Mein Bruder setzte sich mit einem Glas Cola zu mir und einer Tüte Chips mit Bacon-Geschmack. Während er lautkrachend die einzelnen Chips zerkaute, musterte er mich eingehend.

»Was?«, fragte ich und spürte schon wieder eine leichte Angriffswelle in mir aufsteigen, die mich meist dabei überkam, wenn ich meinem kleinen Bruder beim Essen zusah.

»Was war das denn gerade für eine Kampfansage? Sie will wohl Fearghas für sich alleine haben? Ich glaube, du solltest ihr das Feld überlassen, sonst haut sie dich noch.«

»Hast du Mamas Highlander-Liebesschnulze gelesen? Oder warum redest du so einen Quatsch?«»Ich meine ja nur«, sagte er tiefsinnig und hielt für einen Augenblick mit dem Kauen inne. Dann zuckte er die Schultern. »Ich will ja nur nicht, dass du nachher Liebeskummer hast oder so.«

»Blabla«, entgegnete ich. Dafür war es wahrscheinlich schon längst zu spät. Ich seufzte und erntete ein Kichern von Finn, der sich dabei verschluckte und einen Hustenanfall bekam. Chipsbröckchen flogen durch die Luft und landeten auf meiner Hand und meinem Buch. Angeekelt wischte ich meine Hände an der Jeans meines Bruders sauber und das Buch auch. Hochrot im Gesicht schnappte er nach Luft und stürzte das Glas Cola mit einem Schwung herunter, dabei stieß er mein Glas um, sodass das Mineralwasser über meinen Arm lief. Langsam wurde ich wirklich sauer. »Du bist so ein Vollidiot!«, schimpfte ich und sprang auf, weil das Freundschaftsarmband, das mir Julia vor einem Jahr geschenkt hatte, vor Nässe triefte. Ich musste es dringend trocknen, bevor das Leder, das sie dafür verwandt hatte, spröde und brüchig werden konnte. Doch noch, während ich es von meinem Handgelenk löste, kam mir ein Gedanke. Julia hatte doch die Idee gehabt, dass sich die Selkies in ihre Seehundgestalt verwandelten, wenn sie nass wurden. Ich sah zu meinem Bruder. Es war wirklich an der Zeit seine Schusseligkeit einmal für meine Zwecke auszunutzen. Ich musste mir nur noch einen

Plan zurechtlegen, wie Finn am besten Mrs. Ledger nassmachen konnte. Ein Blick auf sein immer noch rotes Gesicht überzeugte mich, dass er bestimmt nur allzu gerne jemanden einen Streich spielen würde. Für so etwas war er doch immer zu haben, jedenfalls, wenn es um mich ging. Also wo war das Problem, wenn er mal jemand anderes ärgern sollte?

Vergnügt schlug ich mir im Geiste selbst auf die Schultern, weil ich mich für wirklich gerissen hielt. »Sag mal, Bruderherz«, säuselte ich und lächelte ihn scheinheilig an, »hast du eigentlich deine Wasserpistolen eingepackt?«

Wie sich herausstellte, hatte Finn natürlich seine beiden Wasserpistolen mit in den Urlaub genommen, aber meine Eltern machten uns für die geplante Wasserschlacht auf dem Hof einen Strich durch die Rechnung.

»Aber sonst geht es beiden euch gut, ja?«, fragte meine Mutter verständnislos, die ja eigentlich auch immer für so etwas zu haben war, und stemmte die Hände in die Seiten. Finn und ich ließen wie gestellte Schwerverbrecher unsere Wasserpistolen sinken, die wir gerade frisch gefüllt hatten. Schussbereit hatten wir unsere Stellungen auf dem Hof bezogen, wobei ich einen Platz gewählt hatte, von dem aus ich das Gartentörchen der Ledgers gut unter Beschuss nehmen konnte. Doch leider waren genau in diesem Moment unsere Eltern erschienen.

»Das kommt überhaupt nicht in Frage«, brummte jetzt auch mein Vater und zog seine dichten Augenbrauen zusammen, was ihm etwas Drohendes verlieh und damit jeden Widerspruch im Ansatz erstickte. »Ihr könnt runter ans Loch gehen, aber hier geht das nicht. Die Hunde rennen herum, Adam arbeitet hier und will bestimmt dabei nicht von euch gestört werden. Und stellt euch nur vor, ihr würdet aus Versehen die Ledgers nass machen.« Entschieden schüttelte er den Kopf.

Ja, genau, dachte ich verzweifelt. Das war ja eigentlich auch der Plan gewesen. In dem Moment kam natürlich Donna mit ihrer Mutter aus dem Garten-Cottage und warf uns einen mitleidigen Blick zu. Im Stillen fluchte ich vor mich hin, da ich nie gewagt hätte, das jetzt in Gegenwart meiner Eltern laut zu tun. Schließlich bezog es sich ja auch nur auf meinen missglückten Plan.

»Bitte, Mama! Papa?«, flehte Finn und machte große runde Hundeaugen. »Zum Loch runter lohnt sich doch jetzt nicht mehr«, maulte ich dann doch noch leise. Irgendwie hatte ich die Hoffnung, dass sich meine Eltern doch noch erweichen lassen würden. »Genau! Gut, dass du es selbst einsiehst, Klara. Also manchmal versteh ich dich einfach nicht. Da tust du immer so, als wäre alles, was dein Bruder macht, peinlicher Babykram und dann kommt so eine Aktion hier.« Okay, ich hatte verloren. Meine Mutter spulte das übliche Programm ab. Das bedeutete, dass sie heute aus irgendeinem Grund nicht ihre überschäumende Urlaubslaune hatte und beschlossen hatte, auf dieser Sache herumzukauen. Wahrscheinlich nervte sie die bevorstehende Abreise genauso wie mich. Beschwichtigend hob ich die Hände:

»Ist ja gut. Tut mir leid.«

Sie warf mir einen strengen Blick zu, dann nickte sie gnädig.

»Gut, ihr solltet jetzt sowieso zum Abendessen herein kommen. Morgen wollen wir ja auch nicht allzu spät los. Bis zu diesem Wasserloch ist es ein gutes Stück zu fahren«, sagte sie und ging.

Mit einem tiefen Atemzug und einem extra zurückgehaltenen Seufzen ließ ich meinen Bruder an mir vorbei und folgte ihm gemeinsam mit meinem Vater ins Haus.

Kapitel 12

Nur noch drei Tage!

Bedrückt lag ich in meinem Bett, betrachtete die Vorhänge, die mit ihrem bunten Blumenmuster dem Zimmer einen typischen englischen Touch verliehen, und versuchte gedanklich die Zeit auszubremsen. Sie zerrann mir förmlich durch die Finger, und ich konnte nichts dagegen machen. Es war im Grunde gleich, ob ich hier den ganzen Tag liegenbleiben würde oder ob ich mit auf den Ausflug ging. Ehe ich mich versah, würde der Tag zu Ende sein, und die Abreise klopfte bereits ungeduldig gegen die Tür. Ich seufzte laut auf. Warum auch nicht? Ich war alleine. Niemand konnte sich darüber lustig machen.

Schwerfällig richtete ich mich auf, setzte meine nackten Füße auf den kalten Dielenboden und wankte langsam zu dem mit Intarsien versehenen Schrank hinüber. Während ich meine Kleider rausfischte und mich anzog, murmelte ich mein neues Mantra vor mich hin:

»Ich will hier nicht fort! - Ich will hier nicht fort!«

Dabei hatte sich das vor unserer Reise hierher noch völlig anders angehört. Da hatte ich immer gemurmelt: »Ich will nicht nach Schottland! - Ich will nicht nach Schottland!« Und jetzt? Jetzt zersprang mein Herz bei dem Gedanken daran, nicht mehr hier zu sein; nicht mehr die satten grünen Berghänge und die langgestreckten Wasserflächen sehen zu können.

Und Fearghas! Ich schluckte und ignorierte das rotierende Gefühl in meinem Magen. Das waren eindeutig keine Schmetterlinge mehr. Da wurde gerade der Schleudergang einer Waschmaschine angeschmissen.

Es war ein seltsames Gefühl. Schön und verwirrend und es machte mir Angst. Was wenn Julia am Ende Recht behielt? Wie hatte ich mich so schnell so sehr in Fearghas verlieben können? Da musste doch irgendeine Zauberei im Spiel sein.

»Klara! Wo bleibst du? Wir wollen los!«

Der Ruf meiner Mutter weckte mich und machte mir unmissverständlich klar, dass ich hier nur für die Ferien gewesen war und es Zeit war, aus meinen Träumereien aufzuwachen. Wenn ich erst zu Hause war, würde ich auch sicherlich irgendwann die Geschichte mit Fearghas und diesem Selkie-Clan vergessen haben.

»Klara!«

Unentschlossen wie immer wühlte ich in meinen Sachen. Am Ende blieben mir nur meine Lieblingsjeans und irgendein T-Shirt, in das ich hastig hineinschlüpfte. Zwei, drei Bürstenstriche über meine Haare, die ich noch im Hinausgehen zu einem Zopf zusammenband, mussten reichen, bevor ich nach unten eilte, um mich meiner Familie anzuschließen.

*

Nach einem schnellen Frühstück saßen wir auch schon wieder im Auto. Im Vorbeifahren sah ich Fearghas, der nur flüchtig aufblickte. Nichts deutete darauf hin, was in ihm vorging. Dabei musste es doch so viel sein. Ich holte tief Luft und hätte beinahe geseufzt. Aber wirklich nur beinahe, denn ein Seitenblick auf das erwartungsvoll grinsende Gesicht meines Bruders hielt mich zurück. Stattdessen steckte ich meine Kopfhörer an mein Handy und verkrümelte mich in meine Musik. Doch leider nahm ich sie nicht wirklich wahr. Mein Blick saugte sich an der Landschaft fest, die wir passierten. Am schlimmsten war die Fahrt durch das Clencoe. Die atemberaubenden Berghänge drückten mit all ihrer wilden Schönheit und dem Wissen der Geschichten, die hier verborgen waren, erbarmungslos auf mein Gemüt. Es war so unbeschreiblich schön, dass es beinahe wehtat. Nach einer Weile verließen wir das Tal und bogen in ein anderes ab, Glen Etive. Hier führte nur eine Single-Track-Road hinein, die sich verloren zwischen das satte Grün schlängelte. Mein Vater hielt sich stur an die Angaben Mairees und parkte den Wagen nach einer Weile in einer breiten Kurve an der Seite. Man konnte hier deutlich an dem ausgefahrenen Boden erkennen, dass wir nicht die Ersten waren, die hier parkten. »Sollen wir nicht noch zuerst bis zum Ende der Straße fahren? Das sieht so schön aus. Ich möchte gerne wissen, was noch kommt«, schlug mein Vater vor und sah uns erwartungsvoll durch den Rückspiegel an.

»Och nee!«, jammerte Finn und verzog das Gesicht. »Ich will nicht noch Stunden hier rumfahren.«

»Ich würde auch lieber hier jetzt anhalten«, meinte ich vorsichtig. »Aber ihr könnt Finn und mich doch hier einfach schon mal rauslassen, und ihr fahrt noch weiter.«

»Das wäre wirklich eine gute Idee. Oder was meinst du, Markus?« Meine Mutter nickte beifällig. »Ich würde gerne noch mit dir weiterfahren. Irgendwie habe ich sowieso nicht so das Verlangen hier in das eiskalte Wasser zu gehen.«

Mein Vater strahlte zufrieden, und kurz darauf standen Finn und ich auch schon mit unseren Badesachen und dem Verpflegungsrucksack auf der Wiese.

Wir winkten kurz unseren Eltern hinterher, dann grinsten wir uns an und rannten beinahe gleichzeitig los, um ans Wasser zu gelangen. Es war wirklich gut gewesen, dass meine Eltern auf Glen Etive als Ziel für unseren letzten Tag bestanden hatten. Ich hätte im Zweifel sowieso nichts mehr bei Beathild erfahren oder überhaupt noch etwas ändern können. Vielleicht war es auch einfach nicht an der Zeit. Schließlich war es Beathild gewesen, die mir gesagt hatte, dass sich ein Weg öffnen würde, dem ich dann folgen sollte. Wenn ich dann beschloss, ihm zu folgen ...

Wenige Augenblicke später stürzte Finn, der schnell wie ein Wiesel vor mir hersprang, auch schon ins Wasser und schwamm unbeeindruckt von dessen Kälte in die Mitte des kleinen Pools. Dort wandte er sich mit einem triumphierenden Schrei zu mir um: »Wo bleibst du denn mal wieder? Schaffst du es ins Wasser zu kommen, bevor Mama und Papa wieder zurück sind?«

Ich schluckte meine bissige Antwort herunter, denn mich ließ die Kälte nicht gerade unbeeindruckt. Sie schnitt mir förmlich die Kehle ab, und meine Zunge war völlig gelähmt, während der Rest meines Körpers bewies, wie schnell er bis in den kleinsten Zeh zittern konnte. Mit zusammengebissenen Zähnen watete ich über die glatten Steine, damit ich nicht ausglitschte, und stand dann eine Weile da, mit dem Wasser bis zur Brust, bevor ich einmal tief Luft holte und mich todesmutig abstieß, um zu meinem Bruder zu schwimmen. Mit jedem Schwimmzug wurde es besser, und ich gewöhnte mich schnell an die Temperaturen. Finn wartete, bis ich ihn erreicht hatte, und schwamm dann zu einer flachen Plattform am gegenüberliegenden Ufer. Dort zogen wir uns beide hinaus und kletterten über den Felsen bis zu einem etwa zwei Meter über der Wasseroberfläche liegendem Plateau. Finn wischte sich die strähnigen Haare aus den wild funkelnden Augen und deutete nach unten.

»Auf drei?«, fragte er und grinste mich verwegen an.

Ich nickte und genoss einfach nur den Augenblick. Es war selten geworden, dass Finn und ich uns so verstanden, wie wir es gerade taten. Am liebsten hätte ich die Zeit eingefroren und versuchte daher, mir alles ganz genau einzuprägen: die saftigen grünen Berghänge, die sich um uns herum aufwölbten, als bildeten sie einen schützenden Wall, das Gesicht Finns, das endlich mal ohne eine der albernen Grimassen auskam, die er so gern zog und so viel netter aussah und das glasklare Wasser unter uns. Ich seufzte auf und griff nach Finns Hand, der sich mir nicht entzog. Gemeinsam zählten wir schreiend bis drei und sprangen. Das Wasser schlug über uns zusammen, während wir dem Boden entgegensanken. Wir hielten uns immer noch an den Händen, als wir keuchend und lachend wieder auftauchten, und schwammen direkt wieder zur Plattform. Ich weiß nicht, wie oft wir sprangen, bis Finn auf der Plattform stand, die Augen mit der einen Hand beschattete und mich herausfordernd ansah. »Was hältst du jetzt von dem Sprung?«, fragte er und nickte auf die andere Seite hinüber.

Mein Übermut versank, als hätte Finn ihn an einen Stein gebunden und ins Wasser geworfen. Der Felsen, auf den er zeigte, war über drei Meter hoch, und das Wasser darunter war dunkel und tief. Finn war schon mit meinem Vater von ähnlichen Felsen zu Hause runter gesprungen. Er wusste, worauf er sich einließ, aber ich? Ich schluckte und schüttelte unwillkürlich den Kopf. Allein der Gedanken, in dem schwarzen Wasser zu schwimmen, ließ mich erschauern. Dann aber auch noch dorthinein zu springen, ging klar über meinen Mut. »Nein, das ist nichts für mich. Tut mir leid. Aber ich werde dir gerne dabei zusehen. Nachdem wir geprüft haben, ob da auch keine versteckten Felsen sind.«

Finn zog enttäuscht eine Schmolllippe. »Och, bitte, Klara. Komm wenigstens mit rauf und sieh es dir von oben an. Es ist wirklich nicht schlimm.«

Er tat mir leid, wie er so da stand und mich aus großen braunen Hundeaugen ansah, die er von meinem Vater geerbt hatte, und damit bei meiner Mutter fast alles durchbekam. Auch mich machte der Blick weich, und ich zuckte mit den Schultern.

»Okay, aber ich werde wahrscheinlich nicht springen. Also sei dann nicht sauer.«

»Ne, bin ich nicht. Versprochen«, strahlte mich Finn an. Geduldig wartete er, bis ich mit ihm gemeinsam wieder auf die andere Seite schwamm, von der wir gestartet waren. Dann kletterten wir die Felsen hinauf, bis zu der Stelle, die für diesen Sprung am besten geeignet war. Von hier aus hatte man eine tolle Sicht, über die Schlucht, die die Felsen hier bildeten und durch die Wasser gemächlich bis in den Pool unter uns floss. Ganz am anderen Ende entfernt, konnten wir ein paar

Schwimmer ausmachen, die ebenfalls immer wieder über die Felsen kletterten, um anschließend wieder in die Schlucht zu springen. Ich kniff die Augen zusammen. Es schien sich um zwei jugendliche Pärchen zu handeln.

»Was guckst du denn so?«, fragte mich Finn, während er den Blick fest auf den Boden gerichtet hielt und sich möglichst nahe an den Rand herantastete.

»Och, ich habe nur ein paar andere Leute gesehen«, antwortete ich und sah dann hinab ins Wasser. Instinktiv machte ich wieder einen Schritt zurück. Bei der Höhe wurde mir sofort schwindelig, da führte mich kein Weg runter. Niemals.

»Die sind schon da, seit wir hier sind«, maulte Finn. »Wir sind leider nicht die Einzigen hier.«

»Ja, völlig überlaufen hier«, grinste ich. »Beinahe wie zu Hause im Freibad an einem heißen Tag.«

Finn grinste zurück und spannte sich dann an. »Kommst du?«, fragte er über die Schulter an mich gewandt.

»Nein, sorry. No way.« Vorsichtig warf ich einen Blick runter. So ähnlich musste ein schwarzes Loch im Weltall wirken. Es war einfach nur dunkel. Wieder lief mir ein Schauer über den Rücken. Aber immerhin brauchten wir keine Angst haben, dass es für einen derartigen Sprung dort nicht tief genug war. Wahrscheinlich kam man auf der anderen Seite der Welt raus, wenn man sich nur lange genug sinken ließ. »Hab ich mir fast gedacht. Du bist eben doch nur ein Mädchen!« Frech streckte Finn die Zunge raus, stieß sich ab und verschwand aus meinem Sichtfeld. Jetzt machte ich doch wieder einen halben Schritt nach vorn und atmete erleichtert auf, als sein Kopf die Wasseroberfläche durchstieß. Lachend streckte er den Arm aus und winkte mir zu. Doch plötzlich gab es einen Ruck, und Finn wurde nach unten gerissen.

»Finn!«, schrie ich und starrte entsetzt auf die Stelle, wo er eben noch gewesen war. Doch nur undurchdringliche Schwärze und Luftblasen, die an die Oberfläche sprudelten, waren zu sehen. »Finn?«, schrie ich nun panisch. »Finn! Mach keinen Quatsch. Das ist nicht lustig!«

Nichts!

Mein Herz trommelte wie verrückt. Hektisch sah ich mich um, suchte nach den Jugendlichen, die ich aber nicht mehr entdecken konnte. Was sollte ich bloß machen?

Verdammt! Tränen schossen mir in die Augen und verschleierten meinen Blick, während ich wieder nach unten starrte. Der Luftblasenstrudel wurde größer, und Finn tauchte wild um sich schlagend und prustend wieder auf. Seine Augen waren weit aufgerissen, genau wie sein Mund, mit dem er japsend nach Luft schnappte. Kein Ton kam über seine Lippen. Das war hier kein Scherz. Ich musste zu ihm runter und ihm helfen. In dem Moment sah ich den dunklen Schatten, der sich von der Schwärze unter mir nur abhob, weil er sich bewegte. Ich erstarrte, denn die Form war mir nur zu gut bekannt. Doch ich hätte nicht mal rätseln müssen, denn der Seehund gab sich keine Mühe, sich zu verstecken. Er tauchte kurz auf und warf mir einen berechnenden Blick zu, bevor er weiter auf Finn zusteuerte. Okay, ich hatte Angst zu springen, aber noch mehr Angst hatte ich um meinen Bruder. Mit einem wilden Schrei sprang ich und traf mit meinen Füßen mit der ganzen Wucht meines Sprunges in den Rücken des Seehundes. Der Körper sackte unter mir weg, gab mir aber dennoch ein wenig Widerstand, sodass ich mich in Richtung Finns abstoßen konnte. »Kla ... ra«, keuchte er und kämpfte mit vor Angst verzerrtem Gesicht darum, über Wasser zu bleiben. Ich antwortete nicht, dafür fehlte mir schlicht der Atem. Stattdessen packte ich ihn und hielt ihn fest, während ich krampfhaft versuchte, mich daran zu erinnern, was ich mal beim Schwimmkurs zum Thema Abschleppen eines Ertrinkenden gelernt hatte. Ich konzentrierte mich ganz auf meine Bewegungen und auf Finn und dachte nicht an den Seehund, den ich sicherlich nicht ganz außer Gefecht gesetzt hatte. Nur wenige Meter vom rettenden Ufer entfernt, bekam ich einen heftigen Schlag in den Rücken. Finn entglitt meinen Händen, als ich mich unter dem plötzlichen Schmerz zusammenkrümmte und selber dabei mit dem Kopf untertauchte. Ich konnte gerade noch sehen, wie ein Seehund sich umwandte, Schwung holte und erneut auf uns zuschoss. Seine Bewegungen waren dabei so schnell und so geschmeidig, dass ich keine Chance hatte, dem Angriff auszuweichen. Die Schnauze traf mich diesmal in den Bauch und schob mich ein Stück zurück durch das Wasser. Ich öffnete den Mund, um zu schreien, doch das Wasser, das augenblicklich hineinströmte, erstickte jeden Laut. Ich schluckte und würgte und schlug nun genauso wild um mich, wie Finn noch vor wenigen Augenblicken. Finn! Ich hatte ihn aus den Augen verloren. Panik schwamm durch mich hindurch. Nichts war mehr wichtig. Finn! Ich musste zu Finn! Wieder bekam ich einen Schlag ab, diesmal in die Seite. Ich gurgelte vor Schmerz und verlor völlig die Orientierung. Der nächste Schlag in den Rücken zauberte schwarze Punkte vor meine Augen. Doch ich wollte nicht aufgeben. Ich strampelte mit den Beinen und ruderte mit den Armen. Ich musste nach Finn sehen! Irgendwie gelang es mir, tatsächlich wieder aufzutauchen. Panisch schnappte ich nach Luft. Am liebsten hätte ich mich jetzt einfach nur irgendwo hingelegt und Luft in meine Lungen gesogen, doch der Gedanke an Finn machte mich wahnsinnig und verlieh mir gleichzeitig Kräfte. Ganz in meiner Nähe war ein Felsen. Mit wenigen Schwimmzügen war ich bei ihm und hielt mich daran fest. Nachdem ich einigermaßen wieder zu Atem gekommen war, zog ich mich daran hoch und sah mich um. In der Mitte des Pools wirbelte Wasser wild umher, wie ich es aus billigen Filmen kannte, wenn Piranhas ein Opfer in Einzelteile zerrissen. Kein Zweifel, dass dort ein Kampf herrschte, der den in diesen Filmen an Bedrohlichkeit nicht nachstand. Ich zog mich weiter aus dem Wasser und entdeckte am Ufer Finn, der lang ausgestreckt und reglos da lag. Erleichtert schluchzte ich auf und rappelte mich mit müden Bewegungen wieder auf. Schwankend und völlig außer Atem lief ich zu ihm hinüber. Gott sei Dank! Er lebte und er war bei Bewusstsein! Auch wenn er völlig fertig nach Luft japste und mich aus großen Augen wortlos anstarrte, als ich mich zu ihm kniete. »Es ist alles in Ordnung. Bist du verletzt?«, fragte ich ihn und streichelte über seine Haare.

Finn schloss die Augen, als suchte er erst nach der Antwort, dann sah er mich an und schüttelte unmerklich den Kopf. Sein Nein kam als lautloser Hauch über seine Lippen, aber das war mir egal. Hauptsache, er war okay. Doch mit der Erleichterung kam auch die Erkenntnis, dass immer noch der Kampf im Wasser tobte. Finn rappelte sich neben mir hoch. Gemeinsam beobachteten wir den Kampf, ohne eine Ahnung zu haben, was sich dort genau abspielte und was überhaupt passiert war. Mir war nur klar, dass wir besser machten, dass wir fortkamen. Also stand ich auf und zog meinen Bruder hoch.

»Wir müssen hier weg.«

»Wohin? Mama und Papa wollen uns doch hier wieder abholen.«

»Wir gehen ihnen entgegen. Sie werden sich schon nichts dabei denken. Wir sagen einfach, dass wir uns gestritten haben.«

Finn nickte und ließ sich von mir widerstandslos über die Wiese zu dem Weg führen. »Mich hat ein Seehund ans Ufer geworfen, Klara«, sagte Finn da unvermittelt und blieb stehen. »Er hat mich gerettet und jetzt kämpft er mit dem anderen.«

»Du hast einen Seehund gesehen?« Meine Frage war dumm, aber ich war einfach zu verblüfft, dass er ihn in diesem Chaos überhaupt gesehen hatte.

»Nein, ich habe mehrere gesehen.« Finn sah mich ernst an. »Der Erste hat mich unter Wasser gezogen. Und dann bist du auf einen draufgesprungen. Das war übrigens total cool. Bam! Ist der abgesoffen. Haha!« Finn erholte sich offensichtlich schneller als ich von dem Schock und sah mich mit stolzem Blick an, bevor er fortfuhr: »Aber da war dann auch schon noch einer, der hat dich angegriffen. Und als ich gedacht habe, dass du gleich ertrinkst, tauchte dieser fette Seehund auf, den wir schon beim Castle gesehen haben. Der hat mich gepackt und ans Ufer geschleudert und sich anschließend in den Kampf gestürzt, um dem anderen zu helfen, der dich verteidigt hat. Wahnsinn!«

Ein wenig zweifelnd sah ich von meinem Bruder zum Wasser. Es brodelte und tobte immer noch. Ab und zu konnte man kurz einen dunklen

Körper erkennen. Wer mochte dort kämpfen? Und warum überhaupt? Warum war Finn angegriffen worden, der doch bisher gar nichts mit der Sache zu tun gehabt hatte. Meine Knie waren genauso weich, wie mein Gehirn. Ich musste mich setzen und so ließ ich mich an Ort und Stelle auf den Boden sinken.»Klara, nicht hier. Du weißt doch, dass hier alles voll von diesen Monsterzecken ist.« Finn schüttelte mich leicht an der Schulter und deutete auf die Felsen.»Lass uns da rübergehen. Von dort kann man die Straße gut sehen.«

Widerspruchslos folgte ich ihm, und wir setzten uns auf den warmen Stein. Unter uns lag der Pool mit den kämpfenden Seehunden, doch er war unseren Blicken verborgen. Zum einen fand ich das ganz beruhigend, andererseits hatten wir nicht im Blick, ob wir vielleicht auch an Land in Gefahr geraten konnten.

»Wie kommen denn Seehunde überhaupt hierher?«, fragte Finn und rieb sich über die nackten Arme. Wir hatten unsere Sachen achtlos am Ufer liegen gelassen und heute war der Tag nicht ganz so warm. Auch wenn wir gerade um unser Leben gekämpft hatten, froren wir jetzt. Eine dicke Gänsehaut umhüllte die leicht speckigen Arme meines Bruders.»Ach, soviel ich weiß, fließt der Fluss am Ende des Tales ins Meer«, antwortete ich, ohne genau darüber nachzudenken. Aber ich meinte, mich tatsächlich an so etwas erinnern zu können. Auch wenn das als Erklärung immer noch mehr als fragwürdig war.

»Trotzdem seltsam.« Finn stand unschlüssig neben mir und ging dann langsam wieder in Richtung des Wassers.»Ich geh mal gucken, ob die immer noch kämpfen.«

»Finn! Warte!« Doch da war wieder das alte Ich meines kleinen Bruders. Er ignorierte mich und ging einfach weiter. Mir blieb also nichts anderes übrig, als ihm zu folgen. Bei der Gelegenheit konnten wir auch gleich unsere Sachen holen.

Als wir wieder freie Sicht auf das Wasser hatten, lag es ruhig und unbewegt da. Vom Kampf und den Kämpfenden fehlte jede Spur. Unbehaglich sah ich mich um, wobei mein Blick wie von alleine auf die dunkle Stelle wanderte. Wenn dort etwas lauerte, würden wir es von hier aus gar nicht sehen können.

»Das ist jetzt irgendwie unheimlich«, flüsterte Finn, dem es anscheinend nicht anders ging. »Warte!« Ich sprang schnell an das Ufer, wobei ich das Wasser genau im Blick behielt, sammelte unsere Sachen zusammen und rannte zurück. Zusammen liefen wir, so schnell wir konnten bis zur Straße. Erst dort zogen wir uns an. Kaum waren wir damit fertig, sahen wir wie auf ein geheimes Zeichen unser Auto, das sich langsam durch die Windungen des Tales auf uns zu arbeitete.

»Kein Wort zu Mama und Papa«, sagte ich und warf einen prüfenden Blick auf Finn. »Kein Wort!«

Wortlos warteten wir, und wortlos stiegen wir kurz darauf ein und ertrugen ebenfalls wortlos den Redeschwall unserer Mutter, die irgendwann mit der Vermutung verstummte, dass wir uns mal wieder gestritten haben mussten. Doch meine Mutter sah nicht, wie die Hand von Finn langsam auf meine Seite herüberwanderte, nach meiner griff und mich während der ganzen Fahrt nicht mehr losließ.

*

Eine Stunde später hielten wir auf der Farm. Finn war auf der Fahrt eingeschlafen und hatte sich dabei wie früher, als wir noch kleiner waren, an mich gekuschelt. Völlig verwirrt sah er auf, als mein Vater den Motor abstellte.

»Wir sind wieder zu Hause«, verkündete meine Mutter mit einem Lächeln. Sie hatte nicht die geringste Ahnung, was uns gerade passiert war. Finn brummelte matt vor sich hin und löste sich von mir. Augenblicklich war mir wieder kalt. Während der Fahrt hatte mich seine Nähe gewärmt und auch getröstet. Jetzt kam mit aller Macht der Schock des

Erlebten und setzte ein Zittern meiner Glieder in Gang, das ich kaum vor den Blicken meiner Eltern verbergen konnte. Wer weiß, wie die Sache ausgegangen wäre, wenn uns diese anderen Seehunde nicht zur Hilfe gekommen wären. Es war völlig verrückt. »Du solltest heiß duschen gehen, Klara. Du holst dir sonst noch den Tod«, brummte mein Vater und stieg aus dem Wagen.

»Ihr seid wieder viel zu lange im Wasser geblieben. Wirklich, Klara! Ich hätte dich für klüger gehalten. Ich habe euch gleich gesagt, dass ihr euch zwischendurch mal in der Sonne aufwärmen sollt.«

»Sonne?«, fragte ich und sah dabei anzüglich zum Himmel.

Meine Eltern runzelten beinahe zeitgleich missbilligend die Stirn, als hätten sie das eingeübt. Beschwichtigend hob ich die Hände.

»Ja, ja. Ist ja schon gut. Ich verschwinde sofort ins Bad.«

Ehrlich gesagt war ich nicht unglücklich darüber, ihren misstrauischen Blicken entkommen zu können. Also lief ich ohne ein weiteres Wort zum Haus, öffnete die Tür und lief nach oben ins Bad. Eilig streifte ich meinen Sachen ab, stellte mich unter die Dusche und drehte das Wasser so heiß auf, wie es nur ging. Die heißen Tropfen trommelten auf meine Haut, bis sie wie Feuer brannte. Trotzdem schlotterte ich immer noch. In meinem Kopf kreiste dabei das Bild von Finn, wie er plötzlich unter Wasser tauchte und dann japsend und mit diesen schrecklich aufgerissenen Augen wieder auftauchte. Als das Wasser aus dem Duschkopf kalt wurde, schloss ich den Hahn, rubbelte mich ab und schlüpfte in mein Bett. Die Decke zog ich dabei über den Kopf, als könnte ich damit die ganze Welt ausschließen. Irgendwann musste ich dabei eingeschlafen sein. Denn als ich mit pochendem Kopf aufwachte und die Decke zurückschlug, herrschte absolute Dunkelheit um mich herum. Ungläubig starrte ich in die Finsternis um mich herum. Im Haus herrschte vollkommene Stille. Es musste also mitten in der Nacht sein. Meine Eltern und mein Bruder schienen jedenfalls tief und fest zu schlafen. Vorsichtig setzte ich mich auf und rieb mir über die schmerzende Stirn. Ein Aspirin wäre jetzt wirklich nicht schlecht gewesen. Ich knipste das

Licht an meinem Nachttisch an und musste unwillkürlich lächeln. Meine Mutter hatte mir ein Tablett mit einer kleinen Abendmahlzeit hingestellt. Erst jetzt bemerkte ich, wie sehr mein Magen knurrte. Gierig griff ich das Schälchen mit dem Joghurt und löffelte in mich hinein. Nachdem ich das Glas mit der Milch runtergestürzt hatte, fühlte ich mich ein wenig besser. Ich lehnte mich mit dem Kopf an die Wand in meinem Rücken und ließ den Tag noch einmal durch den Kopf gehen. Wieso hatten uns diese Selkies angegriffen und woher waren sie so plötzlich gekommen? Ob es vielleicht die Jugendlichen gewesen waren, die wir dort gesehen hatten? Oder vielleicht sogar Donna mit ihren Eltern? Und wer war uns zur Hilfe gekommen? Finn hatte zwei andere Selkies gesehen, die ihn an Land geworfen und mit unseren Angreifern gekämpft hatten. Mich überlief ein Schauer. Ich verdrängte die Frage nach dem, was wohl geschehen wäre, wenn unsere Retter nicht aufgetaucht wären.

Ich schob mich an den Bettrand und stand leise stöhnend auf. Meine Seite schmerzte von dem Stoß. Behutsam hob ich mein Shirt an und stöhnte erneut auf. Ein fetter blauer Fleck breitete sich zwischen meinen Rippen aus. Das hätte wirklich böse ausgehen können. Kein Wunder, dass mir alles wehtat. Leise öffnete ich meine Tür und schlich die Treppe nach unten. Im Kühlschrank fand ich die Schmerzcreme meiner Mutter. Die wurde in jedem Urlaub mitgeschleppt, da sie permanent Probleme mit dem Rücken hatte. Mit zusammengebissenen Zähnen cremte ich die Stelle ein. Dann löste ich eine Aspirin Tablette in einem Glas Wasser auf. Das stürzte ich noch eilig herunter, bevor ich wieder nach oben schlich und in mein Bett glitt. Vor uns lagen noch zwei ganze Tage, und ich fragte mich, was uns noch erwarten würde. Vielleicht war es wirklich besser, sich nicht mehr in die Sache einzumischen. Aber irgendwie hatte ich das Gefühl, dass es dafür bereits zu spät war. Mit dem festen Vorsatz morgen Adam ein wenig auf den Zahn zu fühlen, kuschelte ich mich wieder unter meine Decke.

Kapitel 13

Stunden später schlug ich stöhnend die Augen auf. Die Creme meiner Mutter hatte nicht wirklich geholfen. Die Seite schmerzte bei jeder Bewegung, und meine Glieder waren steif. Da bekam ich wohl gerade einen Geschmack davon, wie sich meine Oma fühlen musste, wenn sie langsam und vorsichtig mit ihrem Rollator über die Straße wackelte. Das Bild, das ich gerade abgab, musste ähnlich aussehen. Ich würde wirklich aufpassen müssen, dass meine Eltern nichts bemerkten. Ich zog also eine Leggings an und eine weite Bluse. Nichts, was an der empfindsamen Stelle drücken konnte und ging nach unten. Meine Mutter stand am Herd und rührte gerade Eier in eine Pfanne. Der Duft von gebratenem Speck klopfte augenblicklich in meinem Magen an. Ich liebte Rühreier.

»Guten Morgen, Liebes«, sagte sie über die Schulter und wendete den Eiermatsch.

»Morgen«, murmelte mein Vater und sah kurz von dem Reiseführer auf, in dem er las. Von Finn war noch nichts zu sehen, was ziemlich ungewöhnlich für den Frühaufsteher war.

»Morgen. Wo ist Finn? Schon draußen?«, fragte ich deshalb.

»Der schläft noch«, antwortete mein Vater und legte das Buch beiseite, um aufzustehen und sich eine frische Tasse Kaffee einzuschenken.

Finn schlief noch? Unwillkürlich dachte ich an meinen blauen Fleck und fragte mich, ob Finn womöglich schwerer verletzt worden war und nun krank in seinem Bett lag? Damit meine Eltern mir meine Sorge nicht anmerkten, steckte ich meinen Kopf in den Kühlschrank, um für das Frühstück alles auf den Tisch zu räumen. Doch ich machte mir zu viel Gedanken um meine Eltern. Meine Mutter schaufelte gerade das Rührei in eine Schüssel, und mein Vater hatte sich mit seinem Kaffee wieder in den Reiseführer vertieft. Waren sie eigentlich ignorant? Ihr Sohn lag womöglich oben in seinem Blut, und sie bemerkten das nicht? Das musste ihnen doch auch seltsam vorkommen, dass er noch schlief. Ich wollte gerade die Kühlschranktür zuwerfen und die Treppe nach oben stürmen, um nach Finn zu sehen, als dieser mit einem breiten Gähnen und ohne die Mühe sich die Hand vor den aufgerissenen Mund zu halten, die Treppe herunterspazierte.

»Moin«, nuschelte er und gähnte erneut. Dabei kratzte er sich am Hintern und betrachtete mich von oben bis unten. »Wie siehst du denn aus? Fehlt nur noch 'ne Asipalme, dann ist dein Look perfekt, Klara.«

Perplex starrte ich ihn an. Das war ja wohl der Gipfel. Ich malte mir die schlimmsten Bilder aus, und mein Brüderchen hatte nichts Besseres zu tun, als mich zu beleidigen. Allerdings war ich auch erleichtert, ihn ganz normal und nervig vor mir zu sehen, so dass ich mir einen Kommentar verkniff. »Finn«, tadelte dafür meine Mutter und stellte das dampfende Rührei auf den Tisch. »Fang nicht am frühen Morgen mit Streitereien an, bitte. Ich habe auch Urlaub, und ich habe überhaupt keine Lust mir eure ewigen Zankereien anzuhören. Dafür hast du jetzt Küchendienst, mein Freund. Du räumst nach dem Essen den Tisch ab.«

»Mama!«, stöhnte mein Bruder genervt. »Das ist nicht fair.«

Mein Vater warf ihm nur einen einzigen Blick zu, der aber dafür tausend Bände sprach. Ohne ein weiteres Wort setzte sich Finn an den Tisch und starrte mich düster an.

Irgendwie war die Stimmung seltsam. Den Grund dafür konnte ich mir einfach nicht erklären. Unser Frühstück verlief relativ normal, aber ziemlich schweigend. Ich wagte kaum zu fragen, ob meine Eltern etwas für den heutigen Tag geplant hatten. Stattdessen schob ich mir schnell meinen Porridge in den Mund.

»Wenn wir nichts vorhaben, gehe ich in den Garten, um zu lesen«, verkündete ich, als ich fertiggegessen hatte. Mein Bruder warf mir einen giftigen Blick hinterher, als ich verschwand und er aufstand, um den Tisch abzuräumen. Zumindest war wieder alles normal zwischen uns, das war auf eine seltsame Art auch beruhigend.

Als ich die Tür hinter mir schloss, stand ich einen Augenblick etwas unentschlossen in unserem kleinen Vorgärtchen. Der Tag war wieder warm und freundlich und lud eigentlich dazu ein, etwas zu unternehmen. Ich hatte mir aber ein Ziel gesetzt. Ich wollte mit Adam reden. Also musste ich einen günstigen Moment abwarten. Allerdings konnte das noch Ewigkeiten dauern, denn sein Auto stand nicht im Hof. Das war jetzt irgendwie ungünstig und brachte meine Entschlossenheit ins Straucheln. Wahrscheinlich würde er nicht gerade begeistert sein, wenn ich ihm mit dämlichen Fragen auf die Pelle rückte. Wie sollte ich auch beginnen? Mist! Ich kaute auf meiner Unterlippe herum und ärgerte mich, dass ich eigentlich mal wieder völlig unvorbereitet war. Spontan beschloss ich daher, doch noch eine kleine Runde zu drehen. Ich konnte den Hügel hinter dem Haus erkunden. Ein schmaler Pfad führte durch ein kleines Wäldchen nach oben, den ich schon lange erkunden wollte. Dabei konnte ich mir den Ablauf meines Verhörs von Adam genauer zurechtlegen. Kurzentschlossen öffnete ich die Tür, rief meiner Familie kurz zu, dass ich lieber spazieren ging und griff nach meinen Sneakern. Noch während ich mich vorbeugte, um die Schuhe zuzuschnüren, bereute ich es. Ein scharfer Schmerz fuhr durch meine Seite und erinnerte mich ziemlich aufdringlich daran, dass dort ein riesiger blauer Fleck saß. Vorsichtig schnürte ich die Schuhe mit angehaltenem Atem zu, als sich die Tür nebenan öffnete und Ian gemeinsam mit Fearghas aus dem Haus trat. Mein Kopf lief durch die unbequeme Position und der fehlenden Atemluft langsam zu einer überreifen Tomate an. Also beschloss ich, mich aufzurichten und möglichst unbeteiligt zu tun. Dass meine Gesichtsfarbe öfters wechselte, war ja nun wirklich inzwischen jedem hier bekannt und sollte eigentlich nicht weiter auffallen.   »Hallo«, sagte ich knapp und drückte langsam den Griff des Gartentörchens herunter, als gäbe es nichts Spannenderes auf dieser Welt. Dabei hätte ich sie am liebsten unverfroren angeglotzt. Denn bei dem kurzen Blick war mir nicht entgangen, dass Ians Gesicht durch ein hübsches blaues

Auge verziert wurde. Hatten die zwei sich etwa geprügelt? Meinetwegen womöglich?

Jetzt halt mal den Ball flach, hörte ich in Gedanken Julia schnauben. Größenwahn war ja eigentlich nichts für mich. Aber wenn ich daran dachte, wie unfreundlich Fearghas auf das Erscheinen von Ian reagiert hatte, hätte mich das jetzt doch nicht wirklich gewundert. Doch leider taten sie mir nicht den Gefallen und gaben mir eine Erklärung ab. Fearghas warf mir einen langen Blick zu, der mir mal wieder direkt in den Magen fuhr, wobei Ian mich vollkommen ignorierte. Trotzdem legte er deutlich eine Hand wie bestimmend auf Fearghas Unterarm und schob ihn weiter. Nicht gerade unauffällig, aber immerhin wirksam. Gemeinsam gingen sie in die Remise. Dabei war nicht zu übersehen, dass das Humpeln von Fearghas wieder stärker geworden war. Eine Weile standen sie im Schatten und unterhielten sich leise miteinander. Doch so sehr ich auch die Ohren spitzte, ich konnte leider kein einziges Wort verstehen. Missmutig kaute ich auf meiner Unterlippe herum. So kam ich wirklich nicht weiter. Dann konnte ich auch genauso gut meinen Spaziergang machen. Entmutigt stapfte ich über den Hof davon und machte mich auf den Weg, um den Hügel zu erklimmen. Ans Wasser traute ich mich definitiv nicht mehr, schon gar nicht alleine. Schnaufend blieb ich schon kurz darauf auf halber Strecke stehen, noch bevor ich die ersten Bäume erreicht hatte. Der Weg war mir vorher gar nicht so steil vorgekommen. Immerhin ließ die Steifheit in meinen Gliedern mit jedem Schritt wieder etwas nach. Trotzdem bereute ich jetzt, dass ich so spontan und ohne etwas zu trinken aufgebrochen war. Aber umkehren wollte ich auch nicht. Das wäre wie aufgeben gewesen. Also ging ich einfach weiter, auch wenn ich das wesentlich langsamer tat, als zu Beginn. Erleichtert erreichte ich schließlich den kühlen Schatten der Bäume. Leider entpuppte er sich augenblicklich als Hinterhalt einer Horde von Bremsen, die sich auf mich stürzten und umschwirrten als wäre in den letzten Wochen keine einzige Kuh hier vorbeigekommen. Naja, jetzt war ich ja da, dachte ich sarkastisch und erschlug das erste der blutsaugenden Monster mit einem Schlag der flachen Hand auf meinen Oberschenkel. Angewidert wischte ich die Hand an einem bemoosten Baumstamm neben mir ab und hielt inne. Wie weich doch die kleinen grünen Sternchen des Mooses waren. Erst in diesem Augenblick wurde mir der Zauber des kleinen Wäldchens richtig bewusst. Tiefgrüne Fichten dominierten das Bild, die ihre langen Zweige wie Finger nacheinander ausstreckten, um vielleicht den Zweig eines anderen Baumes erreichen zu können. Moose und Flechten überwucherten die Stämme und kleinere Felsen, die überall herumlagen, als hätte ein Riese damit hier Murmeln gespielt. Das Sonnenlicht zauberte helle Flecken auf den dunklen Boden. Unwillkürlich machte ich einen tiefen Atemzug und sog die herb frische Luft ganz urlaubsmäßig in meine Lungen. Das tat so gut!

Die frische Luft füllte mich aus und stieg mir wie duftiger Nebel in den Kopf. Mit einem leisen Lachen begann ich, mich auf der Stelle zu drehen und wünschte mir einen dieser weiten Röcke herbei, die sich so wundervoll aufbauschten, wenn man sich drehte. Als kleines Mädchen hatte es für mich nichts Schöneres gegeben. Wenn ich zurückkam, würde ich meine Mutter bitten, mir einen solchen Rock zu kaufen - und eine Krone! Ich kicherte ausgiebig und drehte mich einfach immer weiter und weiter und weiter ... Mit Schwindel im Kopf taumelte ich nach einer Weile wie eine Betrunkene zur Seite, bis ich gegen einen Baum stieß und diesen mit beiden Armen fest umschlang. Glücklich lehnte ich meine Stirn gegen das angenehm feuchte Kissen, das das Moos für mich bereitete und schloss die Augen. Der Duft betörte mich, die Luft beschwingte mich, und das leise Gurgeln eines Bächleins sang ein zauberhaftes Lied dazu. Komm und tanz mit mir ...

Blinzelnd hob ich den Kopf und suchte nach der verlockenden Stimme, die beständig an mir zerrte. Tanz mit mir durch die Welt ...

Tanzen wäre wundervoll, oder? Ich sah mich unsicher um. Irgendwie schien ich mich dunkel daran zu erinnern, dass ich eigentlich noch nie etwas für Tanzen übrig gehabt hatte. Aber jetzt! Jetzt konnte ich mir nichts Schöneres vorstellen, als durch die Welt zu tanzen. Aber wie? Und mit wem? Komm hierher zu mir ...

Zögernd löste ich mich von dem Baum. Die Stimme war etwas tiefer zwischen den Bäumen hervorgekommen. Dort, wo auch das Plätschern herkam. Neugierig setzte ich mich in Bewegung. Meine Füße fanden dabei ganz von alleine die Richtung, die fort vom Weg und weiter in den Wald führte. Ich lächelte erwartungsvoll und genoss die Anspannung, die mit jedem getänzeltem Schritt größer wurde.

»Bist du von allen guten Geistern verlassen?« Unvermittelt packte mich eine Hand grob am Arm und zerrte mich zurück auf den Weg. Verständnislos starrte ich in ein Gesicht, aus dem mich ein Paar wunderschöne Augen mit herrlichen langen Wimpern wütend anfunkelten. Dunkle Augen, die mich tief und verlockend näher zogen; Augen, so dunkel wie die Gewässer des Loch Linnhe. Ich seufzte hingebungsvoll und fiel langsam nach vorne, wobei die Schmetterlinge in meinem Bauch eindeutig Schuld an der verfänglichen Gleichgewichtsstörung waren. Zwei Hände hielten mich auf Abstand, bevor ich völlig gegen Fearghas sinken konnte. Hilflos warf er einen Blick an mir vorbei und schob mich vorsichtig wieder in eine stehende Position. Haltlos kicherte ich los und erntete als Belohnung eine Ohrfeige, die sich brennend auf meine Wange fraß. Der Schmerz schnellte in meinen Kopf und wischte dort wie mit einem ätzenden Putzmittel den verkalkten Nebel fort. »Was?«, stammelte ich und glotzte begriffsstutzig von Fearghas zu Ian, der plötzlich neben ihm stand, und weiter zum Wald, von dort wieder zu den Jungs. »Was bitte war das denn? Wer von euch hat mich geschlagen?«

»Wie kannst du nur alleine durch die Gegend laufen und dich auch noch in die Nähe von Wasser begeben? - Hast du deine Lektion gestern Nachmittag nicht schon gelernt?«, raunzte mich Ian an.

»Oh, Entschuldigung!«, maulte ich beleidigt. »Wie konnte ich es auch wagen, so vollkommen unbedacht durch die tödliche Wildnis Schottlands zu stolpern. Das ist auch wirklich so leichtsinnig von mir, schließlich bin ich ja nur ein blödes Stadtkind.«

Langsam klärte sich mein Verstand wieder. Erst jetzt wurde mir bewusst, dass Fearghas mich immer noch festhielt und Ian sich zwischen mir und den Bäumen postiert hatte. »Da vorne ist ein Bach, der weiter hinten in einen kleinen See fließt. Klara, es gibt Selkies, die vor nichts zurückschrecken.« Ian verschränkte seine Arme vor der Brust, wobei die Knöpfe an seinem Hemd verzweifelt versuchten, den Stoff weiter zusammenzuhalten. Mit einem leisen Plopp musste sich der mittlere Knopf geschlagen geben und sprang beschämt auf dem Waldboden davon. Diesmal wurde mein Blick von dem gerippten Unterhemd gefesselt, das sich durch die entstandene Lücke quetschte. Doch wie beiläufig drängten sich auch Ians Worte unaufhaltsam in meine Gedanken. »Du bleibst die letzten paar Stunden einfach nur auf der Farm oder bei deinen Eltern. Wir können sonst nicht für deine Sicherheit garantieren. Es gibt leider ein paar Anhänger Deirdres, die meinen ihr damit einen Gefallen zu tun. Und dazu gehören leider nicht nur Selkies!«

»Was für eine Lektion?«, fragte ich, ohne auf sein weiteres Gefasel zu achten.

Ian stockte und wechselte einen Blick mit Fearghas. »Was für eine Lektion?«, wiederholte ich scharf und schlug die Hände von Fearghas ungehalten weg. »Ihr wollt mir nicht sagen, dass der Angriff auf meinen Bruder und mich auf euer Konto geht, oder?«

»Du musst einfach begreifen, dass meine Mutter gefährlich ist, Klara. Bitte!«, sagte Fearghas ruhig.

Er bestritt es nicht!

Das war ja wohl kaum zu glauben! Jeder einzelne Schmetterling in meinem Bauch schraubte sich darin so hoch, wie er konnte und explodierte in einem Feuerwerk von Wut und Enttäuschung. Wie konnte er nur so schnell nach der Pfeife dieser fremden Frau tanzen? »Na dann wäre es vielleicht hilfreich, wenn ihr mir einen Reiseführer zukommen lasst. So etwas wie Orte, die du meiden musst, wenn du Ärger mit Selkies hast oder etwas in der Art. Eine Erklärung, was angeblich alles hier so gefährlich sein soll, wäre wirklich sehr hilfreich gewesen, anstatt mir hinterherzudackeln. Jetzt lasse ich euch schon in Ruhe, wie ihr es gefordert habt, und dann kommt ihr mir hinterher! Das soll noch einer verstehen!« Damit ließ ich sie einfach stehen und ging den Pfad zurück zum Farmhaus. Gehen war allerdings stark untertrieben. Ungeachtet meiner blauen Flecken, legte ich einen Stechschritt an den Tag, der jeden Zinnsoldaten erbleichen ließ, und warf dabei keinen Blick mehr zurück. Was hatte Beathild nur für einen Quatsch erzählt? Wie sollte ich hier überhaupt helfen können? Und warum auch? Fearghas machte nicht den Eindruck auf mich, als wollte er sich gegen sein Schicksal stemmen. Ganz im Gegenteil, er machte jetzt einen auf »best friend« mit dem angeblichen Freund von seiner angeblichen Schwester. Ich fand das sehr dubios, und außer mir schien auch niemand in Gefahr zu sein. Außer Ian vielleicht. Ich sah das blaue Auge vor mir und grinste still in mich hinein. Ich wusste immer noch nicht, ob ich ihn mochte oder nicht. Außerdem war ich nicht so ganz davon überzeugt, dass er vielleicht mit Leven etwas gegen Fearghas ausheckte.

Zurück auf der Farm ließ ich mich in unserem Gärtchen auf den Stuhl plumpsen. Ich konnte unmöglich so ins Haus stürmen. Meine Mutter würde sofort sehen, wie aufgeregt ich war. Also griff ich halbherzig nach dem Buch, das ich achtlos auf dem Tisch liegengelassen hatte. Ich blätterte darin herum, auf der Suche nach der Seite, auf der ich aufgehört hatte zu lesen, als Fearghas und Ian auch endlich wieder über den Hof spazierten. Leider entpuppten sich die verräterischen Schmetterlinge als Angehörige der Spezies Phönix aus der Asche und flatterten ungeachtet ihres kürzlichen Explosionstodes wieder munter in meinem Magen umher. Grimmig konzentrierte ich mich auf die Buchstaben und versuchte gleichzeitig etwas davon mitzubekommen, was die beiden vorhatten. »Ich weiß nicht, ob es dir schon mal jemand gesagt hat, aber wenn man ein Buch liest, muss man sich auch die Buchstaben darin ansehen.«

Erschrocken klappte ich das Buch hoch und starrte in das süffisante Gesicht von Donna. Alarmierend geschminkt wie immer. Doch diesmal erinnerte mich ihre Maskerade eher an eines dieser giftigen Insekten, die mit ihren schreienden Farben nur versuchten, Fressfeinde abzuwehren.

»Was willst du?«, fragte ich wenig freundlich.

»Naja, Klara, wenn du schon die beiden Jungs auszuspionieren versuchst, solltest du wenigstens so tun, als könntest du lesen und ab und zu auch mal eine Seite umblättern. Ich habe jetzt schon eine ganze Weile am Zaun gestanden und dich beobachtet. Du willst doch nur lauschen.«

Triumphierend sah sie mich an. Beinahe hätte ich mich auch tatsächlich geschämt. Aber ich hatte beschlossen, ihr gegenüber kein Spielchen zu spielen. Denn das verunsicherte sie. Das hatte ich bei unserer letzten Begegnung nur zu genau gesehen.

»Ja, na und?«, fragte ich deshalb und sah sie frech an. »Was kümmert dich das?«

Hm, okay. Das hörte sich ausgesprochen nicht so lässig an, wie ich es mir erhofft hatte. Der zickige Unterton darin war eher peinlich und brachte mir keine Lorbeeren ein. Ich räusperte mich und verschränkte die Arme vor der Brust in klassischer Abwehrhaltung.

Donna musterte mich und zuckte dann nach einem demonstrativen Blick auf ihre Uhr mit den Schultern.

»Es kümmert mich, weil ich mit ihnen jetzt verabredet bin und ich keine Lust auf einen kleinen, eifersüchtigen Teenager habe, der uns hinterher hechelt.« Damit zwinkerte sie mir vertraulich zu und schlenderte zur Remise hinüber. Überrascht sah ich ihr nach, verfolgte wie sie die beiden lautstark begrüßte, aber jedoch nicht mit der gleichen Euphorie zurückgegrüßt wurde. Sie unterhielten sich noch eine Weile, dann gingen sie zu dritt über den Hof. Als sie an mir vorbeikamen, warf mir Fearghas noch einen warnenden Blick zu. Ich wich seinen Augen aus und starrte schuldbewusst auf mein Buch, dessen Buchstaben mir wie kleine unbedeutende Ameisenspuren vorkamen. Wohin mochten sie gemeinsam gehen? Ich seufzte auf. Fearghas und Ian wirkten nicht so, als hatten sie vor, mir davon später zu erzählen.. Doch kaum waren sie gegangen, erschien Adam auf der Bildfläche. Sein Gesicht wirkte ungewöhnlich bleich auf mich, als er zu mir herübersah. Er winkte kurz und wollte dann einfach weitergehen. Das war meine Gelegenheit. Schnell legte ich das Buch zur Seite und sprang auf.

Adam verschwand in der kleinen Kammer neben der Remise, in der allerlei Krimskrams gehortet wurde. Ohne zu fragen, schlüpfte ich einfach hinter ihm durch die zufallende Tür.

»Hallo«, sagte ich und wusste nicht, ob ich ihn anlächeln sollte. Eigentlich lächelte Adam meistens, aber diesmal sah er angespannt in meine Richtung und blieb ernst.

»Hallo, Klara«, entgegnete er höflich, wie immer, aber merklich distanzierter als sonst. Oder bildete ich mir das nur ein? »Was kann ich für dich tun?«

Tja, und jetzt? Ich hatte mir zwar vorgenommen, Adam auf den Zahn zu fühlen, nur, wie wollte ich das angehen?

»Woher kommt Fearghas?«, fragte ich und hätte mir am liebsten vor den Mund geschlagen. Feinfühlig konnte ich das wirklich nicht nennen. Aber wie sollte ich um den heißen Brei herumreden und dann die gewünschten Antworten erhalten? Irgendwie war ich doch sehr davon überzeugt, dass Adam mehr wusste. Und ich war ziemlich talentfrei, was das Ausspionieren von anderen Leuten anging. Das musste ich wohl einsehen.

Irritiert wanderte sein Blick zu der Tür, dann zu mir. »Bitte?«

»Ich ... ich«, stammelte ich und begann meine Finger zu kneten, wie ich es als kleines Kind gemacht hatte, wenn ich bei irgendetwas ertappt worden war. Plötzlich kam ich mir schäbig vor. Meine Entschlossenheit bröckelte dahin, als ich seine Miene sah. Denn darin stand eine Trauer, die in mein Herz fuhr und von dort in meinen Magen tropfte. Adam wusste Bescheid! Er wusste, dass die Tage mit seinem Sohn gezählt waren. Ich konnte es ganz deutlich erkennen, und es verschlug mir die Sprache.

Adam stand da und wartete geduldig ab. Er wirkte ein wenig verloren zwischen den Kisten und Werkzeugen, die hier aufgestapelt waren. Sogar ein alter Holzschlitten hing an der Wand über ihm. Doch so sehr dies alles wie ein Chaos aussah, war es doch nichts gegen das, was gerade in mir herrschte.

»Klara, was möchtest du von mir? Ich habe noch etwas zu erledigen, weißt du?«

»Es tut mir leid. Ich wollte nur wissen, was Sie wissen«, sagte ich unsicher und lächelte nun doch vorsichtig.

»Was ich worüber weiß?«, fragte er, und dabei verschloss sich ganz langsam seine sonst so offene Miene, als zöge jemand ein paar Gardinen davor.

»Über Fearghas und die Selkies.« Was soll's, dachte ich. Ich stand mit diesem Mann zusammen in einer zwielichtigen Kammer und ging davon aus, dass er Bescheid wusste. Also konnte ich auch klar heraussagen, was ich meinte. Oder nicht?

Das schwere Seufzen, das seine Brust weitete, überraschte mich. Die Gardine verschwand und die Trauer schob sich wieder in den Vordergrund. Sein Blick, der sonst so voller Leben war, war trübe und freudlos. »Du begibst dich in Gefahr, Klara. Das solltest du besser nicht tun. Lass die Dinge ruhen und gehe einfach wieder nach Hause. Ich weiß, was Beathild zu dir gesagt hat. Fearghas hat mir alles erzählt. Aber das ist ein Spiel, das sie treibt. Wahrscheinlich ist ihr einfach langweilig dort draußen in der Ruine. Du hast mit Fearghas Schicksal nicht das Geringste zu tun. Glaube es mir.«

»Was haben Sie damit zu tun?« »Ich bin sein Vater.«

»Nein, das meine ich nicht. Woher haben sie ihn? Ich kann mir nicht vorstellen, dass sie ihn in einem Heim gefunden haben, oder? Und wieso unternehmen sie nichts dagegen, dass er gehen wird? Er will das nicht. Sie müssen ihm helfen.«

Adam sah mich lange stumm an. In seinem Gesicht zuckten die Kiefermuskeln. Ich konnte deutlich sehen, wie es in ihm arbeitete. »Seit wann wissen sie, dass er ein Selkie ist?«

Er seufzte erneut. Diesmal zitterte der Laut in der staubigen Luft. Adam senkte den Kopf, seine Schultern fielen herab. Plötzlich stand da ein alter Mann vor mir.

»Ich weiß es, seitdem ich ihn gefunden habe«, sagte er tonlos und hob wieder den Blick. »Meine Hündin und ich fanden ihn an einem stürmischen Tag am Loch. Ewe zog damals das nackte Baby aus dem Wasser. Ich wickelte ihn in meine Jacke und brachte ihn zu meinem Wagen.« Adams Blick richtete sich in eine Ferne, die sich nur in seiner Erinnerung finden konnte. Denn die Kammer war höchstens zwei bis drei Meter tief. Ein aufgeregtes Kribbeln durchlief mich, als Adam mit der gleichen tonlosen Stimme fortfuhr: »Ich wollte das Kind erstmal zu uns in die warme Wohnung bringen. Doch kaum hatte ich den Motor gestartet, als eine Gestalt durch den Regen auf mich zukam. Er stockte, und das Grauen, das er damals empfunden haben musste, stand ihm so deutlich ins Gesicht geschrieben, dass mich ein Frösteln überlief. »Obwohl es regnete, als würde jemand ganze Eimer mit Wasser über der Straße entleeren, stand die Gestalt vollkommen trocken da. Das Wasser perlte an ihren Haaren und ihrem Körper hinab. Es war eine junge Frau, die sich mit erhobenen Händen in meinen Weg stellte. Ich war so aufgeregt, dass ich den Motor abwürgte, denn ich wusste sofort, was da stand.«

Irgendwie fühlte ich mich an den Abend zurückversetzt, an dem Adam die Selkie-Geschichte erzählt hatte. Gefangen von der Intensität seiner Erzählung zog ich mir ein paar Kisten heran und ließ mich darauf sinken. Meine Augen lagen dabei wie angekettet auf seinen Lippen, um ja kein Wort zu verpassen.

»Der Wind zerrte an dem Wagen und Ewe bedeckte winselnd mit ihrem Körper das Baby. Ich startete erneut den Wagen und wollte einfach wegfahren, ohne genau sagen zu können, warum. Doch der Wind nahm zu und hielt uns an Ort und Stelle, während die Frau um das Auto herumtrat und neben der Fahrertür stehenblieb.«

Ich schluckte aufgeregt. Auch wenn ich ja wusste, dass Adam und dem Baby, also Fearghas nichts geschehen war, krallte ich meine Hände in den Stoff meiner Leggings.

»Sie sah mich durch die Scheibe an. Tränen glitzerten in ihren Augen, und plötzlich wusste ich, dass sie nichts Böses wollte. Ich konnte nicht anders und öffnete das Seitenfenster. Ewe drängte sich augenblicklich von hinten heran und wedelte mit dem Schwanz als sei die Frau eine alte Bekannte. Sie sagte etwas zu Ewe, während sie ihre Hand hineinsteckte und sie am Nacken kraulte, dann richtete sich ihre wunderschönen Augen auf mich, taxierten mich gründlich, bevor sie sprach. »Bitte«, sagte sie, und ihre Augen füllten sich mit noch mehr Tränen. »Bitte, nimm diesen Jungen in deine Familie auf, und beschütze ihn mit deinem Leben. Er ist nicht mehr sicher in meiner Welt.« Entsetzt starrte ich sie an und fragte mich, welche Mutter ihr Kind einem wildfremden Menschen geben konnte. Furchtsam sah sie sich um, dann reichte sie mir ein kleines Bündel und sagte: »Sein Name ist Fearghas. Eines Tages werde ich ihn holen. Doch bis dahin wirst du niemanden von seiner Herkunft berichten. Nicht ihm und nicht Mairee.« Ich erschrak, dass sie den Namen meiner Frau kannte, und konnte kaum eine Antwort finden. Dennoch fragte ich sie, wer sie sei. Sie lächelte traurig und schüttelte dann den Kopf. Die Tränen liefen ihr nun ungehemmt über das Gesicht und schafften das, was der Regen nicht erreicht hatte, und durchnässten es. Dann wandte sie sich ab und rannte in den Sturm davon. Ich saß noch eine Weile wie erstarrt, bevor ich endlich wieder die Kraft dazu hatte, nach Hause zu fahren.« Adam schwieg und richtete seine Augen auf mich.

»Wieso hat sie ihn hierher gebracht?«

»Ich kann nur rätseln.« Adam zuckte mit den Schultern, nahm eine alte Plastiktüte von dem Regal neben ihm und fummelte umständlich daran herum. Das Plastik bröckelte unter seinen Bewegungen leise knisternd auseinander. »Möglicherweise hat sie uns schon eine Weile beobachtet und für gut befunden. Wer weiß?«

»Und Mairee weiß nichts von alldem?«

»Sie ist völlig unwissend.« Wieder seufzte er, womöglich noch schwerer als zuvor und legte die Tüte wieder zurück in das Regal. »Ich weiß nicht, wie sie reagieren wird. Ich fürchte, es wird sie umbringen.«

»Aber wie konnte sie das Baby damals ohne Fragen bei sich aufnehmen? Sie muss sich doch gewundert haben.«

»Wir hatten kurz zuvor unsere kleine Tochter durch einen Unfall verloren. Sie hat nicht gefragt, als ich nach Hause kam. Mairee hat einfach nur den Jungen in ihre Arme geschlossen und fest an sich gedrückt.« Hilflos betrachtete er seine sehnigen Hände. All die Kraft darin würde ihm bei dem, was ihm bevorstand nicht helfen können. »Und jetzt lasse ich zu, dass er ihr wieder genommen wird.«

»Sie müssen es ihr sagen.«

»Ich kann nicht.«

Ich verstand ihn nur zu gut. Wie konnte man jemanden erzählen, dass der Sohn weggehen würde, geschweige denn, was sich hinter seiner Geschichte verbarg, wenn sie so fantastisch klang? Auch wenn es für Adam ganz offensichtlich keine Zweifel an der Existenz solcher Wesen wie Selkies gab, wieso sollte Mairee einfach daran glauben? Würde sie ihn nicht eher für verrückt erklären oder ihn für sein Schweigen all die Jahre verfluchen?

Ach, ich haderte mit dem ganzen Geschehen. War ich doch selber jemand, der anderen nur zu gerne die Entscheidung überließ. Und hier hatte man, nein, hatte die fremde Frau Adam die Entscheidung abgenommen. Wer auch immer sie sein mochte. Ob es seine Mutter gewesen war? Wenn ja, musste sie sich über die Jahre hinweg sehr verändert haben, denn sie war mir nicht besonders besorgt oder liebevoll vorgekommen. Eher berechnend. Aber das war wahrscheinlich dem arg eingeschränkten Blickwinkel einer Geisel zu verdanken und nicht unbedingt einer vorurteilsfreien Wahrnehmung.

Diesmal war es mein Seufzen, das die kleine Kammer füllte. Adam warf mir einen merkwürdigen Blick zu und räusperte sich.

»Ich muss los, Klara«, sagte er und plötzlich hatte ich das Gefühl, dass er mir nicht alles gesagt hatte. Sollte ich ihn weiter befragen? Oder besser gehen lassen? Ach, bevor ich eine Entscheidung treffen konnte, schob er sich an mir vorbei und ließ mich einfach alleine zurück. Verdutzt stand ich da. Jetzt absolut davon überzeugt, dass er mir ganz bewusst etwas verheimlicht hatte. Aber was?

Irgendetwas stimmte an der ganzen Geschichte nicht. Ich saß auf den Kisten und grübelte vor mich hin, ging im Geiste noch einmal seine Erzählung durch. Doch mir wollte nichts auffallen. Wie machten im Fernsehen das immer nur diese Polizisten oder Detektive, die geschickt zwischen den Worten des Verdächtigen plötzlich den einen Beweis fanden, der den Täter überführte? Verbissen konzentrierte ich mich und sah förmlich die junge Frau vor mir. Sie hatte im Regen gestanden und war trocken geblieben. Das war für mich nachvollziehbar. Schließlich hatte ich gesehen, wie Selkies als Menschen aus dem Nichts auftauchten und trocken waren. Aber warum war Fearghas an dem Gewitterabend dann klatschnass gewesen? Er war doch nun unleugbar auch ein Selkie. Oder beherrschte er diesen Zauber einfach nicht? Da waren wohl wieder nur ein paar Fragen mehr aufgetaucht, als dass ich Antworten gefunden hatte. So ein Mist!

Frustriert stand ich auf, schob die Kisten zurück auf ihren Platz und verließ die Kammer. Draußen begrüßte mich feiner Nieselregen, der sich auf meine Haare und mein Gesicht herabsenkte. Donnas Eltern hasteten über den Hof auf das Cottage zu. Das Hemd des Mannes klebte bereits halb durchsichtig auf seiner mageren Brust. Durch die Bluse der Mutter drängte sich das aufdringliche Blümchenmuster ihres BHs. Alles Dinge, die ich wirklich lieber nicht gesehen hätte. Aber das brachte mich wieder auf die trockene Frau im Regen, und das Fragezeichen hinter ihr wurde immer fetter. Allerdings hatte es sich nun wirklich erledigt, die Ledgers nasszumachen, um sie als Selkies zu entlarven. Ganz offensichtlich reichte Wasser alleine nicht aus. Julia hatte sich einfach zu oft diese amerikanische Teenie-Serie angesehen, in der sich ein paar Mädchen in Meerjungfrauen verwandelten, sobald sie nass wurden. Nachdenklich schlenderte ich über den Hof und durch den Regen. Mal wieder wusste ich nicht, was ich jetzt machen sollte. Das war ein Fluch, der mich schon mein ganzes Leben verfolgte. Meine Mutter prophezeite mir das schon lange, was nicht gerade aufbauend war. Sie hatte mir schon in den glühendsten und peinlichsten Worten geschildert, wie mir der Mann meines Lebens durch die Lappen gehen würde, nur weil ich mich nicht entscheiden konnte, was ich für eine Jacke anziehen sollte. Das war alles andere als aufbauend. Ich wusste ja selber, dass das ziemlich nervend sein konnte. Vor allem für mich selber. Schließlich konnte ich nicht immer nach Julia schreien, wenn ich Entscheidungshilfen brauchte. Aber jetzt, jetzt sprach absolut nichts dagegen. Ändern konnte ich mich schließlich hinterher immer noch. Also ging ich schnurstracks in mein Zimmer, um Julia anzurufen.

Kapitel 14

»**W**as wurde aus dem Päckchen?«

»Hä?« Begriffsstutzig überlegte ich, wonach Julia da fragte.

»Oh bitte, Klara. Das ist nicht dein Ernst, oder? Du hast mir doch gerade selber erzählt, dass Adam noch ein Bündel von ihr bekommen hat. Was wurde daraus? Ich finde es schon interessant, was wohl drin gewesen ist.«

Julia hatte Recht. Ich hatte ihr die Geschichte heruntergeleiert, ohne dass mir dieses Bündel oder Päckchen wirklich bewusst geworden war. Seltsam. Ich sollte wirklich aufmerksamer sein, dachte ich verärgert über mich selber.

»Ich weiß es nicht«, gab ich zu. »Allerdings habe ich Adam auch gar nicht danach gefragt. Es ist mir einfach nicht aufgefallen.«

»Du könntest ihn noch einmal fragen. Aber ich glaube nicht, dass er mit dir darüber noch einmal reden möchte.«

»Das Gefühl hatte ich allerdings auch.« Ich seufzte und dachte augenblicklich an Beathild. Das hatte schon langsam seltsame Züge angenommen. Aber immerhin wurde mir dadurch die ewige Seufzerei auch bewusst. »Ich würde so gerne noch einmal mit Beathild sprechen. Es muss doch einen Weg geben, wie ich zu ihr rüber gelangen kann.«

»Das lässt du wohl besser sein. Du hast Ian doch gehört, oder nicht?«

Ich schnaubte ärgerlich, musste aber zugeben, dass ich mich wirklich unbehaglich bei dem Gedanken fühlte. Eigentlich hatte ich mich bisher schon immer als Wasserratte gesehen, aber so langsam ging mir die Lust auf die Nähe von Wasser verloren.

»Klara?« Julia hakte nach. Sie kannte mich einfach zu gut, als dass sie nicht wenigstens vermutete, dass ich diese Idee nicht ganz aufgeben wollte.

»Das bekomme ich ja gar nicht mehr hin. Heute ist es schon zu spät und morgen fahren wir in Richtung Fähre.« Ich winkte ab und zog ein Gesicht. »Du brauchst dir wirklich keine Sorgen zu machen.«

»Gut! Dann stell jetzt einfach nichts mehr Dummes an. Du kannst sowieso nicht das Geringste mehr unternehmen und Fearghas scheint mir seine Entscheidung doch getroffen zu haben.«

Ich nickte, obwohl sie mich nicht sehen konnte.

»Ich denke, wir sehen uns dann am Sonntag.«

»Auf jeden Fall. Melde dich, wenn du zu Hause bist.«

»Mach ich. Bis dann.«

»Bis dann.«

Julia war weg und ich mit meinen Gedanken wieder alleine, die von ganz alleine sofort wieder auf Wanderschaft gingen.

Wo mochte bloß dieses Päckchen sein? Grübelnd trommelte ich auf der Rückseite meines Handys herum. Es wurmte mich, dass ich nicht danach gefragt hatte.

Mir fiel ein, wie Adam während unseres Gesprächs an einer Plastiktüte herumgefummelt hatte, ohne nach dem Inhalt zu sehen. Er hatte sie unentschlossen in den Händen gehalten und sie schließlich wieder sorgfältig verschlossen zurück in das Regal gelegt. Ob vielleicht darin das Päckchen verborgen war?

Ich stand auf und warf einen Blick aus meinem Fenster. Der Hof lag verlassen da. Wahrscheinlich saßen die Stevensons beim Abendbrot. Ob Adam überhaupt noch einen Bissen herunterbekam? Und Fearghas?

Der bestimmt, dachte ich grimmig und merkte selbst, dass ich ziemlich ungnädig war. Ich sollte mich lieber auf andere Sachen konzentrieren. Schließlich war meine Neugierde jetzt geweckt und die Remise war bestimmt nicht abgeschlossen. Nichts wurde hier abgeschlossen, da einfach niemand so vorbeikam und etwas stahl. Naja, bis auf die kleine Tatsache vielleicht, dass man ja quasi gerade dabei war, Fearghas zu stehlen. Aber er gehörte wohl auch kaum zu den Dingen, die man mal eben wegschließen konnte.

Ich setzte zu einem Seufzen an. Doch noch, während ich den Atem einsog, hielt ich inne und schloss den Mund. Nein! Schluss mit der Seufzerei! Das stand vielleicht jahrhundertealten Wikingermädchen zu, aber mir brachte es nur Neckereien und Gelächter ein. Ich beschloss deshalb, jetzt einfach hinüber spazieren und nachzusehen, was in dieser Plastiktüte drin war. Damit würde ich mich wunderbar von solchen dummen Angewohnheiten ablenken.

Gesagt, getan! Angespannt lief ich die Treppe nach unten und versuchte dabei möglichst zu ignorieren, dass meine Eltern gerade mit Packen beschäftigt waren. Damit wurde das Ende unseres Urlaubs nur so richtig real, und irgendwie versuchte ich, diese Tatsache so lange wie möglich auszuklammern. Meine Mutter stand in der Küchenzeile und packte unsere Sachen in die große Küchenkiste, während mein Vater die Ladekabel von unseren Handys und Kameras verstaute. »Ich geh nochmal kurz raus«, warf ich ihnen knapp zu, in der Hoffnung, dass sie das nicht weiter interessierte.

»Hast du deine Sachen schon gepackt?«, fragte meine Mutter und sah mich ungehalten an. »Das muss noch heute passieren. Wir wollen morgen nicht hektisch alles zusammensuchen müssen, Klara. Ich kenne dich, morgen früh jammerst du rum, weil wir dich dann hetzen müssen.«

»Ich will heute Abend deine Sachen hier unten haben. Noch vor dem Frühstück belade ich das Auto«, sagte mein Vater, während er ein Ladekabel akribisch aufrollte. »Aber du könntest mir noch einen Gefallen tun, wenn du sowieso raus gehst. Bring mir doch bitte den kleinen Beutel aus der Remise, in dem die Schrauben für den Jetbag drin sind. Adam wollte mir eine Ersatzschraube mitgeben, weil eine kaputt ist. Wir brauchen sie dafür aber als Vergleich, damit er mir die richtige Größe geben kann.«

»Aber klar«, entgegnete ich möglichst ruhig. Innerlich jubelte ich und tanzte durch den Raum. Das war ja perfekt. Jetzt hatte ich wirklich einen Grund, um rüber zu gehen. Beinahe hätte ich danke gesagt, konnte mich aber noch rechtzeitig bremsen. Ich ging nach draußen und mit ruhigem Gewissen über den Hof. Ich hatte ja schließlich einen Auftrag. Ich tat meinem Vater einen Gefallen. Was konnte ich dafür, wenn ich dabei einfach mal in der kleinen Kammer auch nach dem Rechten sehen wollte?

Auch wenn ich mir das alles fleißig einredete, hatte sich das schlechte Gewissen auf meine Fersen gesetzt. Unauffällig versuchte ich die Fenster und Türen im Blick zu behalten, um nicht von irgendjemandem beobachtet zu werden. Der Kopf einer Eule hätte dabei eindeutig Vorteile gehabt, als ich schließlich in die Remise eintrat. Den Beutel von meinem Vater entdeckte ich sofort. Er hatte ihn auf dem Jetbag deponiert. Wo auch sonst. Doch bevor ich den Beutel nahm, wollte ich einen Blick auf die Plastiktüte werfen. Ich griff nach dem Knauf der alten und rissigen Tür.

»Was machst du da?«

Entsetzt fuhr ich zusammen, wie jemand, der etwas zu verbergen hatte - was ja auch genau genommen der Wahrheit entsprach - und drehte mich um.

»Fearghas ...«, sagte ich und spürte, wie meine ganze Entschlusskraft verpuffte wie eine Seifenblase. »Ich ... ich suche nach irgendwelchen Kleinteilen, die mein Vater für unseren Jetbag braucht.«

Fearghas warf mir einen Blick zu, der klar und deutlich zeigte, was er von dieser Auskunft hielt: Nichts! Abfällig deutete er auf den Jetbag. »Dir ist nicht in den Sinn gekommen, zuerst dort nachzusehen?«

»Oh, wie dumm von mir«, heuchelte ich und merkte selbst, dass meine schauspielerische Leistung noch nicht einmal für die schlechten Nachmittagssendungen im Fernsehen ausreichte. »Bitte, Klara, erspar mir das. Wonach suchst du wirklich?« Fearghas kam jetzt näher und schob mich dabei zur Seite. Ohne auf meine Antwort zu warten, öffnete er die Tür und ging an mir vorbei in die kleine Kammer. Dabei sah ich nur zu deutlich die feinen Schweißtröpfchen auf seinen Schläfen. Er humpelte nach wie vor. Langsam begann ich, mir deshalb auch noch Sorgen zu machen.

»Warst du mit deinem Bein eigentlich bei einem Arzt?«

»Beantwortest du Fragen immer mit einer Gegenfrage?«, entgegnete er und sparte sich eine Antwort. Neugierig folgte ich ihm. Mein Blick suchte automatisch in dem staubigen Zwielicht nach der Plastiktüte. Wo hatte Adam sie vorhin nochmal hin gestopft?

»Also? Was ist es, Klara?« Fearghas drehte sich zu mir um und beobachtete mich aufmerksam. Plötzlich wurde mir in der eigentlich kühlen Kammer doch wieder etwas wärmer. Ich zuckte verlegen mit den Schultern.

»Ich weiß nicht, was du meinst.«

»Willst du ernsthaft mit mir im Streit auseinandergehen?« Sein Blick wurde bittend und puh, der Junge schaffte es wirklich, mich völlig durcheinanderzubringen. Lag ihm wirklich etwas daran, wie wir auseinandergehen würden? Oder spielte er nur geschickt meine Gefühle aus, die ich ja wie ein Banner vor mir herhielt, wenn ich ihn sah. Aber was spielte das überhaupt noch für eine Rolle? Schließlich ging es doch die ganze Zeit nur um ihn. Ich unterdrückte das Seufzen, das auf meinen Lippen lag und war stolz darauf. Langsam bekam ich das tatsächlich in den Griff.

»Was weißt du darüber, wie du zu Adam und Mairee gekommen bist?«

Diesmal zuckte er mit den Schultern. »Adam und ich hatten letztens ein Gespräch, da hat er mir alles von dem Abend erzählt, an dem er mich gefunden hat.«

»Auch von dieser Frau?«

»Ja, meine Mutter, nehme ich an. Auch wenn sie mir nicht so vorkommt wie die Frau, der ich bisher begegnet bin.«

»Das habe ich auch gedacht.« Ich nickte beifällig. Aber das war nicht das, worauf ich hinauswollte. »Sie hat Adam gebeten auf dich aufzupassen, und sie hat ihm noch ein Päckchen mitgegeben. Ich wollte eigentlich nur sehen, was in diesem Päckchen drin ist. Ich habe nicht daran gedacht, ihn danach zu fragen.«

»Ich habe ihn gefragt. Er weiß es nicht, weil er es nie geöffnet hat.«

Ja, das war ja wieder klar. Jeder kam auf die Idee, nach dem Inhalt des Päckchens zu fragen. Nur ich war mal wieder zu verpeilt dafür gewesen. Ich schluckte das innerliche Grummeln herunter. »Wolltest du es nicht öffnen?«, fragte ich neugierig und sah mich wieder nach der Tüte um. Vergeblich! Ich konnte sie nirgendwo entdecken.

»Nein«, antwortete Fearghas schlicht.

»Was?« Verdutzt sah ich ihn an. War er denn gar nicht neugierig? »Wieso denn bloß nicht?«

»Ich versuche alles zu ignorieren, bis ich es nicht mehr ignorieren kann.« Er lächelte schwach und plötzlich spürte ich, wie verzweifelt er tatsächlich war. Damit war er eindeutig der bessere Schauspieler von uns beiden. Denn bisher hatte ich ihn doch für ziemlich abgebrüht gehalten. Jetzt stand ihm der Schmerz deutlich ins Gesicht geschrieben, wobei mir nicht ganz klar war, was davon auf das Konto des baldigen Abschiedes ging und was auf das Bein. Fearghas entlastete es nämlich gerade wieder und versuchte das zu vertuschen, indem er sich lässig gegen das Regal in seinem Rücken lehnte.

»Willst du nicht wirklich endlich zu einem Arzt gehen?«, fragte ich jetzt besorgt. Ich wäre so gerne näher an ihn herangetreten, aber ich hatte Angst, von ihm abgewiesen zu werden.

»Wozu? Ich bezweifle, dass ich Folgetermine einhalten würde.« Puh, jetzt streute er aber eine gehörige Portion Bitterkeit in seine Stimme. Mir wurde flau, denn er hatte Recht. Genauso gut konnte er sich ja dann auch später von einem Selkie-Medizinmann oder was immer sie da so hatten verarzten lassen.

Unsicher rieb ich mir über die Arme. Jetzt wurde mir doch die Kühle in diesem Raum wieder bewusst. Fearghas Gegenwart alleine reichte als Heizung einfach nicht aus. Sein Blick glitt über die Gänsehaut auf meinen Armen und setzte sich dann auf mein Gesicht. Leise seufzte er und jagte mir damit einfach mal einen Schauer über den Rücken.

»Ich werde jetzt gehen, Klara«, sagte er und wandte sich zur Tür.

»Aber das Päckchen, Fearghas. Vielleicht ist etwas darin, das dir helfen könnte, hierzubleiben.«

»Lass es gut sein, Klara. Es geht dich nichts mehr an.«, damit hielt er mir die Tür auf und machte eine auffordernde Bewegung nach draußen. Ich atmete tief ein und schluckte. Dann nickte ich und wollte an ihm vorbeigehen. Doch ich blieb noch einmal neben ihm stehen.

»Wieso traust du Ian? Du kennst ihn gar nicht und doch scheinst du ihm plötzlich blind zu folgen.«

»Dich kenne ich doch auch nicht, Klara.« Fearghas warf mir einen Blick zu, dann fuhr er sich widerstrebend durch das dichte Haar, als haderte er mit sich selbst. »Ian hat dich jetzt zweimal gerettet, weißt du? Er war es, der von dem Angriff auf dich und deinen Bruder erfahren hat. Er war es, der darauf drängte hinter dir herzugehen, als du zum Wäldchen hinaufgelaufen bist. Ohne ihn wären du und dein Bruder sicher verletzt worden. Womöglich Schlimmeres ... Ich glaube nicht, dass er das alles inszeniert hat, um sich mein Vertrauen zu erschleichen.«

Mein Kiefer klappte herab. Ich konnte nicht glauben, was ich da hörte. Wieso sollte er das tun?

»Die Familie Ledger ist hier, um mich im Auge zu behalten. Du hast Donna mit deiner Art verärgert. Deshalb hat sie wohl dafür gesorgt, dass du eine Lektion erhältst. Ian hat keinen Moment gezögert, um dich und Finn zu retten und hat selbst das blaue Auge dabei abbekommen.«

»Sind sie tatsächlich Selkies?«, fragte ich. »Sie sehen gar nicht so aus, und diese Armbänder habe ich auch nicht bei ihnen gesehen.«

»Ian hat mir erzählt, dass sie zu den Selkies gehören, denen ihre Selkiehaut von menschlichen Lebensgefährten weggenommen worden ist. Sie sind verzweifelt und hoffen wohl auf irgendeinen Zauber, den Deirdre angeblich besitzen soll. Es soll sich dabei um ein Armband handeln, das besondere Kräfte besitzt und ihnen ihr altes Leben wiedergeben kann. Ian nannte es Schattensamt.«

Ich nickte und tat, als wäre das alles das Normalste von der Welt; Selkies und Zaubereien. Das waren doch Dinge, mit denen ein Teenager tagtäglich zu tun hatte. Eigentlich wäre es mal wieder eine Gelegenheit zum Seufzen gewesen. Doch mir war nicht danach. Fearghas Miene veränderte sich. Abschied stand deutlich in seinen Augen, denen ich diesmal lieber auswich.

»Leb wohl, Klara.«, sagte er und stockte kurz, als wüsste er nicht, ob er weitersprechen sollte. »Ich wünschte, wir hätten mehr Zeit zusammen verbringen können.«

»Leb wohl.« Meine Stimme verlor sich in dem seltsamen dumpfen Gefühl, die diese Worte hinterließen. Ich brachte keinen weiteren Ton heraus, obwohl ich doch so gerne noch etwas Besonderes gesagt hätte. Stattdessen griff ich nach dem Beutel meines Vaters und presste ihn wie einen Schutzschild gegen meine Brust.

Fearghas sagte auch nichts mehr. Stumm verschloss er die kleine Kammer und ging einsam über den Hof davon. Ich stand noch eine Weile da und betrachtete das langgestreckte Gebäude mit seinen Fenstern, in denen Licht brannte. Es war ein warmes und gastliches Leuchten, das die Schatten nicht in das Innere ihres Heimes ließ, auch wenn sie immer weiter über den Hof auf sie zu krochen. Wie mochte das in ein paar Wochen aussehen? Traurig schüttelte ich mich und beeilte mich, zu meiner Familie ins Haus zu kommen.

*

Viel zu früh wurde ich am nächsten Morgen geweckt. Unserem letzten Morgen in Schottland!

Viel zu früh waren wir mit dem Frühstück fertig. Meine Mutter wurde von der Ruhelosigkeit getrieben, die sie immer an Reisetagen packte, und scheuchte uns durch das Haus. Mir ging das alles entschieden zu schnell. Eigentlich waren wir doch gerade erst hier angekommen. Der Urlaub konnte doch unmöglich schon vorbei sein. Andererseits hatte ich auch das Gefühl, dass es hier keinen Platz mehr für uns gab. Also half ich meinem Vater und Finn die Kisten und Schuhe und Kissen und was wir sonst noch so mit uns schleppten, zum Auto zu tragen.

Schnaufend stellte ich die Küchenkiste auf dem Hof ab, in der unübersehbar neue Tassen steckten, und verkniff mir jeden Kommentar über bereits im Teenageralter zerstörte Wirbelsäulen.

»Was habt ihr in den paar Tagen hier nur wieder für einen Müll eingekauft?«, maulte mein Vater, so wie er es immer tat, wenn er das Auto belud, und warf einem argwöhnischen Blick auf meine Kiste. »Ich darf wieder mal sehen, wie ich den ganzen Krempel unterkriege.«

Tatsächlich stellte meine Mutter mit einem unschuldigen Augenaufschlag und einem vorsichtigen Lächeln auch noch ein paar bepflanzte Blumentöpfe neben dem Wagen ab.

»Das ist jetzt nicht dein Ernst, Daniela.« Mein Vater raufte sich die Haare und stemmte die Fäuste in die Seiten, wobei er den Eindruck machte, dass er dies nur tat, um die Töpfe nicht gleich in die nächste Ecke zu feuern.

»Mairee hat die Pflanzen extra für mich ausgegraben und in die Töpfe gepflanzt. Das wäre eine glatte Beleidigung«, bettelte meine Mutter. »Sie hat es ja nur gut gemeint und wollte uns ein bisschen Schottland für zu Hause mitgeben.«

Ich konnte mir ein Grinsen nicht verkneifen. Es war doch eher unwahrscheinlich, dass es ihr gelingen würde, ein wenig von dem schottischen Flair auch in unseren Garten zu zaubern. Die Daumen meiner Mutter waren leider mehr schwarz als grün. Seit Jahren versuchte sie bereits vergeblich, unseren Garten wie einen Cottage-Garten zu bepflanzen. Dabei sprach sie immer ganz wichtig von einem geordneten Durcheinander. Allerdings war Durcheinander auch das Einzige, was ihr wirklich gelang. Bevor mein Vater damit beginnen konnte, ihr die Idee wieder auszureden, traten Adam und Mairee dazu. »Wir wollten uns schon einmal verabschieden. Da wir ein paar Besorgungen machen müssen, werden wir zu eurer Abreise wohl noch nicht wieder hier sein.« Adam reichte meinem Vater die Hand, der sich gerade aus dem Kofferraum aufrichtete und diese ernst ergriff.

»Wir müssen uns für einen wunderbaren Urlaub bedanken«, sagte er und drückte Adams Hand.

»Wir sind selten so herzlich aufgenommen worden«, meinte auch meine Mutter. Ihre Augen waren dabei verräterisch rotgerändert, als sie sich Mairee zuwandte. Nur gut, dass ich augenblicklich von zwei warmen feuchten Hundenasen bedrängt wurde, die mich von der rührseligen Abschiedsszene ablenkten. Dankbar vergrub ich meine Hände in dem seidigen Fell und streichelte die Tiere, die sich wie Katzen an mich drückten. Die treuen Augen von Etive schienen dabei direkt bis in meine Seele zu blicken und machten mich wieder traurig. Sie hatte nicht die geringste Ahnung, dass ich daran schuld war, wenn ihr heißgeliebter Fearghas bald nicht mehr hier war. Die Hunde würden uns schnell vergessen haben, aber sein Verschwinden musste ihnen glatt das Herz brechen - so wie allen anderen hier.

Mit dem untrüglichen Instinkt für den unpassenden Moment warf meine Mutter mir über die feste Umarmung von Mairee hinweg einen besorgten Blick zu. Ein verschwörerischer Ausdruck glitt über ihr Gesicht, den ich schon viel zu häufig gesehen hatte. Meist kam dabei irgendetwas furchtbar Peinliches heraus, und am Ende war es dann auch nur peinlich für mich!

Schnell schaute ich weg, als sie Mairee etwas zuflüsterte und sich deren Augen auf mich richteten. Ich war kurz davor, mir die Haare zu raufen. Das war ja genauso schlimm wie in der Schule, wenn Emma über mich lästerte und mir dann mit ihren Freundinnen verstohlene Blicke zuwarf. Aber ich würde jetzt und hier nicht verzweifelt seufzen, auf keinen Fall! Ich intensivierte meine Streicheleinheiten und vergrub beide Hände tief in das dichte Fell von Etive, die eine ganz neue Schlagzahl beim Schwanzwedeln an den Tag legte. »Leider ist Fearghas bereits unten am Anleger. Er muss ein Boot zu einem Kunden fahren. Aber wenn ihr euch beeilt, könnt ihr ihn dort noch antreffen. Sicher möchte er sich auch noch von euch verabschieden.« Als ob ich es nicht geahnt hätte? Mairee betonte unauffällig auffällig das »euch« und meinte doch nur »Klara«. Das konnte ich nicht nur hören, sondern auch deutlich an dem mitleidigen Blick sehen, den sie mir zuwarf. Da war es wieder das

Schämen für die Aktionen der eigenen Mutter. »Wir können euch mitnehmen, dann seid ihr schneller.« Jetzt lächelte sie breit, aber es war nicht zu übersehen, dass das Lächeln nur mir galt. Zu allem Unglück zwinkerte sie mir auch noch zu. Mein Vater sah eher unglücklich aus. Er hielt ganz sicher nichts von der Idee, das halbgepackte Auto so unfertig stehenzulassen. Aber nach einem Blick auf meine Mutter, nickte er zögernd. Da war dieses Alte-Eheleute-Ding, das die beiden hatten. Ein Blickwechsel genügte, und mein Vater sprang auf den Zug, den meine Mutter ausgewählt hatte.

»Das ist eine hervorragende Idee«, meinte er dann auch halbherzig und schloss zur Bekräftigung den Kofferraum.

»Dann fahren wir doch am besten gleich los«, sagte Adam und wirkte eher ein bisschen verwirrt. Wahrscheinlich waren die Absprachen mit Mairee vorher etwas anders gewesen. Aber auch er war ganz offensichtlich im Griff des Alten-Eheleute-Dings. Jetzt hätte ich doch beinahe gekichert.

Während sich Mairee auf den Beifahrersitz niederließ, kletterte meine Mutter bereits mit erwartungsvollem Gesicht in die Ladefläche des Pick-ups. Ich folgte ihr wesentlich umständlicher, wie ich zähneknirschend feststellte. Mit der Schadenfreude eines kleinen Kindes beobachtete sie, wie ich erst nach einem sicheren Halt für meinen Fuß suchte und mich schließlich schwerfällig nach oben stemmte, um über die Ladeklappe zu steigen. Als ich mich schließlich neben sie plumpsen ließ, versuchte ich einfach das Grinsen in ihrem Gesicht zu ignorieren. Hauptsache, sie gab jetzt nicht noch irgendeinen überflüssigen Kommentar von sich. Es war auch so schon peinlich genug.

»Wer ist denn nun von den beiden der Teenager?«, grinste Adam und nahm damit meiner Mutter mit Leichtigkeit diesen Job ab. »Das frage ich mich viel zu oft, Adam - viel zu oft«, antwortete mein Vater mit einem gespielt verzweifelten Kopfschütteln. Ich sparte mir jeden Kommentar. Die Erfahrung hatte mir gezeigt, dass ich dabei erst recht den Kürzeren zog und am Ende irgendeine Strafe aufgebrummt bekam, weil ich dann respektloses Verhalten an den Tag legte. Jedenfalls war das die Meinung meiner Eltern. Ich sah das ganz anders und wartete auf den Tag, an dem sich mein kleiner Bruder auf meine Seite schlagen würde. Erst jetzt fiel mir auf, dass er gar nicht mehr bei uns war.

»Wo ist eigentlich Finn?«, fragte ich und runzelte die Stirn. Das war doch mal wieder typisch für ihn. Immer wenn es Arbeit gab, verkrümelte er sich bei der nächsten Gelegenheit. »Der ist schon vorgerannt, weil er auf jeden Fall noch Fearghas auf dem Boot antreffen wollte. Es muss wohl so ein schickes Schnellboot sein. Da wollte ich ihm den Spaß nicht verderben und habe ihn gehen lassen.«

Ich verdrehte die Augen und lehnte mich an die Fahrerkabine in meinem Rücken. War ja klar, dass meine Mutter auf den treuen Augenaufschlag hereinfiel und ihm die Nummer mit dem technisch begeisterten kleinen Jungen abnahm.

Nachdem auch Adam endlich eingestiegen war, setzte sich der Pick-up in Bewegung und fuhr langsam mit uns auf den Weg. Zum ersten Mal fiel mir dabei auf, wie holprig dieser tatsächlich war. Hier hinten auf der Ladefläche schien jedes Schlagloch doppelt so tief zu sein, und ich fiel mehr als einmal gegen meine Mutter, die immer mit einem Kichern darauf antwortete. Wenigstens sie hatte ihren Spaß, dachte ich grimmig, als ich einen Ölfleck auf meiner sauberen Jeans entdeckte und mit der flachen Hand darüberwischte. Leider fand der Fleck das nicht so gut, denn zur Rache verteilte er sich noch ein bisschen mehr und klebte auch noch an meinen Fingern. Wirklich toll!

Noch vor ein paar Tagen hätte ich geseufzt. Doch jetzt nicht mehr. Jetzt musste ich doch lächeln, als mir das mehr als zufrieden bewusst wurde. Glücklicherweise dauerte die Fahrt nicht lange, und wir hielten ohne weitere Öl-Attacken an dem kleinen Gerätehäuschen. Meine Mutter ließ sich mit einem glücklichen Lachen in die theatralisch weit geöffneten Arme meines Vaters fallen, der sie mit einem spitzbübischen Grinsen auffing. Er wusste nur zu gut, wie viel Spaß meine Mutter an solchen Sachen hatte. Ich jedenfalls beeilte mich, ohne Hilfe von der Ladefläche zu springen. Bloß nicht, dass er noch auf die Idee kam, mich auf dieselbe Weise aufzufangen. Für den heutigen Tag war mein Bedarf an Peinlichkeiten mehr als gedeckt.

Das Aufheulen eines Motors lenkte meine Aufmerksamkeit zum Wasser. Ein schnittiges Boot fuhr langsam auf die Ausfahrt der Bucht zu.

»Oh, wie schade!«, rief Mairee, die neben mich trat und ihre Hand auf meinen Unterarm legte, als müsste sie mich trösten. »Das tut mir aber leid, Klara. Wir sind zu spät. Da fährt Fearghas schon davon.«

Okay, ich hatte mich gestern bereits von ihm verabschiedet. Es gab keinen Grund jetzt hier zu stehen und ein dümmliches Gesicht zu ziehen. Aber leider tat ich genau das. Jedenfalls war ich davon überzeugt. Denn ich konnte es nicht leugnen, aber ich war tatsächlich zutiefst enttäuscht. Auf der Fahrt in dem Pick-up hatte sich ein kribbelndes Gefühl in mir ausgebreitet, das ich standhaft versucht hatte, zu ignorieren. Unsere Geschichte war hier schließlich genauso wie unsere Ferien vorbei. Ich sollte mir da wirklich nichts vormachen. Wenn Fearghas mich noch einmal hätte sehen wollen, dann hätte er sicher gewartet, oder nicht?

Das Boot verschwand gerade hinter der Landzunge, die den freien Blick auf das Loch versperrte, als mein Bruder mich förmlich ansprang:

»Klara!«, rief er und streckte mir mit verschwörerischer Miene einen Zettel entgegen. »Ich soll dir ...«

Ein ohrenbetäubender Knall zerriss seine weiteren Worte und die ganze Welt.

Wie betäubt starrte ich auf die verheerende schwarze Qualmwolke, die hinter der Landzunge aufstieg. Nur am Rande nahm ich wahr, wie Adam und mein Vater gemeinsam zu den Booten rannten und meine Mutter die schwankende Mairee in die Arme nahm. Finns Hand kroch in meine, so wie er es auf der Heimfahrt vom Glen Etive getan hatte. An diesem Tag hatte ich bereits geglaubt, wirklich geschockt gewesen zu sein. Aber das hier war schlimmer. Ich konnte einfach nichts tun, als dazustehen und die schwarze grässliche Wolke betrachten, die so deutlich ein schreckliches Unheil verkündete. »Finn, setz dich mit Klara auf die Bank«, befahl jetzt meine Mutter mit fester Stimme. Sie hakte Mairee ein und führte sie ebenfalls zu den Bänken im Schatten des Geräteschuppens. Wie eine Puppe nahm sie neben mir Platz und starrte wie hypnotisiert auf die Einfahrt zur Bucht. »Die Männer sehen nach, Mairee. Bleib ruhig. Vielleicht hat die Explosion überhaupt nichts mit dem Boot von Fearghas zu tun.«

Während meine Mutter in den Schuppen ging, und kurz darauf mit einer weichen Decke zurückkam, in die sie Mairee liebevoll einwickelte, erschollen Sirenen, die sich mit ihrem hysterischen Singen in meinen Verstand bohrten. Irgendwie kam ich mir vor, als hätte jemand um mich eine Blase gepackt. Während meine Mutter uns mit Getränken versorgte, die sie irgendwie aufgetrieben hatte, fuhren ein Polizeiwagen und die Feuerwehr vor. Ernst wandten sich die Männer nach einem kurzen Abchecken unserer Gesichter an meine Mutter, die die Einzige zu sein schien, mit der man noch vernünftig reden konnte.

Aufmerksam hörte ich dem Polizisten zu. Er redete auf meine Mutter ein, die ihm geduldig antwortete, doch ich verstand kein Wort. In welcher Sprache unterhielten sie sich? Gälisch? Verwirrt runzelte ich die Stirn. Seit wann konnte meine Mutter Gälisch? Es dauerte eine Weile, bis ich begriff, dass sie ganz normal in Englisch sprachen. Die kleinen Rädchen in meinem Gehirn bewegten sich seltsam schwerfällig und verhakten sich ständig ineinander. Ich konnte einfach keinen klaren Gedanken fassen und klammerte mich an das Glas mit Cola, das meine Mutter mir in die Finger gedrückt hatte so, wie sich mein Blick an die beiden Boote krallte, die in die Bucht fuhren. Es war das Boot mit dem Adam und mein Vater hinausgefahren waren. Ein Polizeiboot begleitete sie. Auch Mairee hatte die Boote gesehen. Mit einer Hand griff sie nach meiner Mutter und die andere Hand presste sie gegen ihren zusammengekniffenen Mund, während sie begann, sich in erschreckender Langsamkeit vor- und zurückzuwiegen.

»Bitte, nein!«, wimmerte sie und weckte mich damit aus meiner Lethargie. Mitleid überflutete mich, und ich legte einen Arm fest um ihre Schultern. Meine Mutter lächelte mir traurig zu und straffte sich, als die

Boote anlegten und drei Männer auf uns zukamen: Adam, mein Vater und ein Polizist.

Mit jedem Schritt konnte man ihre Gesichter deutlicher erkennen. Mit jedem Schritt wurde unübersehbar, dass Adam von meinem Vater gestützt wurde, bis er schließlich vor Mairee auf die Knie sank und ihre Hände fest in die seinen nahm.

Tränen überschwemmten meinen Blick, noch bevor Adam leise zu Mairee zu sprechen begann und aus ihrem leisen Wimmern ein langer dünner Laut wurde, der die unausweichliche Tatsache hinausschrie:

Fearghas war tot!

Epilog

Wochen später hatte mich die Blase immer noch nicht richtig freigegeben. Ich saß in meinem Zimmer und starrte aus meinem Fenster. Morgen würde die Schule wieder anfangen, ohne dass mir richtig bewusst geworden war, wie schnell die Zeit an mir vorbeigerauscht war. Und zum ersten Mal war ich froh, dass die Ferien endlich vorbei waren. Die Schule würde mich ablenken und mich wieder in den Alltag mitnehmen, ob ich wollte oder nicht. Drei Wochen war diese schreckliche Explosion her, die Mairees und Adams Lebens zerrissen hatte. Wir waren zwei Tage später erst nach Hause aufgebrochen, nachdem die Polizei uns ausgiebig befragt hatte. Immer noch hatte ich das Bild des Sees vor Augen, als wir mit dem Auto daran vorbeifuhren. Unzählige Boote und Taucher suchten das Loch auf der Suche nach Fearghas ab. Doch sie fanden nichts außer Trümmerteilen, die keine Hoffnung zurückließen.

»Klara?«, Finn streckte vorsichtig seinen Kopf in mein Zimmer. »Hm?«, fragte ich und drehte mich zu ihm um. Wir verstanden uns seit dem Unfall beinahe wieder so gut wie früher. Nur dass er mich zeitweise behandelte wie ein rohes Ei, was ihm wahrscheinlich von meinen Eltern diktiert worden war. Jetzt trat er mit einem schiefen Grinsen ein und schloss sorgfältig die Tür hinter sich. Verlegen fuhr er sich mit einer Hand durch seine strubbeligen Haare.

»Was hast du ausgefressen?« »Also, ich ..., ich habe da noch was für dich«, druckste er herum und kramte umständlich in den Taschen seiner Jeans. Seine Miene wurde unendlich traurig und seine dunklen Augen wurden groß und rund, so wie er es immer tat, wenn er bei meiner Mutter die treue Welpentaktik anwandte. Doch bei mir kam er damit eigentlich nicht durch, und dass wusste im Grunde auch Finn. Neugierig geworden stand ich auf, als er mir ein zu Unkenntlichkeit zusammengeknülltes Stück Papier reichte.

»Was ist das?« Auch wenn das Papier aussah, als sollte ich es besser nicht berühren, nachdem es sicher seinen Platz mit den ekligsten Sachen geteilt hatte, griff ich danach.

»Ich hatte es völlig vergessen, Klara. Erst als ich gestern meinen Rucksack brauchte, ist mir der Zettel wieder in die Finger gefallen. Es tut mir leid.«

Langsam faltete ich den Klumpen auseinander und glättete es. Die Schrift darauf war durch die vielen Knicke und dem Aufenthalt in den unbekannten Gefilden meines Bruders sehr unleserlich geworden, aber die Zahlen darauf konnte ich gerade noch erkennen.

»Und was soll ich jetzt damit? Woher hast du den Zettel?«

Finn straffte sich und atmete tief ein. Es war nicht zu übersehen, was ihn das gerade an Überwindung kostete. »An dem Tag, als der ..., unserer Abreise hat mir Fearghas den Zettel für dich gegeben. Er meinte, ihr könntet euch vielleicht so ab und zu Nachrichten schreiben. Und er wollte ein Foto haben, das Mama wohl von euch gemacht hat.«

Meine Kehle schwoll mit jedem seiner Worte mehr zu. Ungläubig starrte ich auf den Zettel mit Fearghas Handynummer. Er hatte das Foto von uns haben wollen und dass wir in Kontakt blieben? Mit dem Zettel in den Fingern ließ ich mich wieder auf mein Bett plumpsen. Finn setzte sich neben mich und tätschelte mir etwas unbeholfen den Arm.

»Ich dachte nur, dass es für dich vielleicht wichtig ist, dass er dich doch auch anscheinend mochte.«

Wie betäubt nickte ich und brachte schließlich ein leises Danke heraus. »Ich muss jetzt los, Klara. Ist das okay? Oder soll ich noch Julia anrufen?«

»Nein, nein.« Ich lächelte ihn aufrichtig an. Seine Besorgtheit um mich rührte mich. Aber er musste es auch nicht übertreiben. «Geh ruhig. Ich bin okay. Und Julia kommt sowieso nach dem Essen rüber.«

Erleichtert nickte er und verlies beinahe fluchtartig mein Zimmer. Ein weiteres untrügliches Zeichen dafür, wie sehr ihn der Zettel belastet hatte.

Ich blieb noch eine Weile so sitzen. Unschlüssig hielt ich den Zettel in der Hand und fragte mich, was ich jetzt damit machen sollte.

Mein Handy brummte neben mir und verkündete, dass ich eine neue Nachricht erhalten hatte. Ohne darüber nachzudenken, nahm ich es, öffnete die App zum Versenden von Nachrichten und tippte die lange Nummer ein. Meine Finger zitterten, während ich das Bild aussuchte, in die Nachricht einfügte und wegschickte. Gebannt starrte ich auf das Display. Was erwartete ich, das passieren sollte? Schließlich existierte das Handy nicht mehr. Es war wohl bei der Explosion ebenso zerrissen worden wie ... Ungläubig keuchte ich auf. Unter dem Foto erschien erst ein Häkchen, dass das Bild versandt worden war, dann erschien das zweite Häkchen, das es angekommen war. Als sich die Häkchen blau färbten, weil die Nachricht geöffnet worden war, warf ich das Handy fort.

Das konnte nicht sein!

Nachwort

Ich hoffe, dass euch die Geschichte von Klara und Fearghas gefallen hat. Sie liegt mir sehr am Herzen, denn ich liebe Schottland und habe viele schöne Erlebnisse dort gehabt. Das Land ist voller Orte, die wie verzaubert wirken. Die Menschen, die dort leben, sind herzlich und offen. Auch wenn mich die eine oder andere Begegnung sicher zu einer Figur inspiriert hat, so sind sie doch alle frei erfunden.

Aber wie wird es weitergehen mit Klara?

Ich würde mich natürlich freuen, wenn ihr die Fortsetzung lesen möchtet, an der ich gerade arbeite. Über Hinweise und Kommentare zu dem ersten Band und natürlich auch dazu, wie es weitergehen soll, freue ich mich natürlich auch.

Bis wir uns wiederlesen, wünsche ich euch alles Gute!

Besucht mich auch auf www.klara-chilla.com